色에 물들다

塵埃落定
阿來 著

色에물들다

아라이 장편소설

2

침묵하다

임계재 옮김

디오네

옮긴이의 글

'먼지는 결국 아래로 떨어진다'
경련과 같은 흔적을 남긴 티베트 몰락의 슬픈 우화

이 작품은 선뜻 발걸음 내딛기 어려운 오지, 낯선 티베트 근처 풍광의 차분한 묘사만으로도 독자의 시선을 사로잡는다. 많은 사람이 꼭 가고 싶어 하는 곳이, 준엄한 설산이 내려다보고 있는 티베트 일대 아니던가. 부족장의 명칭조차 중국에서 하사받은 어느 변방이지만, 불과 얼마 전까지도 이어져 내려오던 '투스'가 우리에게는 생경할지 몰라도 중국 땅으로 편입되기 전까지 그곳 사람들에게는 너무도 당연하고 익숙한 제도였다.

장자세습을 원칙으로 하는 이 제도는 절대군주 사회가 그렇듯 자리다툼에 대한 근심이 상존한다. 또한 근린 군주끼리의 땅뺏기, 인습에 대한 고루한 주장 등 세상 어느 곳에서나 볼 수 있는 알력과 갈등이 똑같이 벌어지는 곳이기도 하다. 그렇지만 주인공 바보는 권력이나 물질에 관심 둘 필요가 없기에 내키는 대로 살아갈 수 있다. 애가 타는 것은 바보가 아니라 자기의 시선이 옳다는 편견에 사로잡혀 한 발도 내딛지 못하는 주변사람들이다.

똑똑한 사람과 바보는 무엇을 기준으로 나뉜단 말인가, 그걸 아는 사람이 있기는 한 것인가.

작가는 주인공 바보의, 남들은 결코 알지 못할 생각과 행적을 담담하게 서술해나간다. 하지만 덜 떨어진 바보의 마음속을 그려내는 문학적 수사는 읽는 사람의 한숨을 자아낼 만치 탁월하고 섬세하다. 바보의 깊은 가슴을 그려내는 필치가 눈물겹기도 하고 몸서리쳐지기도 한다. 티끌에 불과할 인간의 삶을 역사적 바탕, 신화적 허구와 뒤섞어 만든 하나의 시선은 무척 절묘하게 다가온다. 그 비틀어진 시선은 오늘의 티베트 현실을 말해주고 있다.

이 책의 원제는 중국 베이징 인민문학출판사에서 1998년에 출간된 『진애낙정塵埃落定』이다. 티베트 투스의 권력을 먼지로 상징화해 그것의 몰락을 그려낸 이야기가 깊고 슬프게 다가온다.

지난 3월 티베트 사태를 접하며 나는 아린 마음을 가눌 길 없어 티베트인들이 의식에 사용하는 종을 살그머니 울리며 학생들과 조용히 눈을 감고 그들의 안녕을 기원했었다.

또, 지금은 아수라에 내던저진 수많은 사람을 어떻게 위로해야 하나 마련이 서지 않아 감히 섣부른 위로의 말도 쓸 수 없는 심정이다. 인생은, 그리고 인류는 이렇게 내려온 것이라고 하기에는 지금 지진으로 만신창이가 된 사람들의 눈물을 가늠조차 할 수 없기 때문이다.

쓰촨 일대, 평화롭게 살다가 죄 없이 스러져 간 수많은 목숨에 간절한 마음으로 명복을 빌며 2008년 5월 끄트머리에 두 손을 모으다.

목차

10

11

12

7

촐마

이날 밤, 집사의 은근한 배려는 오히려 나를 화나게 만들었다. 그는 내 방에 넣어줄 아가씨를 찾기 위해 주변사람들을 닦달했다.

한밤중이었다. 간신히 룽꽁 투스 딸의 환영을 떨쳐내고 잠이 들었는데 느닷없는 말발굽 소리에 얕은 잠에서 깨었다. 쑤오랑쩌랑과 어린 얼이는 아직 내 침대 앞에 서 있었다. 나는 신경질이 나서 이를 악물며 어린 얼이에게 말했다.

"지금 당장 뛰어나가 말 탄 사람을 죽이고 그자가 타고 온 말의 다리를 몽땅 잘라버려라."

쑤오랑쩌랑은 웃었다. "그럴 수는 없습니다. 도련님 시중들 아가씨를 찾으라고 집사가 보낸 사람인데요."

또 다른 아가씨가 내 앞에 왔다. 나는 그녀의 허리 아래만 보고 고개도 들지 않았다.

"가거라. 널 원하는 사람이 있으면 그가 누구든지 잠자리를 같이하도록 해."

하인들이 그 아가씨를 밖으로 데리고 나갈 때 바람이 풀 향기를 실어 왔다. 나는 그 아가씨를 다시 불러 얼굴은 보지 않고 옷깃만 코앞으로 당겼다. 그랬다, 풀 향기는 그녀의 몸에서 나는 것이었다. "목장에 사는 처녀냐?"

"그렇습니다. 도련님."

대답하는 입에서 초원에 핀 작은 꽃향기가 풍겼다. 나는 하인들을 물리고 그녀에게 얘기나 나누자고 말했다. 하인들이 나가는 걸 확인한 뒤 나는 몸을 일으켰다. "난 병이 낫어."

아가씨는 웃었다.

대부분의 아가씨들은 이럴 때 눈물을 흘렸다. 잠자리에서는 적극적이면서도 안 그런 척하기 일쑤였다. "목장처녀야, 난 네가 마음에 든다."

"도련님은 절 자세히 보지도 않으셨어요."

"불을 꺼. 그리고 목장 얘기 좀 해줘."

불을 끄자 나는 목장의 풀 냄새와 꽃향기에 파묻혔다.

이튿날, 나는 집사에게 멀리서 온 손님을 대신 모시라 이르고는 어젯밤에 잠자리를 함께 한 아가씨와 함께 그녀의 목장으로 갔다.

목장 사람들은 나를 위해 온천 근처에 멋진 장막을 쳐놓았다. 온천물에 몸을 담그고 하늘에 흘러가는 구름을 바라보는 나는 여 투스의 딸을 까맣게 잊었다. 목장 아가씨는 먹을 것을 잔뜩 차려놓은 뒤 벌거벗은 채 물에 있는 내게 말했다. "도련님, 올라와서 뭘 좀 드시지요. 정말로 변변찮긴 하지만요."

문득 촐마가 떠올랐다. 처음으로 여자에 대해 눈을 뜨게 해준 것은 시녀 촐마였다. 그러나 이 목장에는 온몸에 꽃향기를 풍기는 또 다른 촐마가 있었다. 건강하고 대담한 아가씨……. "사람들이 널 촐마라고 부르니?"

"아뇨, 저는 촐마가 아닌데요."

"촐마!"

나는 식사를 준비하느라 바쁜 쌍지 촐마에게 소리쳤다. 몇 년 전 아침, 촐마의 손을 잡고 잠에서 깨던 생각이 난 것이다.

"촐마, 여기 너랑 이름이 똑같은 아가씨가 있어!"

목장아가씨는 촐마를 보더니 저간의 사정을 단번에 눈치챘다. "저는 산채 부엌으로는 안 갈래요. 목장에 있겠어요. 이곳 사람이니까요."

"그래, 넌 주방에 안 가도 돼. 넌 목장에 있다가 사랑하는 남자한테 시집가거라. 하지만 난 너를 촐마라고 부를 거야."

그녀는 옷을 벗고 물 속으로 들어왔다. 따뜻한 온천물 속에서 나와 엉켜 부드러운 모래 위에 누웠다.

"물이 네 몸의 향기를 씻어버렸구나."

그녀는 내 품에서 흐느꼈다.

"무슨 일이 일어날 거면 빨리 일어났으면 해요."

나는 그녀를 몸으로 누르면서 외쳤다.

"촐마! 촐마!"

이 행동이 아가씨와 나, 둘 다 흥분하게 만들었다. 목장 아가씨는 내가 동시에 두 사람, 내 첫 여자와 자기를 부른다는 것을 알고 있었다. 나의 선생은 촐마였다. 그런데 목장아가씨는 몸매마저도 과거의 시녀 촐마와 거의 같았다. 나는 이미 성인이 되었으므로 더 이상 촐마에게 끌려가지 않았다. 나는 준마를 몰고 달리듯 환호성을 질렀다. 그녀의 몸은 말굽에 채인 물결처럼 끊임없이 출렁거렸다. 부엌의 촐마는 나의 고함소리에 시킬 일이 있는 줄 알고 온천으로 뛰어왔다가 젊었을 때의 자신과 어우러진 채 하던 짓을 다른 여자와 나누는 장면을 목격했다. 나는 계속 소리지르고 있었다.

"촐마! 촐마!"

끝없이 내달리던 말은 곧 높다란 벼랑과 마주했다. 나는 말의 등에서 날아가 절벽 밑으로 떨어져 내렸다. 한참 후 나는 벌들의 앵앵거리는 소리에 깨어났다. 부엌의 촐마가 무릎을 꿇고 내 앞에 있었다.

"어떻게 여기에 와 있느냐?"

"도련님이 제 이름을 부르시길래 시킬 일이 있는 줄 알고 왔다가 그만 다 보고 말았어요."

나는 옷을 입으면서 새로 얻은 촐마에게 말했다.

"그때 이 여자도 너와 똑같았지."

정말 그랬다. 그녀의 가슴, 엉덩이, 허벅지, 그리고 은밀한 부위에서 풍겨오는 냄새가 옛날의 촐마와 하나도 다르지 않았다.

나는 늙어가는 촐마에게 다시 말했다. "이 처녀는 너 젊었을 때와 똑같아."

부엌 촐마는 땅에 엎드려 울었다. "도련님, 일부러 본 게 절대 아니에요."

나는 웃었다. "보면 또 어때?"

"규칙대로 하자면 눈을 파내야 돼요. 저는 장님이 되기는 싫어요. 만약 그렇게 하시려면 차라리 얼이를 시켜 죽이세요."

나는 남녀 사이의 은밀한 일을 가르쳐주었던 그 선생에게 말했다. "일어나서 씻어."

"네, 깨끗하게 씻은 후 명예롭게 죽겠어요."

부엌데기 여인은 죽을 준비가 됐다.

그녀는 온천에 들어가 노래를 부르기 시작했다. 내 시중을 들어줄 때 불렀던 노래였는데 그때는 오늘처럼 하늘까지 울려 퍼지게 부른 적은 없었다. 그녀는 흠뻑 젖은 머리카락을 흐트러뜨리고 물 위에 누웠다. 변함없이 풍만한 가슴이 물 위로 반쯤 드러났다. 촐마는 취한 듯 노래를 부르고 있었다. 물에 들어가기 전에 뿌린 꽃잎이 노래를 따라 흘러 다녔다. 세공장이 취짜에게 시집가기 전의 촐마, 부엌데기가 되기 전의 촐마가 다시 부활했다. 그녀는 물 속에서 나를 보며 활짝 웃었다.

"걱정 마. 용서해줄게. 안 죽일 거야."

그 얼굴에서 갑자기 찬란한 웃음이 사라졌다. 그녀는 물에서 나와 손으로 음부를 가린 채 땅에 퍼질러 앉아 울기 시작했다. 나는 또 바보짓을 했음을 금방 알게 되었다. 당연히 그녀를 용서할 것이었는데 목욕과 노래가 끝난 뒤 그 사실을 알려야 했을 것이다. 촐마, 이 여자는 곧 죽을 것이라는 판단으로 잠시 남편이 없던 과거로 돌아가 낭만을 즐기던 참이었다. 그런데 내가 촐마의 평생 처음 찾아온 유일한 낭만적인 분위기를 망가뜨린 것이다.

나는 부엌데기 촐마가 목욕 후 내 앞에 무릎을 꿇고 죽음을 청할 때 용서를 해줬어야만 했다. 그랬다면 촐마는 도련님이 아직 옛정을 잊지 않았고, 자신은 주인에게 헛시중 든 게 아니라고 여겼을 것이다. 그런데 나는 그 새를 못 참았다. 그래서 촐마는 물에서 뛰어나와 울면서 말했다. "도련님이 정말 미워요. 죽는 것보다 더 고통스럽단 말이에요."

나는 멍해지면서 내 손을 어디에 둬야 할지 마련이 서지 않았다.

"저를 죽이라니까요!"

"아니, 못 해. 난 안 그럴 거야"

촐마는 풀을 쥐어뜯어 뿌리에 달려 올라온 흙을 얼굴에 문질렀다. 그녀가 다시 주방에서 일하는 하녀로 변하는 것을 보고 내 가슴은 쓰라렸다. 물 속에 있을 때 팽팽하던 그녀의 유방은 다시 축 늘어져 세공장이의 두 손을 연상시켰다. 촐마 역시 잘못을 저지르고 있었다. 한번 울고 나서는 옷을 입었어야 했는데 벌거벗은 채로 계속 소리를 질렀던 것이다. "저를 죽이세요!"

나는 그녀 곁을 떠났다. 또 다른 촐마가 부엌 촐마에게 말했다.

"이러지 말아요. 도련님은 가뜩이나 신경 쓰실 일이 많은데 왜 이러는 거예요?"

촐마가 정신을 차린 모양이인지 이내 울음을 그쳤다. 그러나 그것으로 끝이었다. 그녀와의 인연, 그녀에 대한 그리움은 바로 이날 현악기 줄처럼 '픽' 끊어졌다. 일생을 살아가면서 어떤 사람 또는 어떤 일과의 인연은 반드시 끝나게 되어 있다. 좋다, 시녀 촐마! 나는 너를 더 이상 그리워하지 않을 것이다. 부엌으로 가라. 그리고 세공장이의 마누라로 잘 살아라. 나는 속으로 이렇게 중얼거리며 넓은 초원으로 걸어 나갔다. 어린 노예 둘과 목장의 촐마는 약간 뒤에서 따라오고 있었다.

나는 걷다 지치면 풀밭에 누워 하늘에 흐르는 구름을 좀 쳐다보았고 다시 일어나 어슬렁거렸다. 초원은 넓은데도 나는 기어이 세 사람 사이를 파고 지나가려 애썼다. 쑤오랑쩌랑의 행동이 굼뜨자 나는 녀석의 귓방망이를 철썩 소리가 나도록 후려쳤다. 얻어맞은 놈이 목장의 촐마에게 말했다.

"됐어요. 별 일 아닌 걸요. 도련님 기분이 좋아지셨을 거예요."

나는 몸을 돌리면서 쑤오랑쩌랑을 향했다.

"한 번 더 때리면 기분이 더 좋아질 거야."

어린 노예들이 내 곁으로 다가와 내 왼쪽과 오른쪽에 각각 꿇어앉았다. 나는 두 사람 어깨에 걸터앉아 느긋하게 목장으로 돌아갔다.

장막에 거의 이르렀을 때 사람들이 우르르 뛰어나왔다. 전설에 따르면, 이곳 설산 지역의 첫 번째 왕이 하늘에서 내려온 뒤 바로 나처럼 사람의 어깨에 앉아 왕위에 올랐다는 것이다. 수많은 사람이 내 앞에 무릎을 꿇었다. 그러나 어깨를 가마로 삼았던 사람이 우리의 첫 번째 왕이었다는 사실을 나는 몰랐다. 그렇게 많은 사람이 일제히 무릎을 꿇는 것을 본 나는 아버지나 아니면 다른 귀한 사람이 나타난 줄 알았다. 고개를 돌려보니 황갈색의 큰길이 푸른 초원을 일직선으로 뚫고 지나가 있었다. 구름은 지평선의 끝, 하늘과 연결돼 있는 곳에서 발길을 멈추고 있었다.

바다처럼 깊은 수풀이 바람에 넘실거렸다.

운명 그리고 사랑

룽꽁 투스는 예쁜 딸을 데리고 목장까지 쫓아왔다. 하지만 나는 그들을 상대하지 않고 잠자리에 들었다. 그러다 어느 순간 나는 꿈, 그것도 아주 어지러운 꿈을 꾸었다. 물가에 활짝 핀 꽃들이 흐드러졌다. 한두 번쯤 깰 듯 말 듯 했는데 누군가가 "깨우지 말아요. 강력한 투스의 도련님이 되는 것은 무척 힘든 일이에요."라고 말하는 것이 어렴풋이 들렸다. 비몽사몽간에 나는 "강한 투스가 되는 것은 더 힘들 텐데." 하는 생각을 했다.

한밤중, 밖에서 세찬 바람 소리가 났다. 나는 잠결에 중얼거렸다.

"바람 소리야?"

"아니에요. 물 흐르는 소리예요."

"밤에 물 흐르는 소리가 나면 낮에는 맑다고 하던데."

"그래요. 도련님은 참 똑똑하시네요."

낯선 목소리로 누군가가 계속 말을 받아주었다.

그날 밤 나는 달게 잤다. 아침이 왔지만 눈을 뜨기 싫었다. 눈을 뜬 뒤 찾아오는 정체성을 상실한 듯한 느낌을 견딜 수가 없었다. 강한 아침 햇살에, 속이 비어 텅텅 소리가 나는 술 단지처럼 머리가 텅 빈 듯했다. 나는 우선 몸을 뒤척인 후 한 부분 또 한 부분을 조심스럽게 꼼지락거린 다음 스스로에게 물었다.

'나는 누구지?'

나는 마이치 집의 둘째 도련님이다. 머리가 약간 이상한 도련님이다.

이때 강렬한 향기를 풍기는 자그마한 손이 조심스럽게 나를 어루만지며 물었다. "도련님, 깨셨어요?"

"그래, 깼어." 나는 망설이지 않고 냉큼 대답했다.

그 목소리가 밖을 향해 소리쳤다. "도련님 깨셨어요."

두세 사람의 체취가 내 곁으로 모여들었다. 그 중 한 사람이 위엄 있는 목소리로 말했다.

"깼으면 눈을 뜨지 그래요."

평소에 나는 잠에서 깨면 무엇을 쳐다봐야 할지, 내가 어디에 있는지 생각나지 않아 한동안 멍하게 있어야 했다. 심지어 온종일 내가 어디에 있느냐고 사람들에게 물은 적도 있었다. 이번에도 마찬가지였다. 내가 이 세상의 어디에 있는지 가물거리는데 사람들이 곁에 와 웃고 떠드는 소리가 들렸다. "마이치 투스의 둘째 도령이 바보라고 하던데 여기 숨어서 한가하게 복을 누릴 줄도 아는군."

어떤 손이 내 어깨를 잡아 흔들었다. "일어나 봐요. 의논할 게 있어요."

그들은 이불 속으로 손을 집어넣고 나를 잡아당겼다. 그때 여자들이 와! 하고 웃는 소리가 들렸다. 흠칫 놀라 아랫부분을 내려다보니 사타구니 사이의 그놈이 거만한 자세로 우뚝 서 있었다. 순간 여러 손길이 분주하게 움직이며 내게 옷을 입혔다. 이런 소란스런 분위기 때문에 나는 어디에 있는 건지 도무지 생각을 할 수가 없었다.

장막은 익숙했지만 나는 여전히 어디 있는 건지 헷갈렸다. 수많은 손이 장막의 상석에 앉은 여 투스 앞으로 나를 떼밀었다.

"내가 지금 어디 있지?"

여 투스가 웃었다. 그러더니 날 끌어당기던 자기 시녀들을 쳐다보며 중얼거렸다.

"아침에 잠에서 깼는데 옆에 낯선 사람들이 있으면 나도 내가 어디 있는지 모를 거야."

시녀들은 까르르 웃었다. 이런 여자들이 나처럼 멍청한 사람을 보고 어떻게 웃지 않고 배기겠는가.

"실컷 웃어라. 그래도 난 어디에 있는지 모르겠어."

여 투스는 내 말에 아랑곳하지 않은 채 물었다. "날 못 알아보겠어요?"

내가 어찌 몰라볼 수 있겠는가? 하지만 나는 머리를 저었다.

그녀는 이를 악물며 손에 쥔 채찍을 휘둘러 장막 천장에 구멍을 냈다.

"내 하인들은 어디 갔어요?"

"당신의 하인들?"

"쏘오랑쩌랑, 얼이, 촐마 말이오."

"촐마? 같이 잤던 그 여자?"

나는 머리를 끄덕였다. "그 여자 이름이 부엌데기, 그러니까 세공장이 아내의 이름과 같아요."

여 투스는 웃었다. "여기 있는 이 아가씨들을 한번 봐요."

아가씨들은 다 미인이었다. 내가 반문했다. "이 아가씨들을 다 내게 줄 건가요?"

"그럴 수도 있지요, 내 말을 잘 들으면. 우선 밥부터 먹읍시다."

식사를 차려온 사람 중에도 내 하인은 없었다. 나는 깨작거리며 아주 조금만 먹었다. 쌍지 촐마가 지은 밥이 아니었다. 여 투스가 아구아구 밥을 먹는 동안 나는 머리를 싸매고 생각에 빠졌다. 내가 어디에 있으며 또 하인과 노예들은 다 어디로 갔는지 아무리 생각해도 알 수 없었다. 결국 나는 곁에 있던 아가씨 품에 쓰러지고 말았다. 여 투스는 전혀 화를 내지 않았고 침착하게 말했다. "그대로 둬. 우리 일도 잘될 테니까."

나는 옆의 아가씨에게 안긴 채 머리를 감싸 쥐었다.

"머리가 터질 것 같아."

향기로운 아가씨 손이 내 관자놀이를 문질렀다. 여 투스는 밥을 다 먹고 내게 다가왔다.

"지금 일어설 수 있겠어요?"

나는 똑바로 앉았다.

"좋아요. 용건을 얘기하지요. 당신이 어떻게 이곳에 오게 됐는지 모르겠어요?"

"몰라요."

"모른다고?"

"도대체 내가 어디에 있는 거예요?"

"멍청한 척하지 말아요. 당신은 소문 자자한 그 바보가 아니에요. 마이치 집안 둘째아들이 바보가 아니거나, 당신이 마이치 집안 둘째아들이 아니거나……."

나는 여기가 어딘지, 지금 뭐가 어떻게 돌아가는지 정말 모르겠다고 진지하게 말했다.

"좋아요. 당신은 날 피하려고 온천이 있는 목장에 숨은 게 아니었나요?"

나는 힘껏 고개를 흔들었다. 순간 머리에 무언가 꽉 차는 느낌이 들며 모든 것이 생각났다.

"그래요. 어제 목장에서 잠들었어요."

여 투스는 냉랭하게 말했다. "흥! 어제는 목장에서 잠들었고 오늘 여기서 깨어났지요."

얘기를 나누다 비로소 여 투스에게 납치되었다는 것을 알게 되었다. 그녀는 집사에게서 보리 한 톨 못 받았다는 것이었다. 우리 집사가 식량은 마이치 집안 것이어서 자기 마음대로 어찌할 수는 없다고 했다는 것이다.

그녀는 밖에 나가서 걷자고 제의했다.

"좋아요. 좀 걸읍시다."

내 하인들은 총을 가진 사람들에게 감금당해 있었다. 이것이 바로 권력자와 비 권력자의 다른 점이다. 이런 상황에서도 권력자는 아름다운 여인들에게 둘러싸여 있다. 하지만 불쌍한 하인들은 감금된 채 배고픈 기색이 역력했다. 나는 여 투스에게 말했다.

"내 부하들은 배가 고플 겁니다."

"내 백성은 그들보다 더 배고파요."

"하인들에게 먹을 걸 좀 주세요."

"얘기가 다 끝나면 주지요."

"주지 않으면 아무 얘기도 안 할 거요."

"원 참, 내가 바보와 입씨름을 하네."

여 투스는 내 하인들에게 먹을 것을 가져다주라고 분부했다. 감금된 하인들이 나를 보는 눈빛은 개가 주인을 보는 것과 같았다. 나는 여 투스와 멀지도 가깝지도 않은 거리를 두고 초원을 한 바퀴 돌아 장막으로 다시 돌아왔다. 그녀는 목청을 가다듬었다. 나는 용건을 말할 시간이 됐다는 것을 알고 먼저 입을 뗐다.

"언제 출발하는 겁니까?"

그녀는 놀란 표정으로 어딜 가느냐고 물었다.

"롱꽁 부족의 감방으로 들어가야 하는 거 아닌가요?"

그녀는 웃었다.

"어머, 세상에, 두려운 모양이군요. 내가 어떻게 그런 일을 할 수 있겠어요? 못 해요. 나는 식량만 구하면 돼요. 빌어먹을! 내가 우둔해서 백성들이 굶어죽게 됐지요. 식량 좀 빌려줘요. 내가 바라는 건 그건데 당신이 날 피했잖아요?"

장막 안이 더워 참기 어려웠다. 그런데 가만히 보니 여 투스는 나보다 더 고통스러운 모양이었다. 라서빠 투스는 오자마자 식량을 얻고 싶다고 했다. 그런데 이 여 투스는 그런 말은 하지 않았었다.

"처음부터 그렇게 말한 게 아니잖아요? 나는 예쁜 아가씨들 자랑하러 온 줄 알았네."

그녀는 내 말을 끊었다. "라서빠 투스는 처음부터 얘기했어도 식량을 못 받았다고 하던데."

"우리가 입씨름을 했지요. 라서빠는 자기가 마이치의 형님이라고 하고, 나는 마이치가 그 사람의 큰아버지라고 우겼거든요."

이 말은 여 투스의 웃음보를 터뜨렸다. "그래요, 그랬군요. 그렇게 지난 시절 친척관계까지 모두 기억하고 있군요."

"라서빠에게 돈이 없었어요. 아버지는 이런 때 적어도 열 배는 받아야 된다고 하셨거든요."

여 투스는 소리를 질렀다. "열 배라고요?! 분명히 얘기해 줄게요. 나는 빌리러 왔어요. 양식을 꿔달란 말예요. 돈은 한 푼도 없어요! 알아들었어요? 은돈은 한 푼도 없다고요!"

나는 웃었다. "너무 답답하군요. 밖에 나가서 좀 걸어야겠어요."

그녀도 어쩔 수 없다는 듯 일어나서 나와 함께 장막 사이를 서성거렸다.

나는 이 여 투스가 내 시중을 드는 노예가 됐다고 생각했다. 더 이상 버틸 수 없었는지 여 투스는 드디어 인내심을 잃고 말았다.

"난 여태껏 당신 같은 바보와 함께 어슬렁거린 적이 없어요. 피곤해요. 그만 걸어야겠어요."

때마침 우리는 온천 근처를 걷고 있었다. 나는 옷을 벗고 물에 들어가 몸을 띄웠다. 여 투스는 내 모습을 애써 보지 않으려는 듯 몸을 돌렸다. 나는 그녀의 등에 대고 말했다. "당신네는 은돈이 많지요?"

"정말 이렇게 사무적으로만 일을 처리할 건가요?"

"값을 열 배 받고 식량을 팔라고 아버지가 말씀하셨거든요. 아버지는 당신들이 양귀비만 심고 곡식은 심지 않았다는 것을 아시고 당신들의 영지 근처에 식량 창고를 짓게 하셨어요. 안 그러면 당신들은 양식을 사서 돌아가는 길에 다 먹어버릴 거라고 하셨지요."

여 투스는 몸을 돌렸다. 절망한 기색으로 그녀는 하인들을 물리더니 울먹였다. "나는 식량을 빌리러 왔어요. 나는 열 배나 주고 식량을 살 돈이 없어요. 정말 돈이 없다구요. 왜 이렇게 괴롭혀요? 지금껏 롱꽁 가문에는 여자밖에 없어서 우리 부탁을 거절하는 사람은 없었어요. 그런데 왜 당신은 불쌍한 여자의 부탁을 거절하는 건가요?"

"이 세상에 바보를 괴롭히는 사람은 없어요. 그런데 여인인 당신은 왜 바보를 괴롭히나요?"

"난 늙었어요. 이제 늙은 할망구라고요."

여자 투스는 시녀 둘을 불러오더니 예쁘냐고 물었다. 나는 고개를 끄덕였다. 여 투스는 시녀들에게 온천물에 들어가서 나와 같이 목욕하라고 했다. 내가 고개를 저었다. "세상에! 원하는 게 또 뭐예요? 나는 이것밖에 해줄 게 없어요." 여 투스가 파르르했다.

나는 히죽거리며 웃었다. "딸도 있잖아요?"

그녀는 억장이 무너지는 표정을 지었다. "기가 막혀! 하지만…… 당신은 바보잖아요."

나는 더 이상 말을 하지 않고 숨을 깊이 들이쉬고 물 속으로 가라앉았다. 어릴 때부터 여름이면 이런 놀이를 즐겼다. 한 번, 또 한 번 물 속에 들어가다 보니 숨을 참고 오래 있을 수 있었다. 나는 꽤 오래 잠수했다가 물 밖으로 나왔다. 여 투스는 못 본 척하고 있었다. 나는 그 놀이를 계속했다. 물 속으로 들어갔다 다시 나오기를 반복해 나중에는 지친 말처럼 헐떡거렸다. 온천물은 부드럽고 매끄러웠다. 나는 발장구를 쳤다. 사방으로 퍼지는 유황 냄새는 주위 사람들이 참지 못할 정도로 지독했다.

나는 물놀이에 빠져 여 투스와 했던 얘기를 몽땅 잊어버렸다. 이 온천은 여자보다 훨씬 강한 매력을 가졌다. 만약 사관이 지금 여기 있었으면 나는 이 느낌을 당장 적으라고 말할 것이다. 돌아갈 때까지 이 느낌을 잊지 않는다면, 어느 해 몇 월 며칠에 둘째 도련님이 어디에서 어떤 느낌을 가졌노라고 기록하라고 할 것이다. 내 단언하건대 혀가 없는 그는 내가 느낀 것 이상으로 더욱 깊은 의미를 찾아낼 수도 있을 것이다. 틀림없다. 물론 혀가 잘린 사람의 놀랍도록 예리한 안목으로 도련님의 느낌을 기록하는 것이 무슨 의미가 있느냐고 조롱 섞인 질문을 날릴 수도 있겠지만, 나는 기어이 기록하라고 고집을 부릴 것이다. 나는 물밑으로 가라앉으며 한편으로는 바로 이 생각을 하고 있었다. 한 번 또 한 번, 귓속으로 물이 들어와 벼락치는 소리를 냈다.

분통이 터진 여 투스가 산호 목걸이를 내 이마에 던졌다. 내 이마는 금방 부어올랐다. 나는 물에서 나와 그녀에게 말했다. "마이치 투스는 모자란 아들이 당신에게 맞았다는 것을 알면 가격을 열 배로 내더라도 보리 한 톨 안 팔걸요."

사태의 심각성을 알아차린 여자 투스는 신음 소리를 냈다.

"도련님, 일어나요. 내 딸을 만나러 갑시다."

세상에, 나는 이 세상에서 제일 예쁜 여자를 곧 만날 것이다! 마이치 가문의 둘째아들 가슴이 두근두근 뛰었다. 쿵, 쿵쿵 갈비뼈 뒤가 아플 정도로 힘차게 뛰고 있었다. 이것은 얼마나 행복한 고통이란 말인가!

유난히 눈에 띄는 한 장막 앞에 이르자 여 투스는 이내 엄숙한 표정이 되었다.

"도련님, 정말로 내 딸을 만날 거예요?"

"왜 안 되나요?"

"똑똑한 사람이든 바보든 결국 남자란 똑같군."

여 투스는 나를 뚫어지게 바라보며 씹어뱉었다. "박복한 사람이 분수에 넘치는 것을 가지면 재앙을 당하지요. 타나 같은 여자는 보통 사람이 얻을 수 있는 그릇이 아니거든요."

"타나?!"

"그래요, 내 딸 이름이 타나라고요."

타나란 이름이 내 몸을 뜨겁게 달구었다. 나는 시녀였던 촐마보다 더 좋은 촐마를 만났고, 지금은 내 시녀의 이름과 똑같은 이름을 가진 여자를 또 만나게 되었다.

나는 하인이 문발을 걷어 올리는 순간조차 기다릴 수 없어서 곧장 뛰어 들어갔다. 문발이 내 몸에 얽혀 나는 얼마간 몸부림을 쳐야만 했다. 마침내 찢어진 문발을 손에 쥔 나는 숨을 헐떡이며 멍하니 타나 앞에 섰다. 내 가슴과 눈, 그리고 손끝에도 열기가 차오르는 것이 느껴졌다. 천지개벽 후 기나긴 세월을 뚫고 나는 아름답기 짝이 없는 이 여자 앞에 온 것이다.

그녀는 장막의 위쪽에 단정하게 앉은 채 생긋 웃었다. 새빨간 입술 사이로 하얀 이가 드러났다. 그녀가 입은 옷은 몸을 가리기 위해서가 아니라 무슨 암시나 상상을 일으키기 위한 것만 같았다. 나는 자제력을 잃고 자신도 모르게 소리치고 말았다.

"바로 당신이야, 바로 당신……."

처음 목소리는 크고 활기찼지만 그 다음 말을 하려고 입을 떼는 순간 온몸에 맥이 빠져 쓰러질 뻔했다. 그러나 애써 태연한 척했다.

마이치 가문의 바보는 그녀의 아름다움에 압도된 것이다.

놀란 타나가 자기 어머니를 쳐다보면서 물었다. "어머니가 찾던 사람이 이 사람인가요?"

여 투스는 엄숙한 얼굴로 머리를 끄덕였다.

"그래. 지금 이 사람이 널 찾으러 왔다. 사랑하는 내 딸아."

"알았어요."

타나는 속삭이듯이 말하고는 눈을 감았다. 이러한 모습은 사람의 연민을 불러일으키기에 충분했다. 내 마음도 좀 언짢았다. 그러나 이 만남은 바로 타나의 운명이고 또 그 여자를 만난 남자의 운명이다. 그녀가 눈을 내리깔 때 긴 무지개처럼 굽은 속눈썹이 가늘게 떨리는 것이 보였다. 내 몸과 마음이 한 순간에 녹아내리는 듯했다. 나는 그 이름을 나지막이 불렀다.

"타나."

그녀의 눈가에 눈물이 흐르고 있었다. 다시 눈을 치뜨니 이내 웃음 머금은 얼굴이 되었다.

"내 이름을 벌써 알고 있으니 당신 이름도 가르쳐줘야겠지요."

"나는 마이치 집의 바보잖아, 타나."

타나의 웃음소리가 들렸다.

"당신 정말 바보로군요."

"그럼, 난 그래."

타나가 손을 뻗어 내 손에 깍지를 끼었다. 그 손은 보드랍고도 차가웠다.

"허락하는 건가요?"

"뭘요?"

"식량 빌려주는 거요."

"그럼."

머리가 끓는 물처럼 펄펄 수증기를 내뿜고 있었는데 어떻게 승낙하고 말고가 있겠는가. 그녀의 손은 옥돌처럼 차가웠다. 타나는 긍정적인 대답을 듣고서야 나머지 손도 내 손안으로 밀어 넣었다. 내 손은 불에 덴 듯 뜨거워졌다. 그녀는 얼굴을 돌려 자기 어머니에게 말했다. "엄마, 좀 나가주세요."

여 투스와 시녀들이 밖으로 나갔다. 장막 안에는 우리 둘만 남아 있었다. 바닥의 양탄자 사이에 작고 노란 꽃들이 돋아나 있었다. 나는 그녀를 감히 바라보지 못하고 그 작은 꽃들과 그 여자의 손을 번갈아 보았다.

그녀가 갑자기 울음을 터뜨렸다. "당신은 내 짝이 될 수 없어요. 어울리지 않는단 말이에요."

나도 안다. 그렇기 때문에 감히 그녀를 똑바로 바라보지 못했던 것이다.

그녀는 울음 섞인 목소리로 내게 기댄 채 말했다. "당신은 내가 반할 만한 사람이 아니에요. 내 마음을 사로잡을 수 없단 말이에요. 당신은 나를 정숙한 여자가 되게 할 수도 없을 거예요. 하지만 이젠 당신의 여자가 됐으니…… 안고 싶으면 날 안아도 돼요."

이 말은 내 마음을 미칠 듯 기쁘게도, 또 엄청나게 아프게도 했다. 나는 타나를 부서져라 껴안았다. 나의 운명을 껴안기나 하는 듯 힘이 들어갔다. 바로 이 순간 바보의 눈으로 본 세상이란 것이 완벽하게 아름다운 것이 아님을 깨달았다. 이 세상의 모든 것이 다 이렇다. 바라지 않으면 그 상태에서 완전하고 순수하다. 그런데 바라는 것을 손에 넣으면 완전한 전부를 다 얻는 것이 아니다. 하지만 어쨌든 좋았다. 나는 마음에 드는 여인을 껴안고 눈을 마주치면서 입을 맞추었다. 나는 이 세상에서 가장 행복한 사람이 되었다.

"봐. 당신이 나를 바보로 만들었어. 말도 안 나오잖아."

이 말에 타나가 웃음을 터뜨렸다.

"바보로 만들었다고요? 당신은 원래부터 사방에 소문난 바보잖아요?"

그녀는 입맞춤하려는 나의 입술을 손으로 막으며 혼잣말을 중얼거렸다.

"하긴 누가 알아, 당신이 재미있는 남자일지."

그녀는 나의 입맞춤을 받아들였다. 내가 가슴을 만지려고 하자 몸을 비틀어 일어나 옷매무새를 다듬었다. "일어나요. 식량을 가지러 가야지요."

바로 이 순간의 나의 머리는 말할 것도 없고 내 몸의 피와 골수가 사랑에 취해 넋빠진 모습으로 비틀거리며 타나를 따라 나섰다. 어쨌든 나는 그녀와 관계를 맺은 것이다. 어떤 관계인지는 나도 모른다.

여 투스는 내 하인들을 풀어주었다. 우리는 변경에 있는 식량 창고로 갔다. 나와 타나의 말은 행렬의 맨 앞에서 나란히 나아갔다. 우리 뒤로는 여 투스, 여 투스의 시녀들, 그리고 나의 어린 하인 둘이 따라왔다. 이 장면을 목격한 집사는 놀라서 입을 다물지 못했다. 내가 창고를 열라고 했을 때 그의 입은 더 크게 벌어졌다. 그는 곁으로 다가와 나를 잡아당겼다.

"도련님, 주인 나리의 말씀을 잊지 않으셨겠죠?"

"창고를 열라니까!"

내 눈에서 불꽃이 활활 타오르고 있었다. 나름으로는 주인의 마음을 너무나 잘 안다고 여겼던 충성스런 집사는 더 이상 말을 하지 않고 허리에서 열쇠를 풀어 쑤오랑쩌랑에게 던졌다. 내가 몸을 돌렸을 때 '드디어 둘째 도련님도 잘난 형처럼 여자 때문에 갈 길을 잃어버렸다' 고 투덜대는 소리가 들렸다. 하지만 집사는 아주 좋은 노인이었다. 쑤오랑쩌랑이 창고를 열어 보리 한 포대를 롱꽁의 나귀 등에 얹는 것을 보고 말했다.

"가엾은 도련님, 지금 자신이 뭘 하고 있는지 모르는 거지요?"

"난 이 세상에서 제일 예쁜 여자를 얻었어요."

"식량을 얻을 수 있으리란 확신이 없어서 가축도 몇 마리밖에 몰고 오지 않았네요."

그랬다. 그녀들은 타고 온 말에도 보리를 싣게 했는데 아무리 실어봐야 창고 하나에 들어 있는 식량의 사 분의 일도 싣지 못했다. 우리에게는 터져 나가도록 식량이 가득 찬 이런 창고가 모두 스물다섯 개나 있었다. 식량 실은 나귀 근처에서 서성대던 여 투스가 내게 다가왔다.

"내 딸은 이제 가야 해요. 마이치 가문에서 청혼하러 올 때를 기다리고 있을게요. 구혼자가 빨리 왔으면 좋겠군요."

더 많은 가축을 몰고 오기 전에 구혼했으면 좋겠다고 여 투스는 말했다. 보리를 실은 말들은 곧 멀어져갔다. 나의 타나도 오색 빛 구름 아래로 멀어져 갔다.

"그 예쁜 여자를 왜 보내셨어요?"

집사의 얼굴에는 의구심이 가득 차 있었다. 나는 말뜻을 금방 알아차렸다. 그는 내가 여 투스의 미인계에 빠졌다고 생각하는 것이었다. 나도 타나를 그냥 보내준 것에 대해 후회하는 마음이 들었다. 그녀가 돌아오지 않는다면 식량 따위가 무슨 의미가 있겠는가. 아무것도 아니다. 정말 아무것도 아니라는 생각이 들었다. 마음이 허전했다. 밤바람이 높은 하늘에서 스쳐갈 때 내 마음은 텅 비었다. 나는 여자 때문에 잠을 이룰 수 없었다.

'내 마음이여, 지금 내 마음은 온통 타나, 그대로 가득 차 있다.' 내 마음의 반은 고통이고 반은 그리움이었다.

약혼

마이치 투스가 시찰을 나왔다.

그는 이미 남쪽 변경에 갔다가 오는 길이었다.

남쪽에서 형은 우리의 적인 왕뻐 투스와 싸웠다. 왕뻐 투스는 낡은 수법을 쓰려고 했다. 기습해서 보리와 옥수수를 훔치려 했는데 오히려 형이 설치한 함정에 빠졌다. 싸움만 한다면 형은 언제라도 이길 수 있었다. 왕뻐 투스의 아들이 목숨을 잃었고 투스 자신도 말을 매는 줄에 걸려 넘어져 팔이 부러졌다. "형은 아무 문제도 없던데, 여긴 어떠냐?"

아버지가 말을 마치자마자 집사는 무릎을 꿇었다.

"좋은 소식이 없는 모양인데……?"

집사는 우리가 어떻게 라서빠 투스를 보냈고, 어떻게 여 투스에게 보리를 허망하게 내주었는지를 죄다 일러바쳤다. 아버지의 얼굴이 어두워지더니 나를 한번 째려보고는 집사에게 말했다. "일어나라. 네게는 아무 잘못도 없어."

집사는 일어났다. 아버지는 다시 나를 바라보았다. 우리 집에 혀 없는 사관이 생긴 후부터는 모두들 눈으로 얘기하는 법을 배웠다. 마이치 투스는 한숨을 쉬었다. 맞다, 둘째아들의 행동은 머리에 문제가 있음을 확실히 증명하는 일이었다. 투스로서는 이제 두 아들 중 누구를 자기의 계승자로 선택할 것인가로 더 이상 고민할 필요가 없어졌다. 집사가 나간 뒤 나는 아버지에게 말했다.

"이렇게 되었다는 것을 알면 어머니가 안 좋은 소리 하시겠네요."

내 말이 아버지를 놀라게 했는지 한참이나 침묵하다가 말했다.

"이게 어떻게 된 일인지 모르겠구나."

"전 투스가 될 수 없다는 것을 알고 있어요."

아버지는 보리를 그냥 주었다는 일로 나를 책망하지는 않았다. "룽꽁 집의 딸이 어떻든?"

"그 여자를 사랑합니다. 아버지가 빨리 청혼하러 가시면 좋겠어요."

아버지는 큰 소리로 웃었다.

"아들아, 넌 참 복도 많다. 마이치 투스가 못 되더라도 룽꽁 투스가 될 수 있잖아? 그 집에 아들이 없으니 사위가 되는 건 바로 투스가 된다는 거지. 물론 영리하게 행동해야 하지만"

내가 영리한지 어떤지 잘 모르지만 그녀를 무척 사랑한다는 사실은 알고 있었다. 나는 타나를 잊을 수가 없었다.

"사랑이 뭐냐? 얘기해보렴." 사랑하는 아버지가 물었다.

"뼛 속에 거품이 생기는 거예요."

이 말은 정말 멍청한 대답인데 머리 좋은 아버지는 알아들었다. 아버지는 웃었다.

"이 바보야, 거품이란 다 흩어져 사라지고 마는 거야."

"계속 솟아오르는데요?"

"그래, 아들아. 롱꽁 투스가 딸을 정말로 준다면 보리를 더 많이 주마. 곧바로 편지를 보내야겠다."

"롱꽁 집의 시녀도 우리 집 시녀보다 예쁘더냐?"

내 대답은 무지막지한 긍정이었다.

"여자 투스가 시녀를 딸로 가장한 게 아니냐?"

나는 롱꽁의 딸이든 아니든 타나를, 어쨌든 타나를 사랑한다고 말했다.

아버지는 집사에게 시키려던 편지 심부름은 일단 거둬들였다. 대신 편지를 보내기 전에 타나가 정말로 롱꽁 집의 딸인지를 먼저 알아보라고 분부했다. 이번 일로 사람들은 모두 내가 미인계에 빠져 롱꽁의 시녀에게 홀렸다고 생각했다. 하지만 나는 그런 말에 신경 쓰지 않았다. 타나가 시녀라도 나는 그녀를 사랑할 것이다. 그녀의 아름다움은 거짓이 아니니까.

날마다 나는 망루에 올라가서 집사가 돌아오기를 기다렸다. 혼자 바람을 맞받으면서 나는 이제 마이치 투스가 될 가망은 전혀 없음을 알았다.

머리 위의 파란 하늘은 아주 높고 텅 비어 그 위에는 아무것도 없는 듯했다. 대지는 끝 간 데 없이 넓은 녹색이었다. 남쪽에는 높고 깊은 산들이 있고 북쪽은 넓은 초원이었다. 곳곳에서 사람이 보였다. 라셔빠 투스와 롱꽁 투스의 굶주린 백성들이 들판을 돌아다니는 것이었다. 아버지가 오고 나서는 더 이상 먹을 것을 나눠주지 않았지만 그들은 여전히 식량 창고 주위를 맴돌다 허기를 이기지 못하면 냇가에 가서 물을 마셨다. 그리고는 다시 유령들처럼 돌아다니기 시작했다.

하늘에서 번개가 치고 천둥이 치던 어느 날, 나는 망루에 선 채 바람에 흔들리고 있었다. 이때 번개가 번쩍였고 갑자기 뭐라고 말할 수는 없지만 큰일이 생길 것 같은 느낌이 왔다. 나는 아버지에게 곧 일어날 큰일을 지켜보고 싶다고 크게 외쳤다. 아버지는 어린 노예들의 부축을 받으면서 망루에 올라와 큰 소리로 말했다.

"무슨 개 똥 같은 큰일이냐? 번개에 맞아죽는 것이야말로 큰일이다!"

이 말을 하자마자 나는 바람에 휘청거렸고 망루에서 떨어질 뻔한 순간 놀란 아버지가 내지르는 고함소리를 들었다.

그런데 확실하게 무슨 일인가가 벌어졌다. 내 마음이 몸 밖으로 뛰어나간 것이다.

"아버지가 사관을 데리고 왔어야 하는데… 이런 때 그 사람이 여기 있어야 해요."

이때 다른 망루에 벼락이 떨어져 불이 번쩍하더니 높다란 망루가 무너져내려 물기 머금은 흙덩이로 변해버렸다. 불이 붙은 나무 몇 토막과 보초병 하나가 흙더미 위를 뒹굴었다. 멍청이 아들이 죽자고 몸부림을 치자 마이치 투스는 나를 붙들었다. 이번에 그는 정말 화를 냈다. "봐라, 네가 말한 큰일이 이거냐? 나더러 같이 죽자고?"

아버지는 내 따귀를 때렸다. 심하게 아팠기 때문에 나는 그가 나를 사랑한다는 것을 알 수 있었다. 나를 미워하는 사람이 때렸으면 그렇게 아프지 않았을 것이다. 너무 아파서 바닥으로 쓰러졌다. 집사가 노발대발하는 투스를 막아섰다. 비가 동이로 퍼붓듯 쏟아졌다.

천둥소리가 작아졌다. 아니 작아진 것이 아니고 거대한 바퀴처럼 우르릉거리며 멀리 굴러갔다. 나는 그냥 누운 채로 눈물에 잠겨 죽고 싶었다. 그러나 바로 이때 무슨 소린가가 귓가에 들렸다. 그랬다, 나도 말발굽이 땅을 두드리는 소리를 들었다. 한 마리도 아니고 그렇다고 백 마리도 아니다. 삼사십 마리쯤 되는 모양이었다. 아버지는 내 예감이 맞았다는 사실에 나를 흘끔 돌아보더니 무기를 꺼내라고 명령했다. 나는 벌떡 일어나 기분 좋게 외쳤다.

"타나가 돌아왔다."

다급하게 문 두드리는 소리가 났다.

문을 열자 여 투스와 같이 온 사람들이 벌 떼처럼 우르르 들이닥쳤다. 나는 위층에서 뛰어 내려갔다. 모두들 말에서 내렸는데 타나만 말에 앉아 있었다. 모두 방금 물에서 건져낸 듯 흠뻑 젖어 있었다. 나는 다른 사람은 안 보였고 오직 타나만 보았다. 흠뻑 젖은 채 말에 앉아 있는 그녀는 온 세상의 비를 몰고 온 것 같았다. 그 여자는 비의 여신 같아 보였다.

나는 타나를 말 등에서 안아 내렸다. 타나는 두 손으로 내 목을 감싸고 내 품으로 깊이 파고들었다. 몸은 얼음장같이 차가워서 체온으로는 덥힐 수 없었다. 화로와 술을 가져와서야 몸이 겨우 정상으로 돌아왔다.

우리에게는 그 여자들을 갈아입힐 옷이 별로 없었다. 여 투스는 퍼렇게 언 얼굴로 마이치 투스에게 농담을 했다. "웬일인가요. 마이치 가문은 엄청난 부자잖아요?"

아버지는 여 투스를 보고 웃고는 우리를 데리고 나가면서 문 앞에서 큰 소리로 말했다.

"옷이나 말리고 나서 얘기합시다."

원래 두 명의 투스가 만나면 갖춰야 할 예절이 몹시 번거롭다. 이 번거로운 예절 때문에 피차 얼마간의 거리를 두게 되는 것이었다. 하지만 이번에는 비가 와서 다행이었다. 흠뻑 젖은 여 투스가 우리 앞에 나타나면서 예절 따위는 필요가 없었고 분위기도 온화했다. 여자 투스는 안에서, 남자 투스는 밖에서 창문을 사이에 두고 서로 농담을 주고받고 있었다.

나는 아무 말도 하지 않은 채 여자들이 젖은 옷을 벗는 나지막하지만 예민한 소리를 빗소리와 함께 들었다. 나는 발가벗은 채 곰 가죽 담요에 앉아 있는 타나를 불빛이 어루만지는 모습을 상상했다. 그런데 머릿속에 연기가 낀 듯 더 이상 예쁜 여자의 발가벗은 모습을 떠올릴 수 없어서 미치고 환장할 지경이 됐다. 아버지는 내 머리를 툭툭 건드렸고 우리는 따뜻한 다른 방으로 갔다.

점점 어두워지는 하늘을 보고 투스가 말했다. "그 일은 참 끝내주게 했더라."

집사는 나를 바라보고 나는 집사를 쳐다봤다. 그 일이란 무슨 일을 말하는 것일까.

투스의 눈길이 어두워지는 하늘에 뿌리는 빗줄기에서 내 얼굴로 돌아왔다.

"그 일 참 잘했단 말이다. 넌 바라던 예쁜 여자를 얻을 수 있겠구나."

"주인어른께서 말씀하시려는 게 그 일만은 아닌 것 같은데요."

"그래, 물론 그 일만 두고 하는 말은 아니지. 저 여자들이 길에서 무슨 일이 있었던 모양인데 어쨌든 간에 여 투스 일가는 결국 우리에게 매달릴 거다. 그런데 도대체 오는 길에 무슨 일이 있었을까?"

집사가 입을 열고 뭐라고 말하려 하자 투스가 손가락을 세웠다. 집사는 즉시 말을 바꿨다.

"아마 도련님은 알고 있을 겁니다. 도련님이 꾸민 일일 수도 있어요."

이때 나는 벌거벗은 타나를 상상하느라 넋이 빠져 있었다. 아버지는 뭐 하고 있느냐는 눈빛으로 나를 응시했다. 나는 아는 것은 반드시 말하는지라 지금 머리에 떠오른 것을 그냥 내뱉어버렸다.

"여 투스는 하루에 세 번씩 옷을 갈아입던데 오늘은 한 벌도 못 가져왔더라고요. 지금 도리 없이 홀랑 벗고 불을 쬐고 있을 거예요. 그런데 누가 투스 옷을 빼앗아갔을까요?" 이 문제가 내 머릿속을 줄곧 맴돌았지만 도대체 결론을 내릴 수가 없었다. 내 말은 투스와 집사에게 힌트를 주었다.

"맞다, 뺏겼구나! 네 말은 그 여자들이 옷을 뺏겼다는 뜻이겠지?"

집사가 말을 받았다. "총 가진 사람이 있었는데도 빼앗겼다면 일반적인 도적이 아닐 겁니다. 맞습니다! 라셔빠 투스일 겁니다!"

"라셔빠가 일을 저지른거군." 아버지는 내 머리를 툭툭 쳤다.

"네가 파는 보리 가격은 예년의 열 배를 훨씬 넘겠어."

솔직하게 말해서 나는 두 사람이 무슨 말을 하는지 잘 몰랐다. 아버지는 손뼉을 쳐 술을 가져오게 했고 우리 세 사람은 한 사발씩 마셨다. 아버지는 껄껄 웃고, 마시던 술대접을 창 밖으로 던져 깨뜨렸다. 술은 내 주변을 후끈 달아오르게 만들었다.

언제부터인지 비는 그쳤다. 저녁노을이 찬란했다. 나는 이날을 기억해야 했다. 폭우 뒤의 저녁노을이 얼마나 밝고 사람을 설레게 하는지!

아버지와 나는 술 냄새를 풍기며 방금 옷을 갈아입은 여자들에게 돌아갔다. 술, 불, 따뜻하고 바싹 마른 옷, 맛있는 음식이 허둥대기만 하던 여 투스를 진정시켰다. 그녀는 우리와 심정적 거리를 다시 유지하려고 했지만 소용없었다.

여 투스가 좀더 예의 바르게 행동하자 아버지가 입을 열었다. "안 그래도 됩니다. 우린 이미 얼굴을 봤잖아요. 머리도 다 안 말랐는데 불가에 그냥 앉아 계십시오."

이 말에 여 투스는 별수 없이 난로 가에 앉아 아첨하는 웃음을 머금었다. 마이치 투스는 자기 처사에 만족했다. 하지만 여기서 자기 계책을 멈출 생각은 없었고 적수가 여인이지만 봐줄 생각 또한 없었다.

"라셔빠 투스가 악명을 떨치겠군요. 어떻게 갈아입을 옷조차 남기지 않는단 말인지, 원."

여 투스 얼굴에 놀란 기색이 역력했다. 마이치 투스 말이 맞았다! 그 여자들은 라셔빠 투스에게 약탈을 당했다. 내가 거저 주었던 보리도 다른 사람의 손에 넘어가고 말았다. 롱꽁 투스는 아무렇지도 않은 표정을 지으려고 했지만 결국은 여자인지라 눈물을 글썽거렸다.

"괜찮아요. 마이치 가문이 공정하게 처리할 테니까요."

아버지 말에 여 투스는 얼굴을 돌려 눈물을 닦았다. 이렇게 되면 자신의 처지가 불리하게 된다. 나는 그들이 나를 납치했던 사건을 아직 입 밖으로 꺼내지 않았다. 말이 새나가면 롱꽁 투스의 처지는 더 옹색해질 것이다. 타나는 나를 한 번 보더니 일어서서 밖으로 나갔다.

나는 뒤따라 나갔다. 뒤에서 낮은 웃음소리가 들려왔다.

비 온 뒤의 밤공기는 얼마나 신선한지……. 달빛은 잔잔하게 냇물을 비췄다. 물결에 반사된 은빛 물결이 내 마음을 비추고 내 사랑도 환히 비춰줬다. 타나는 나에게 입맞춤을 해주었다. 나는 그녀의 입맞춤에 또 멍청이가 됐다.

"달도 밝다!"

타나는 웃었다. 달빛처럼 맑고 서늘한 웃음이었다.

"중요한 상담도 마치지 못했는데 무슨 달 타령이에요?"

"냇물도 환하다!"

나는 다시 말했다. 타나의 목소리가 누그러졌다.

"나한테 심술부리는 건가요?"

"우리 아버지가 이제 정식으로 구혼할 거예요."

말을 마치고 입맞춤을 하는데 타나는 내 다리를 자기와 같은 위치에 놓더니 손을 내 입술에 갖다 댔다.

"아버지께 그 일을 얘기하지 않았군요?"

물론 나는 무슨 말을 하는지 알고 있었다. "목장에서 당신과 함께 지냈다는 것만 말씀드렸어요."

타나가 내 품으로 쓰러졌다. 타나를 내 방으로 데려가고 싶었지만 자기 어머니에게 돌아가야 한다고 했다. 나는 오랫동안 달빛을 받으며 서 있었고 타나도 내 품에서 함께 있었다.

길에서 약탈당한 얘기를 하면서 그녀의 눈이 젖어들었다.

타나의 이런 표정은 나를 분노와 고통으로 밀어 넣었다.

"그놈들이 당신을 어떻게 했어요?"

타나는 이 말을 강간당했느냐는 의미로 해석했다. 그녀는 얼굴을 가리고 발을 구르며 낮은 소리로 '자기와 여 투스는 호위대의 보호로 끔찍한 화는 면했노라' 고 했다. 나는 굳이 처녀를 아내로 삼으려는 생각은 없었다. 이곳에서 그런 교육은 받지 않았다. 그런데 나는 그녀에게 아직 처녀냐고 물었다. 타나는 그렇다고 대답한 다음 엉뚱하다는 생각이 들어서인지 내게 반문했다.

"그걸 왜 물어보는데요?"

나는 모른다고 했다.

여 투스가 길에서 약탈당한 일은 나하고 아무 관계도 없었다. 그러나 아버지와 집사는 이것을 내가 노린 술책이라고 생각했다. 마이치 투스는 몇 번이고 식량을 거저 준다는 것이 누구의 생각이냐고 집사에게 물었다. 집사는 그때마다 도련님의 생각이라고 말했다. 결국 아버지는 이 다음에는 어떻게 할 생각이냐고 물었다. '해야 될 거면 어떻게든 해야지요', 사실 나는 화를 참고 있었다. 아버지는 예쁜 타나와 같이 있는 것은 허락했지만 투스의 품위를 망가뜨리게 천한 시녀처럼 함께 잠자리에 들지는 못하게 했다. 관례에 따르자면 결혼해야 비로소 동침할 수 있다는 것이었다. 그래서 나는 도저히 참을 수가 없어 대답했다. "해야 될 거면 어떻게든 해야지요"

아버지는 손뼉을 치면서 껄껄 웃었다.

두 투스는 변경에서 우리를 약혼시켰다. 원래 투스 딸의 약혼식은 대단히 호화스럽게 치른다. 하지만 지금은 비상상황이고 이곳은 특수 지역이라서 모든 것을 간단하게 했다. 우리의 약혼식은 모여서 먹는 것이 전부였다. 모두들 쉬지 않고 먹고 또 먹었다. 얼마나 많이 먹어대는지 굉장했다. 쌍지 촐마는 부엌을 도맡았다. 잔치가 파할 무렵 그녀는 직접 만든 음식을 나와 타나의 앞에다 놓고 낮은 소리로 말했다.

"도련님, 축하드립니다."

잔치음식을 다 먹은 뒤 우리는 각각 자기 방으로 갔다. 결혼해야만 같이 잘 수 있다는 것이었다. 우리는 반지, 목걸이, 허리띠에 매는 보석 등 예물을 교환했다. 밤에 자려고 누웠으나 타나 생각에 잠을 이룰 수 없었다. 그때 가벼운 걸음으로 아래층 손님방에서 위층으로 올라가는 소리가 들리더니 내 옆의 아버지 방에서 씩씩거리는 소리가 들려왔다.

"세상에 두 투스가 이런 짓 하는 줄은 아무도 모를 거야."

마이치 투스의 말에 여 투스는 웃으며 칭찬했다. "당신, 아직 늙지 않았군요."

"그래, 아직은 힘 좀 쓰지."

"그래도 젊진 않아요."

투스와 딸에게 각기 방 하나씩을 주었는데도 여 투스는 줄곧 타나의 방에서 머물렀다. 투스 둘이 서로 엉겨 바쁜 틈에 나도 눈앞에 보이는 이 기회를 놓칠 수 없다는 생각이 들었다. 나는 아래층으로 서둘러 내려갔다. 그러나 타나의 침대를 더듬어보니 사람은커녕 냄새조차 남은 것이 없었다. 그제서야 나는 약혼식이 끝난 그 밤으로 여 투스는 딸을 자기의 산채로 돌려보냈다는 것을 알았다. 혹시 모를 라셔빠의 공격에 대비해 마이치 가문의 하인들에게 총과 무기, 그리고 꽤 많은 양식까지 얹어 타나와 함께 떠나버린 것이었다.

다음날 나는 어떻게 된 일이냐고 아버지에게 물었다.

"왜 여 투스만 남고 다들 떠난 거죠?"

"네가 해야 될 거면 하라고 그랬잖아?" 아버지가 내게 되물을 때 얼굴에 억울하다는 표정이 드러났다. 정말 재미있다. 말할 수 없이 웃기는 일이다. 내가 마이치 투스가 되고 투스가 바보도련님이 된 것 같았다.

"그렇다면 별수 없지요."

마이치 투스가 아들에게 말하고자 한 바는, 여 투스를 붙들어두는 것이라서빠를 곤경에 빠뜨리는 일이라는 것이다. 하지만 여기서 일없이 머문다면 남 보기에 별로 좋지는 않았다. 아버지가 여자와 그 짓을 할 때 집보다 들판을 좋아한다는 것은 나도 안다.

"아예 말을 타고 나가셔서 라서빠에게 보여주시지 그래요?"

들판으로 나가는 걸 좋아하는 아버지는 곧 여자 투스를 데리고 밖으로 나갔다. 나는 아버지가 라서빠를 곤경에 빠지게 하려는 술책을 실시하러 갔는지 아니면 여자 투스와 그 짓을 하러 갔는지 몰랐다. 나는 다시 망루로 올라갔다. 밤에 비가 내렸지만 아침이 되자 날이 개어 눈을 들면 아주 멀리까지 보였다. 이곳으로 오는 굶주린 행렬은 끝이 없었다. 그들은 자신들의 투스가 있는 곳에서 식량을 받아야 하지만 누군가 식량이 있는 것을 봤다는 소문을 듣고 이곳으로 꾸역꾸역 몰려들었다. 비록 앞서 이곳을 떠날 때 절망한 그들의 몸은 휘청거렸지만 우리 보루에서 죽은 사람은 아직 없었다. 만약 그런 일이 생긴다면 누구보다도 내가 못 견딜 것이었다. 그들은 마치 성지 순례하는 사람 같았다. 천신만고 끝에 여기까지 와서 성지를 우러르듯 천국에 가장 가까운 우리 창고를 한번 바라보고 먼지 풀썩이고 굶주림에 둘러싸인 자기 집으로 돌아갔다. 이런 사람들에 비하면 마이치 투스의 백성은 천국의 선택을 받았고, 또 부처님의 가피를 특별히 많이 받은 무리였다.

푸르디푸른 먼 산골짜기 위를 빙빙 도는 날짐승의 수가 갈수록 많아졌다. 엄청나게 많은 사람이 굶어죽었으리라. 나는 그 산골짜기를 잘 안다. 이런 계절에는 시냇물이 날로 풍부해지고 산 앵두꽃은 활짝 피어 있을 것이다. 사람들은 아마도 바로 그 나무 밑에서 죽어갔을 것이다. 꽃향기가 그들을 천국으로 올라가도록 도와줄지도 모른다. 그들의 주인이 천국으로 이끌어주지 못한다면 그들은 당연히 맑은 꽃향기의 도움을 누려야 할 것이다.

아버지와 여 투스는 말을 재촉해 도움 청할 길 없는 사람들 사이를 내닫곤 했다. 그 두 사람이 작은 시냇가에 말을 멈추자 고요히 흐르는 냇물에 그들의 그림자가 거꾸로 비쳤다. 하지만 그 둘은 먼 곳을 바라보면서도 물에 비친 자기들의 그림자를 보려고 하지는 않았다.

둘은 매일 똑같은 코스를 산책했다.

나도 망루에 올라가서 매일 그들을 바라보았다. 그들이 곧장 라셔빠 투스 영지에 있는 짙푸른 산골짜기까지 들어간다면 그 둘은 라셔빠의 부하들에게 살해당할 것이었다. 처음엔 단순한 재미로 이런 생각을 했는데 갈수록 억제하기 힘들게 되면서 죄책감도 생겨났다. 더군다나 어린 얼이가 개처럼 내 뒤를 졸졸 따라다니니까 이런 죄의식이 더욱 강해졌다.

결국 나는 아버지에게 말했다. "두 분, 이젠 나가지 마세요."

아버지는 내 말에 대꾸 없이 의기양양한 눈빛으로 자신과 동침하는 여자를 쳐다봤다.

그 눈길은 "내가 옳았구나, 내 아들아." 이런 의미였다.

알고 보니 더 이상은 변경 밖으로 나가지 말자고 이미 약속한 터였다.

그 뒤 몇 년 동안 행운은 우리 마이치 가문과 내 뒤를 졸졸 따라다녔다. 이게 무슨 말인가 하면 내가 하는 말은 전부 아버지의 생각과 맞아떨어진다는 뜻이었다. 그래서 나는 웃었다. 멍청한 기질을 가진 사람이 웃기 시작한다는 것은 예측불허의 깊은 의미가 있는 것이다.

시작되다

그날 밤 나는 정말 잘 잤다. 평소 타나 생각에 뒤척인 후에야 잠이 들었는데 그날은 아무 생각도 없이 잠에 빠져들었다. 아침에 잠에서 깬 후 잠시 타나 생각을 했다. 그러나 마당에서 사람들이 떠드는 소리, 말이 울부짖는 소리에 더 이상 타나 생각을 할 수 없었다. 사람들은 롱꽁에게 줄 보리를 싣고 있었다. 얼마 안 되어 기마대, 그리고 여 투스의 뒷모습이 우리 눈앞에서 사라졌다. 아버지는 아주 피곤해 보였다. 그는 방으로 들어가 잠자기 전 분부했다.

"시작되면 깨워라."

나는 무엇이 시작되느냐고 묻지 않았다. 나의 처신방법으로 말하자면 조용히 기다리는 것이었다.

형은 남쪽 변경에서 영토를 확장시키고 있었다. 그는 식량으로 상대의 백성을 투항시키는 작전을 썼다. 아버지가 죽으면 그는 더 많은 백성과 더 넓은 땅을 가지게 될 것이다.

형이 남쪽 변경에서 순조롭게 일을 진행하고 있을 때 우리는 룽꽁 투스에게 보리를 거저 주었다. 그러자 형은 "두 사람이 룽꽁 가문의 여자에게 빠졌다. 이제 여 투스가 마이치 가문을 차지하고 모든 것을 호령할 날이 올 거야." 이렇게 말했다.

그 말투에는 틀림없이 아버지를 나와 같은 바보로 취급한 기색이 실려 있었다.

형이 최측근에게 한 말이었지만 금방 우리 귀까지 날아들었다. 아버지는 이 말을 듣고 아무 말도 하지 않다가 모두 나가고 나와 둘만 있게 되자 물었다.

"너의 형 말이다. 도대체 똑똑한 사람이냐 아니면 그냥 똑똑한 척하는 거냐?"

나는 대답하지 않았다.

솔직하게 말하면 그 둘의 차이를 모른다. 자기가 똑똑한 사람이라고 알고 있는 사람은 분명히 다른 사람에게도 자기가 똑똑한 사람이라는 것을 알게 할 것이기 때문이다. 그 질문은 나에게 "너는 바보냐, 아니면 일부러 바보인 척하는 거냐?" 라고 묻는 것과 같은 것이었다.

"네 형은 네가 더 잘했다는 것은 생각지도 못할 거야. 해야 될 일이라면 좋을 대로한다? 네 말이 옳다. 난 자야겠다. 시작되면 날 깨워라."

나는 뭐가 시작된다는 것인지 모르는 채 넓은 들판으로 망연히 눈길을 돌렸다.

들판은 봄, 여름, 가을 겨울의 구분이 없었다는 듯 마냥 푸르기만 할 뿐이었다. 여름의 이 넓고 푸른 들판은 이미 이삼백 년 간이나 이어져 내려왔다. 눈앞의 경치를 바라보며 나는 하품을 했다. 크게 벌린 입을 다물기 전에 어린 하인들도 따라서 하품을 했다. 나는 그 애들을 걷어차려다 힘을 쓰고 싶지 않아서 그냥 참았다. 나는 도대체 뭐가 시작된다는 건지 생각하기 시작했다. 생각할수록 머리가 복잡해졌다. 나는 아버지의 말투를 흉내 내 어린 노예들에게 외쳤다.

"하품하지 마. 시작되면 날 불러라!"

"네, 도련님."

"뭐가 시작되는데?"

"일이 시작돼요, 도련님!"

나는 어린 하인들 입에서 나온 말로 해답을 얻고 싶었다. 하지만 갈수록 머리는 혼란스러웠다. 뭔가가 보일 듯 말 듯하면서도 무엇 하나 분명한 것은 없었다. 눈을 떴다. 그제야 내가 방금 전까지 자고 있었다는 걸 알게됐다. 난간에 엎드린 채 잠이 들었던 것이다. 다시 눈을 떴을 때 하늘가로 엷은 회색 구름이 움직이고 있었다. 바람에 실린 구름 한 줄기가 뱀보다 빨리 기어가듯 흐르고 있었다. 벌써 오후였다. 나는 선 채로 꽤 오래 잤던 모양이다.

"시작됐어?"

어린 하인들이 보이지 않았다.

대답해줄 사람이 없다는 걸 알자 당혹스러웠다. 뒤에서 발걸음 소리가 들렸다. 돌아보지 않아도 마이치 투스, 내 아버지인 줄 알 수 있었다.

"야, 넌 정말 복도 많다. 난 침대에 누워서도 한숨도 못 잤는데 넌 서서도 자는구나."

"시작됐어요?"

아버지는 막연한 표정으로 고개를 저었다.

"벌써 시작됐어야 하는데…… 여기에서 멀지 않으니까 이미 도착했을 텐데 이상하네." 이렇게 말하면서 손으로 눈앞에 우뚝 솟은 산을 가리켰다. 수많은 백성이 굶어죽는 곳이었다.

그제야 나는 무슨 일이 일어날지 대충 짐작했고 다시 입이 찢어지게 하품을 했다.

"들어가서 자거라. 시작되면 부르마."

나는 방에 들어가서 누웠다. 전에는 잠자리에 들어가면 머리끝까지 이불을 뒤집어썼다. 잠이 들면 몸을 뒤채 이불이 다 떨어지든 말든 상관이 없었지만 일단 잠자리에 들면 늘 그렇게 했었다. 혹시 이불이 떨어지면 어쩌나 생각할 때도 있었지만 잠버릇이 그러니 별 도리가 없었다. 막 잠에 빠지는 참인데 어디서인가 엄청나게 큰 소리가 들려왔다. 소리는 거대한 빛처럼 모든 것을 환하게 비추었다. 나는 이불을 제치고 방에서 뛰어나가면서 크게 외쳤다.

"시작됐다, 시작됐다!"

이때 우리 보루는 따뜻한 저녁 햇살에 뒤덮여 있었다. 사람들은 일없이 햇살 아래 게으르게 앉아 있었다. 어린 하인은 사방치기를 하고 있었다. 이 세상에서 그 둘만이 내가 무슨 짓을 해도 놀라지 않을 것이다. 내가 '일났다' 고 고함을 질렀을 때 어린 얼이는 고개도 들지 않았고, 쑤오랑쩌랑은 나를 보고 히죽 웃고는 다시 사방치기에 몰두하는 것이었다. 더 기가 막힌 것은 투스와 집사 역시 다리를 구부리고 사방치기를 하고 있었다는 것이다. 햇살이 그들의 몸을 비스듬히 비추고 있었다.

나의 고함은 그들을 조금도 놀라게 하지 못한 모양이었다. 내 생각으로는 나를 난처하게 하지 않으려고 그들이 못 들은 척하는 것 같았다. 모두들 오늘 무슨 일인가가 일어나리라는 것을 알고 있으므로 계속 기다리고만 있었다. 무슨 일인가가 시작되면 그렇게나 쫑긋 세웠던 그들의 귓가에 틀림없이 무슨 소리가 들렸을 것이다. 더군다나 내가 "시작됐다!" 고 벽력같이 고함을 질렀으니 못 들었을 리가 없다.

아버지 눈에 비친 내 모습이 멍청한 바보에서 순식간에 뭐든 다 아는 현명한 사람으로 변해버린 것 같은 모양이었다. 또 평소 내가 기울였던 노력이 방금 엄청나게 크게 지른 고함 속에서 멍청한 기운을 다 쓸어가 버린 것으로 여기는 듯했다.

하인들은 마당에서 나를 올려다봤다. 그들은 소리나는 방향을 정확히 찾기 위해 빌어먹게 눈부신 햇빛을 가리려고 손을 이마에 얹었다. 투스와 집사는 꿈쩍도 하지 않았다.

내 목소리는 곧 잦아들었다. 오후의 햇빛이 멀고 가까운 곳의 모든 것을 비추고 있었다.

나는 불사약을 구할 수 없다. 나는 불사약을 구할 수 없는 멍청이다. 그래, 내가 구제 불능의 바보라면 그것을 인정하자! 하늘 아래의 모든 사람, 투스, 집사, 하인, 남자, 여자들이여, 나를 비웃어라. 내 얼굴에 침을 뱉어라. 제기랄, 바보는 노래나 불러야지. 나는 〈국왕 분떠가 죽었다〉는 노래를 가락에 맞춰 불렀다.

시작됐다, 시작됐다

맘먹은 일이 시작된 게 아니라,

맘먹지 않은 일이 시작됐다

시작됐다!

시작됐다!

나는 마치 시위를 하는 것처럼 노래를 부르면서 회랑을 서성거렸다. 나 자신에 대한 실망과 분노를 숨기려고 발로 난간을 차기도 했다.

바로 그때 그 일은 정말로 시작됐다. 그러나 마음속이 절망으로 가득 찬 내 귀에는 들리지 않았다. 나는 노래를 부르다가 사방치기를 하던 사람들이 돌을 내던지고 뛰는 것을 보았다. 나는 노래를 부르면서도 혼란스러운 상황을 지켜보았다. 이 사람들은 내가 슬픔으로 발광하는 줄 아는 모양이었다. 아버지가 뛰어와 내게 손을 흔들었다. 그 다음에 먼 산골짜기를 가리켰다. 그때 나도 들었다. 아버지가 가리키는 쪽에서 천지를 진동하는 총소리가 들려왔다.

나는 노래를 멈췄다. 아버지는 집사에게 소리를 질렀다.

"그 애가 미리 알고 있었어. 우리보다 먼저 알고 있었단 말이야! 그 애는 세상에서 제일 똑똑한 바보야!"

집사도 외쳤다. "마이치 가문 만세! 도련님은 선지자다!"

그들이 소리를 지르면서 뛰어와 내가 뭔가를 말하려고 했지만 나는 아무 말도 할 수 없었다. 좀 전에 노래를 부를 때 너무 힘을 많이 썼던 것이다. 그래서 겨우 "피곤해. 들어가 잘래." 이렇게 밖에 말할 수 없었다.

그들은 내 방까지 따라 들어왔다. 총소리는 먼 산골짜기에서 맹렬하게 울리고 있었다. 마이치 가문의 신식무기라야 저렇게 집중적인 총소리를 낼 수 있다. 내가 자리에 눕자 집사가 말했다. "도련님, 안심하고 주무세요. 마이치 가문의 무기는 누구도 못 당할 테니까요."

"나가요. 다들 할 일이 있잖아요."

마이치 투스는 산골짜기에 군인을 잠복시킨 뒤 라셔빠 투스가 롱꽁 여투스의 식량을 뺏기만을 기다렸던 것이다. 드디어 수수께끼의 답을 알았으니 나는 자야 했다. 내일 일어나면 이 세상이 어떻게 변해 있을지 지금으로서는 알고 싶지도 않았다.

나는 다만…… 자고…… 싶었다.

식량 때문에 북쪽의 두 이웃이 싸우게 되었다.

이 땅에서 투스들끼리 싸움이 일어나면 멀거니 바라보고만 있지 못하는 나머지 투스들은 화해를 주선하느라 엉덩이에 불이 나도록 뛰어다니곤 했다. 주위에서는 이번에 벌어진 북쪽 이웃들의 전쟁은 마이치 가문이 불을 붙인 거라고 생각했다. 대변인이 우리를 찾아왔다. 아버지는 아주 불쾌한 어조로 말했다. "당신들도 우리 보리를 얻어가고 싶겠지요? 그렇다면 아무 말도 하지 않는 것이 좋겠소."

마이치의 바보 아들도 말했다.

"당신들이 개똥 같은 양귀비가 아니라 보리를 쥐고 있었다면 하고 싶은 말을 다 할 수 있을 텐 데요."

집사는 풍성한 음식으로 이 불청객들을 대접했다.

그들이 무슨 할 말이 있겠는가? 그들 자신도 그걸 알기 때문에 입을 다물었다.

불청객을 보내고 아버지는 산채로 돌아갔다. 가기 전에 딱 한마디만 당부했다.

"그들을 내버려둬라." 이 말은 아주 명확해서 오해를 일으킬 여지가 없었다.

"알았습니다. 그들을 내버려둘 게요."

투스는 내 어깨를 툭 치고 호위병 몇 명만 데리고 돌아갔다. 꽤 한참 가다가 그는 갑자기 말의 고삐를 조이더니 몸을 돌려 나에게 외쳤다.

"해야 될 거면 어떻게든 해야지!"

"이 말이 왜 이렇게 귀에 익지?"

쑤오랑쩌랑이 답답하다는 듯 나를 보았다.

"도련님이 그렇게 말했잖아요."

나는 집사에게 물었다.

"내가 그런 말을 했었어요?"

"그러셨나 봐요." 아버지와 관계되는 말을 하게 되면 집사는 항상 말을 얼버무렸다. 그의 탓이 아니었다. 쑤오랑쩌랑은 나를 위해 많은 일을 했다. 예를 들자면 방금 아버지가 내게 했던 말, 즉 '해야 될 거면 어떻게든 해야지'의 의미를 즉시 이해하는 친구였다. 나는 롱꽁 집안의 수행원과 말을 잘 먹이라고 분부했다. 굶주린 라셔빠 투스의 사람과 말에 맞서라는 암시이기도 했다. 나는 기관총 사격수, 수류탄 투척수도 몇 명 롱꽁 투스에게 보냈다. 이렇게 하면 투스간의 전쟁이 시작되더라도 그 승패는 내게 달려 있을 것이다.

새로운 부하

여 투스가 승리하게 만드는 것, 이것이 바로 해야 될 일이었고 물론 나는 그렇게 했다.

그리고 이어서 나는 다른 일에 착수했다.

앞에서 나는 형이 변경에 보루를 지은 것은 잘못된 거라고 말했다. 마이치의 산채 자체가 보루인데 그것은 마이치 집이 자주 공격을 받던 시절에 지어진 것이었다. 기관총이나 수류탄, 대포도 없던 시대에는 그런 건물이 필요했다. 하지만 시대가 달라졌고 세월이 흐름에 따라 마이치 가문은 과거처럼 남의 공격에 겁을 내지 않게 되었다. 변경에 있어도 걱정할 것이 없었다. 지금은 우리가 남에게 겁을 줄 차례였다. 내가 할 일은 남들이 싸울 때 승패를 미리 결정하는 것이었다.

북쪽의 이웃들은 우리가 이미 계산된 전쟁을 하고 있다는 것을 미처 생각하지 못했다. 이렇게 하는 것은 조금도 힘든 일이 아니었다. 여 투스가 오면 그들의 가축에 식량을 실어주고 사격수에게 총알을 주는 것으로 충분했다. 상황이 좋으니 마음도 편했다. 멍청이도 똑똑한 사람과 같이 할 수 있는 것처럼 모든 행동은 신의 도움을 받은 듯했다.

그랬다, 나는 이제 하고 싶은 일을 하기로 했다.

나는 냇가에 큰 가마 다섯 개를 세우라고 촐마에게 명령했다. 보리, 소금, 그리고 오래 묵은 야크기름을 넣고 센 불에 끓였더니 고소한 냄새가 바람을 타고 멀리까지 퍼졌다. 또 굶주린 백성들에게 이리 오라는 신호도 보냈다. 사라졌던 굶주린 백성들은 한나절도 안 되어 다시 나타났다. 보루에서 가까운 냇가까지 온 그들은 보리 냄새를 확인하고 만족한 듯 그 자리에 누우려 했다.

"자는 사람은 먹을 게 없어요. 빨리 일어나요!" 촐마가 국자를 휘두르며 외쳤다.

그들은 다시 일어나 몽유병 환자처럼 냇물을 건너왔다. 촐마는 그들에게 기름 국에 끓인 보리를 큰 국자로 퍼주었다.

지금 촐마는 권력의 맛을 보고 있다. 아마도 이것을 좋아하는 듯했다. 그렇지 않다면 땀이 비 오듯 쏟아지는데도 국자를 움켜쥐지는 않았을 것이다. 권력의 오묘한 느낌은 산채의 부엌데기에게는 영원히 맛볼 수 없는 것이었다. 나와 연결되었기 때문에 그녀는 자신의 두 손을 바라보는 굶주린 백성에게 멋지게 국자를 흔들었다.

"한 사람에게 한 국자씩만, 더는 안 돼요." 그녀는 힘차게 외쳤다. "먹고 나서 또 먹고 싶다면 일을 해요. 우리의 어질고 너그러운 도련님을 위해서 일을 해요!"

라서빠의 백성들은 기름기 있는 보리죽을 먹은 후 나를 위해 일하기 시작했다.

집사는 내 뜻에 따라 사람들을 지휘해 사각형의 보루 한 쪽을 무너뜨렸다.

나는 동쪽의 건물을 허물기로 했다. 이렇게 하면 아침 해가 뜨자마자 찬란한 햇살이 우리를 비춰줄 수 있었다. 이 건물에는 널찍한 마당 하나가 넓은 들판과 연결되고 있었다. 절름발이 집사는 허물어 낸 흙으로 어딘가에 담 하나를 쌓으려고 했는데 나는 반대했다. 그럴 필요가 없었다. 미래의 광경을 상상해보니 입구에 담이 있든 없든 아무 상관없었다.

"집사도 혹시 미래의 풍경을 봤어요?"

"네, 봤습니다."

"어떤 건지 말해봐요?"

"넓은 마당에서 벌 떼처럼 몰려드는 적을 기관총으로 한꺼번에 죽이는 겁니다."

나는 껄껄 웃었다. 그랬다, 기관총은 우리를 공격하는 적을 양 잡듯 죽이는 것이다. 하지만 내가 생각하는 것은 그게 아니었다. 아편은 마이치 투스에게 은돈과 기관총을 가져왔다. 또 아편은 다른 투스들에게는 재앙을 가져왔다. 여기에는 시운이 따라 주었는가가 제일 중요한 문제였다. 그런데 사방을 막은 보루를 지어 그 안에 자신을 가둘 이유가 무엇이란 말인가. 닷새 만에 보루의 한 쪽이 없어졌다. 그것은 더 이상 보루가 아니라 커다란 집, 웅장한 건물이었다. 촐마는 밥을 보리죽을 끓여야 하느냐고 물었다. 나는 닷새만 더 끓이라고 했다. 닷새 동안 끼니를 얻어먹은 이웃 백성들은 벽을 허문 흙과 돌을 냇물에다 버렸다. 맑았던 냇물이 며칠 동안 뿌옇게 흐렸다. 결국 냇물에 흙은 사라지고 돌만 남았다. 물 위에 드러난 돌은 반짝거렸고 가라앉은 돌은 물길을 이리저리 바꾸었다. 그렇다, 냇물은 돌이 있어야 냇물답게 되는 것이었다. 이날 나는 조금 지나면 냇물이 완전히 맑아지리라고 생각했다.

그러나 나는 맑은 냇물을 보기도 전에 눈앞에 펼쳐진 장면 때문에 깜짝 놀랐다.

들판으로 열린 마당에 담장 철거에 동원됐던 백성들이 새카맣게 모여 있었다. 공사가 끝나자 촐마는 냇가에 세워놓았던 가마솥을 치웠다. 우리에게서 밥을 얻어먹고 일했던 사람들은 이미 떠났기 때문이었다. 나는 그들이 돌아오지 않을 거라고 생각했다. 하지만 그들은 가족까지 데리고 돌아왔다. 마당은 물론 보루와 냇물 사이의 잔디밭까지 굶주린 백성들로 가득 찼다. 내가 나오자마자 그들은 일제히 무릎을 꿇었다.

나는 이렇게 많은 사람들이 모여 있는 것을 한 번도 본 적이 없었다. 비록 그들이 아무 짓 하지 않는다 해도 이것은 굉장한 압력이었다.

집사가 내게 어떻게 할 거냐고 물었고 나도 어쩌면 좋을지 모르겠다고 말했다.

굶은 사람들은 보루 밖에 흩어져 점점이 거대한 지역을 차지했다. 그들은 앉거나 섰다가도 내가 나오면 즉시 무릎을 꿇었다. 나는 이 사람들을 불러다 담을 무너뜨려 버린 것이 여간 후회되는 일이 아니었다.

하루가 지나고 이틀이 지났는데도 그들은 아직 거기 있었다. 배가 고프면 냇가에 가서 냇물을 마셨다. 내가 지금까지 보아온 사람들은 물을 그토록 많이 마시지 않았다. 소나 말 같은 동물만이 머리를 물 속으로 풍덩 처박고 배에서 꾸룩꾸룩 소리가 날 때까지 물을 들이켰다. 그런데 굶주린 군상이 물을 마시는 게 마치 소나 말 같았다. 꿈속에서 그들이 물에 체해 숨을 헐떡거리는 소리, 배에서 물이 출렁거리는 소리가 끊임없이 들려왔다. 나를 괴롭히려는 뜻은 전혀 없다는 걸 알 수 있었다. 안 그렇다면 그 사람들이 조심스럽게 배를 움켜쥐고 어슬렁거리지는 않을 것이다.

사흘째 되던 날, 한 사람이 냇가에 도착해 엎드리자마자 머리를 물 속으로 처박더니 다시는 일어나지 않았다. 무릎깊이도 안 되는 얕은 물이었는데 꼼짝도 하지 않았다. 한나절이 지나자 그 사람은 포대처럼 부풀어 천천히 냇물에 떠내려갔다. 냇가에 가지 않은 사람 가운데도 죽은 자가 있었다. 사람들은 죽은 사람들을 냇가로 데려가 머나먼 하늘나라로 가는 길을 물살에 맡겼다.

보라! 라셔빠의 백성들은 얼마나 착한 사람들인가. 이렇게 절망스럽고 비참한 처지에서도 아무 소리하지 않고 있었다. 그들은 오로지 자신의 주인도 아닌 한 착한 사람에게 모든 희망을 걸고 있었다.

내가 바로 그 착한 사람이었다.

사흘 동안 내 손가락 사이로는 한 톨의 식량도 새나가지 않았지만 내게 불평하지는 않았다. 내가 자기들의 주인이 아니니 원망할 일도 없었다. 그들이 처음 왔을 때는 중얼중얼 기도하는 소리가 났는데 지금은 그나마도 멈췄다. 다만 한 사람 한 사람이 연달아 죽어 나갔다. 죽은 사람은 햇볕을 받아 몸이 포대처럼 부풀어 냇물을 따라 하늘까지 흘러갔다. 사흘째 되던 밤 나는 엄청난 악몽을 꾸었다.

나흘째 아침, 잠이 완전히 깨기도 전에 나는 사람들이 머리카락에 이슬이 맺힌 채 밖에 서 있다는 것을 알았다. 밖에서 밤을 새운 모양이다. 그렇게 많은 사람이 한곳에 모여 만드는 침묵은 단순한 정적이 아니라 거대한 압력이었다.

"미치겠다! 정말 환장하겠어!" 나는 소리를 질렀다.

좋은 음식만 먹고 자란 나는 기운이 뻗쳤고 내 목소리는 엷은 안개 낀 아침 공기 속에 멀리까지 퍼졌다. 굶주린 사람들은 가랑이 사이로 떨어뜨렸던 머리를 쳐들었다. 이때 해가 지평선에서 뛰어나와 안개를 몰아냈다. 그들의 인내심, 하늘 아래 모든 것을 합쳐도 미치지 못하는 절망의 힘이 나를 굴복시켰다. 나는 침대에서 일어날 수가 없었다. 그래서 신음하며 하인들에게 분부했다. "죽을…… 죽을 끓여라. 저 사람들을 배부르게 먹여. 할 말 있으면 하고, 울고 싶으면 울라고, 하고 싶은 대로 하라고 그래."

내 아랫사람들, 집사, 촐마, 어린 노예 둘 그밖에 다른 하인들은 벌써부터 나 몰래 모든 것을 준비해놓고 있었다. 그들은 내가 명령만 내리면 가마 밑의 장작에 불을 붙일 판이었다. 불이 붙자 그들은 환호성을 내질렀다. 그러나 굶주린 사람들은 아무 소리도 내지 않았다. 배급을 시작했지만 그들은 누구도 입을 열지 않았다. 나는 이런 백성을 좋아해야 하는 건지 두려워해야 하는 건지 갈피를 잡을 수가 없었다.

"딱 이번 만이라고 얘기해라. 이것만 먹으면 걸을 힘이 생길 테니까 자기 주인에게로 돌아가라고 해!"

내 말은 국자를 들고 있는 모든 사람의 입을 거쳐 굶주린 사람들에게 전달되었다. 촐마는 이 말을 전하며 눈물을 흘렸다.

"마음씨 좋은 우리 주인을 난처하게 만들지 말아요. 당신들의 주인을 찾아가요. 하늘이 우리에게 자기의 주인을 각각 분배해주었잖아요?"

그들의 주인도 어렵기는 마찬가지였다.

룽꽁 투스의 군대는 배불리 먹고 라셔빠 부대를 맹렬히 공격하고 있었다. 나는 북쪽에서 마이치 가문의 용병을 찾은 셈이었다. 형은 나보다 실력이 좋았다. 그는 여기보다 덥고 여기보다 훨씬 험한 남쪽 산지에서 직접 부대를 이끌고 돌진하고 있었기 때문이다.

많은 사람이 형을 똑똑한 사람이라고 인정했다. 다만 행운의 여신이 바보 동생의 편을 들고 있을 뿐이라고 여겼다. 나도 그런 생각이 들었다. 신비스러운 행운이 언제나 나를 졸졸 따라다녔다. 한두 번, 이 신비로운 것이 내게 다가올 때 몸을 돌려 발을 굴렀건만 안타깝게도 그것은 그림자 같은 것이지 개처럼 쫓을 수 있는 것이 아니었다. 개는 쫓아낼 수 있지만 그림자는 발을 구른다고 쫓아낼 수 있는 게 아니었다.

어린 망나니는 나에게 뭘 걷어차려고 그러느냐고 물었다.

나는 그림자라고 말했다. 얼이는 웃으면서 그림자가 아닌 것 같다고 말했다. 그러는 핏기 없는 망나니의 얼굴이 빛났다. 나는 그가 뭘 말하려는지 안다. 사람을 처형하는 그로서는 저승 세계에 대해 특별한 관심을 갖고 있었다. 과연 얼이는 홍분한 얼굴로 입을 열었다.

"귀신을 쫓으려면 발만 굴러선 안 되고 침까지 뱉어야 돼요. 이렇게요……."

그는 내 뒤쪽을 향해 시범 동작까지 보였다. 그러나 망나니를 따라 침을 뱉으면 안 되는 것이다. 그럴 수는 없다. 만약 나를 따라다니는 행운이 악마를 내쫓는 주술에 놀라 정말로 도망친다면 그때는 어떻게 하란 말인가. 나는 그의 뺨을 벌건 손자국이 나도록 후려쳤다.

"두 번 다시 너희 노예들이 하는 짓거리를 내게 얘기하면 혼난다. 너희는 말할 것도 없고 내가 등 뒤로 침을 내뱉으면 다리미로 내 입을 지져라!"

어린 얼이의 얼굴에서 광채가 사라졌다.

"내려가라! 가서 국자나 잡아."

내 하인들은 아무리 하찮은 사람일지라도 요즘은 남에게 보시하는 달콤함을 맛보고 있다. 베푸는 사람에게는 복이 온다. 나는 모든 하인에게 국자를 잡아 보시할 수 있는 좋은 경험을 하게 했다. 나는 그들이 마음속에서 둘째 도련님 만세라고 외치는 것을 들었다. 배부르게 먹은 사람들은 아직 들판에 있었다. 나는 빙긋 웃고 있는 절름발이 집사에게 외쳤다.

"이젠 끝내야죠. 가라고 해요, 가라고!"

집사는 마지막 사람이 국자의 보리죽을 빨아먹는 것을 지켜보면서 흡족한 기분으로 위층에 올라왔다. 내 명령을 들은 그는 계단을 올라서면서 말했다.

"곧 돌아갈 겁니다. 제게 약속했거든요."

바로 이때 사람들이 움직이기 시작했다. 입으로는 아무 소리도 안 냈지만 배불리 먹은 다음이라 힘이 생겨 발걸음 소리가 제법 크게 났다. 한 사람 한 사람의 발걸음 소리는 작지만 이토록 많은 사람의 걸음 소리는 대지를 흔들 정도였다. 그들 뒤로 먼지가 해를 가릴 만큼 자욱하게 일었다. 먼지가 다 가라앉았을 때는 그들이 냇물 맞은편으로 멀리 사라진 후였다. 나는 긴 한숨을 토했다.

그런데 웬일인지 그들은 냇물의 맞은편에 멈춰섰다. 여자와 아이를 떠나보내고 남자들이 한곳에 모였다. 뭘 하려고 모이는 거지? 배부르게 먹고 우리에게 공격하려는 것인가? 정말로 그럴 거라면 빨리 했으면 좋겠다. 그들이 공격을 한다면 우리는 총을 쏘게 될 것이고 전투가 끝나면 우리는 바로 잠자리에 들 수 있을 테니까. 이렇게 된다면 어느 투스도 경험하지 못한 일을 완벽하게 끝낼 수 있을 것이다. 제발 과거 어느 투스도 겪어보지 못한 일이 벌어졌으면 좋겠다.

일행 가운데 남자들은 앉아서 뭔가를 오랫동안 토론했다. 한참 후 그들 내부에서 작은 혼란이 일어났다. 오후의 햇살이 내 시선을 가릴 때쯤 소란스럽던 혼란이 금방 진정됐고 그들 중 몇 사람이 냇물을 건너 우리에게 다가왔다. 나머지 사람들은 뒤에 선 채 그들의 대표를 눈으로 배웅했다.

이들이 공터를 지나 걸어오는 시간은 정말 길었다.

그들은 내 앞에 무릎을 꿇었다. 여전히 라셔빠 투스에게 충성했던 소족장과 각 마을 촌장의 머리를 가져왔다. 죽은 자들의 머리가 내 발밑에서 이리저리 굴렀다. "왜 이러는 거요?"

그들이 대답했다. 라셔빠 투스는 백성에 대한 사랑과 연민의 마음은 물론 옛날의 현명함과 도량마저 잃어버렸다는 것이다. 따라서 백성들은 그를 등지기로 결정했으며, 마이치 투스가야말로 더 넓은 영지와 더 많은 백성을 통치할 자격이 있다고 했다. 그것이 바로 천명이며 많은 사람의 바람이라는 것이었다.

나는 어린 얼이를 우리에게 귀순한 라셔빠의 백성들에게 소개시켰다. 투스가라고 모두 망나니를 데리고 있는 것은 아니었다. 라셔빠 투스 등은 전문적인 처형자의 세습이 꽤 오래 전에 끊어졌기 때문이다. 그들은 손발이 길고 얼굴이 창백한 망나니를 신기한 듯 훑어보았다.

"누가 자기 주인을 죽인 주모자요?"

모든 사람이 다시 무릎을 꿇었다. 그들은 총명하고 용감했다. 공동책임이라는 뜻이었다. 나는 이미 그들이 좋아졌다.

"일어나요. 나는 누구도 죽이지 않을 거요. 이렇게 많은 사람을 우리 망나니 혼자 어떻게 다 처형할 수 있겠어?"

그들은 큰 소리로 웃었다.

라셔빠 수하의 수 천 명이 마이치 영지로 투항해왔다. 라셔빠의 영지가 큰 나무와 같다는 말을 들었다. 갈수록 넓어지는 한줄기 강물이 나무의 줄기이고, 물소리가 천둥처럼 들리는 하구 지역이 큰 나무의 뿌리였다. 강물이 만들어낸 골짜기는 나무의 중요한 가지였다.

저녁에 집사는 지도를 가져왔다. 나는 불 아래에서 한참을 보고 또 보다 드디어 이 큰 나무의 제일 굵은 가지를 잘라냈다. 나는 앞에 있는 몇몇 사람을 새로운 소족장과 촌장으로 임명했다. 그들은 새로 임명한 촌장을 파견해도 좋다고 말했다. 나는 보리만 보내고 새로운 촌장은 보내지 않겠다고 했다.

"너희가 바로 너희 백성들의 촌장이고, 나는 너희의 수장이다."

그 다음날은 정말 바빴다. 나는 그들이 기근을 견딜 수 있도록 넉넉하게 식량을 주고 내년에 뿌릴 여러 가지 씨앗도 나눠주었다. 저녁이 되어도 그들은 떠나지 않고 넓은 모래톱에 모닥불을 피웠다. 죽음 직전까지 갔던 사람들에게 활기가 넘쳤다. 내가 멀리서 손을 흔들자 환호성이 천둥소리처럼 울려 퍼졌다.

나는 그들 가운데로 걸어갔다. 몇 천 명이 일제히 무릎을 꿇었다. 날리는 먼지에 숨이 막혔다. 이들이 눈 깜짝할 사이에 내 사람이 된 것이 믿어지지 않았다. 먼지가 심해지자 어린 노예 둘은 나를 보호하려고 내 양쪽에 바싹 붙어 섰다. 나는 그들을 밀어냈다. 그럴 필요가 없기 때문이었다. 이렇게 많은 사람 가운데 있는데 정말 누군가가 우리를 죽이려면 벌써 죽였을 것이었다. 그러나 그들은 진정으로 우리에게 귀속되었다. 나는 운이 참 좋았다. 하늘과 운명의 신이 나를 보살펴주고 있는데 누가 감히 날 어쩌겠는가.

나는 무슨 말을 하고 싶었지만 먼지가 목구멍을 막았다. 이것도 그들의 운명이었다. 그들의 운명은 새 주인의 목소리를 듣지 못하게 했다. 나는 손만 흔들었다. 우르르 일어서는 사람들의 이마에는 흙이 묻어 있었다. 그들이 주인을 배반한 것은 주인이 필요 없어서가 아니었다. 그들의 머리로는 영원히 그런 생각을 할 수 없다. 누가 억지로 머리에 집어 넣어주더라도 그들이 눈썹 한 번 찡긋하면 그 생각은 금방 머리에서 쫓겨날 것이었다. 보라, 지금 그들의 말똥거리는 두 눈은 모닥불에 맑고도 밝게 생기를 품었다. 그들은 나를 신령으로 생각하는 것 같았다. 내가 자리를 뜨는 것을 바라보는 것도 신령이 승천하는 것으로 여기는 듯했다.

아침이 되자 그들은 떠났고 모래톱은 텅 비어 있었다. 며칠씩이나 떠들썩하다가 갑자기 썰렁해지자 내 마음도 허전했다. 나는 어떤 문제가 은근히 걱정됐지만 그렇다고 일부러 입 밖으로 내놓을 필요는 없는 문제였다. 걱정거리는 차라리 남의 입을 통해 듣는 것이 좋았다. 아닌 게 아니라 아침을 먹을 때 집사가 말했다.

"그 사람들이 보리를 얻으려고 라셔빠가 시켜서 사기 친 건 아니겠지요? 만약 그렇다면 큰 도련님이 우리를 비웃을 겁니다."

"작은 도련님을 믿지 못하겠으면 차라리 큰 도련님에게 가세요. 우린 여기서 작은 도련님을 지키고 있을 테니까요."

쑤오랑쩌랑의 말에 집사는 화를 냈다. "네 이놈, 감히 내게 그따위 말을 해?"

그는 손을 치켜들었지만 내 눈치를 보느라 차마 때리지는 못 했다. 쑤오랑쩌랑의 얼굴이 의기양양해졌다. 집사는 얼이에게 말했다.

"저 놈을 두 대만 때려라!"

어린 얼이는 친구의 빰을 때렸지만 톡톡 건드리는 정도였다. 그랬다, 다른 사람이 잘못을 저질렀다면 망나니가 집행을 할 것이고 망나니가 잘못을 저지르면 주인이 직접 벌을 주게 돼 있다. 화가 난 집사는 자기 손바닥이 아프도록 쑤오랑쩌랑을 때렸다. 그 녀석은 맞으면서도 히죽히죽 웃었다. 나 역시 웃다가 안색을 바꾸어 얼이에게 명령했다.

"때려라!"

그러자 어린 얼이는 정말 세게 때렸다. 어린 망나니는 빌빌거리고 약해 보였지만 튼튼한 쑤오랑쩌랑을 한 방에 넘어뜨렸다. 모두들 웃었다.

나는 집사에게 영지가 확장된 사실과 북쪽 변경에서 몇 천 명이나 되는 백성이 불어났다는 사실을 마이치 투스에게 알리라고 했다. 집사는 좀 기다려 보자고 말하려다가 내 느낌이 항상 정확했다는 것을 떠올리고 편지를 썼다.

북쪽 변경의 형세는 참 좋아졌다. 나의 지지를 받은 여 투스가 라서빠의 군대도 뿔뿔이 흩어지게 만들었던 것이다.

"라서빠 투스가 또 뭘 할 수 있을까?"

"라서빠 투스가요? 우리에게 올 수밖에 없을 걸요."

집사는 당연하다는 듯이 대꾸했다. 나는 뚱보 라서빠 투스가 수건으로 연신 땀을 닦는 모습이 떠올라 웃음을 참지 못했다.

8

변경 시장

라셔빠가 다시 왔다.

우리 보루가 개방된 형태로 변한 것을 보고 자기가 잘못 찾아온 건 아닌가하며 두리번거렸다. 이번에는 자기가 내 삼촌이라고 우기지 않았다. 대문이 없어졌는데도 그는 대문이 있었던 자리에서 말을 세우고 굴러 내렸다. 내가 굴러 내렸다고 한 것은 그를 모욕하려고 그렇게 말한 것은 아니다. 라셔빠는 다리를 들지 못할 정도로 뚱뚱했다. 우아하게 말을 타거나 내리려면 무엇보다도 다리를 번쩍 들어올려야 되는데 엄청난 비만이 과거의 씩씩한 영웅을 형편없게 만들어버린 것이었다. 라셔빠 투스는 몸을 기울이더니 엉덩이가 말안장에서 구르는 중력으로 간신히 노예의 품으로 떨어졌다.

그는 힘겹게 몸을 움직였다. 멀리 떨어져 있었는데도 나는 그가 헐떡거리는 소리를 들을 수 있었다. 감기에 걸렸는지 그의 목소리는 쉬어 있었다.

"마이치 가문에서 제일 똑똑하고 마음씨 좋은 도련님, 마이치 투스의 조카인 라셔빠가 왔습니다."

"나는 그대의 백성들에게 라셔빠가 좋은 선물을 가져올 거라고 말했는데……."

"그렇습니다, 맞아요. 가져왔어요."

그는 부들부들 떨리는 손으로 품에서 이것저것 마구 끄집어내 내 손에 들이밀었다. 나는 집사에게 하나하나 열어보라고 분부했다. 그것은 두꺼운 종이 뭉치와 놋쇠로 만든 인장들이었다. 백성이 모두 우리에게 투항했기 때문에 라셔빠 부족의 합법적인 서류와 인장을 가져와 모든 것을 기정사실로 인정한다고 했다. 그 물건들은 다 옛날 어느 황제가 발급한 것이었다. 이것만 있으면 나는 실질적으로 그 마을을 소유하게 되는 것이었다. 한마디의 말이 입가에 떠올랐으나 나는 말하지 않았다.

하고 싶은 말이 입가를 맴돌았지만 어차피 말할 사람은 따로 있었다. 집사가 입을 열었다.

"우리 도련님께서 말씀하셨잖아요. 보리를 구하려면 열 배 값을 내야 한다고. 당신은 그때 듣지 않았어요. 그래서 지금 열 배 이상의 대가를 치르는 겁니다."

라셔빠 투스는 그렇다고 맞장구를 치면서 물었다.

"지금, 우리가 보리를 살 수 있을까요?" 그는 가축에 은돈을 싣고 왔다는 말을 덧붙였다.

"그렇게 많이 지불할 필요 없어요. 그냥 평년에 사던 요금대로 내면 돼요."

그는 내 말을 거부의 뜻으로 알았다. 하지만 나는 거절하는 게 아니었다. 절망에 빠진 그는 울상이 되어 징징거렸다. "맙소사, 마이치 가문이 자기 조카에게 골탕을 먹이는군요."

"사람은 누구나 교훈이 필요해요."

승리자인 나의 논리에 의하면, 사실 마이치 가문이 더 많은 대가를 치른 셈이었다. 그들이 우리를 따라 양귀비를 심지 않았으면 이렇게 힘든 일은 없었을 것 아닌가? 그것만 생각하면 나는 정말로 화가 치밀었다.

"보리를 팔겠소. 우리 마이치 가문에서는 보리판매 가격을 똑같이 받았어요. 당신도 다른 사람처럼 세 배만 내면 돼요."

"그런데 아까는……."

그는 싸늘한 내 표정을 보자 말을 잇지 못하고 불쌍한 표정을 지었다.

"더 이상 말 안 하겠습니다. 마이치 백부께서 생각을 바꾸시면 저는 살 수 없을 겁니다."

"이제 아셨으니 손님방으로 가세요. 술과 고기를 준비해 놓았어요."

다음날 아침, 라셔빠 투스의 가축 등에 보리가 실렸다. 나는 세 배의 가격도 요구하지 않았다. 헤어질 때 그가 말했다.

"당신은 우리 백성에게 먹을 것을 주셨고 그들이 다시는 얻어맞지 않게 해주셨습니다."

나는 그가 가리키는 게 뭔지 알기 때문에 라셔빠가 탄 말 엉덩이에 채찍을 휘둘렀다. 말은 그를 태우고 뛰어갔다. 나는 그의 뒤에서 외쳤다.

"보리가 모자라면 다시 와요. 마이치 가문이 변경에 지은 것은 보루가 아니라 장사하는 시장이니까요."

그랬다, 지금 이것은 보루가 아니고 시장이라고 할 수 있다. 냇물 양쪽에 넓은 공터가 있으니 장사를 하는 사람들이 장막을 치고 노점을 차릴 수 있는 것이다.

"여 투스 쪽에서도 무슨 기미가 있어야 되는데요."

집사의 말도 일리가 있었다. 나는 여 투스에게 내 뜻을 전하는 편지를 보내라고 명령했다. 하지만 여 투스는 답장을 바로 보내지 않았다. 먹을 식량도 있고 라셔빠와도 싸워 이겼기 때문이었다. 한참이 지나 드디어 답장이 왔다. 편지에서 자기가 남자처럼 전쟁을 해야 됐기 때문에 딸의 혼수를 아직 마련하지 못했다고 썼다. 심지어 내게 이렇게 물었다.

'내 사위가 될 사람이 대답하시오. 룽꽁 투스가 보통 사위를 맞듯 일일이 딸의 혼수를 준비해야만 하는지?'

마이치 가문의 보리를 먹고 마이치 집의 기관총으로 작은 승리를 거둔 여 투스는 발정한 암말처럼 꼬리를 쳐들었다. 그녀는 실력은 있는 사람이지만 그렇게 똑똑한 사람은 못 되었다. 세상이 변해가는 것을 알아야 했다. 새로운 것이 나타나면 낡은 것을 바꿔야 하는 법이다. 그러나 대개의 사람들은 이것을 알지 못했다. 안타깝지만 여 투스도 이런 사람 가운데 하나였다.

편지에 쓴 말은 사실 내가 꼭 그렇게 해주기를 바랐던 것이었다. 타나가 여기에 있었을 때 나는 사랑에 빠져 정신을 잃었다. 그런데 일단 그 여자가 떠나자 시간이 지나면서 그 윤곽조차 떠오르지 않았다. 여자 투스의 가장 힘 있는 무기가 효력을 잃은 것이었다. 그렇기 때문에 여 투스가 이런 말을 써 보낸 것은 내게 기쁜 일이었다.

겨우 이틀 만에 내가 보낸 기관총 사격수들과 수류탄 투척수가 모두 돌아왔다. 여 투스는 그들을 붙잡으려고 추격 부대를 보냈다. 그러나 추격병들은 어미 닭처럼 꼬꼬거리는 기관총 소리에 큰길에 드러누웠다. 하지만 교만한 사람은 자기가 무슨 잘못을 저지르고 있는지 쉽게 의식하지 못한다. 더구나 교만한 여자는 더욱 그렇다.

그녀는 라셔빠 투스도 내게서 식량을 얻었다는 사실을 몰랐다.

라셔빠 투스의 긴 행렬은 방앗간을 만나면 보리를 내렸다. 그래서 영지의 중심까지 아직 멀었는데도 식량은 다 떨어졌다. 기마대가 다시 변경으로 돌아왔다. 이번에 라셔빠는 내가 북쪽 변경에 시장을 세울 거라는 말을 기억하고 아예 하인들과 냇가의 모래톱에 장막을 쳤다. 영지에서 여러 물품을 실어와 나와 식량 무역을 시작한 것이다.

보리죽을 배부르게 먹은 라셔빠의 병사들은 이내 원기를 회복했다. 이런 부대와 싸울 때 기관총이 없으면 곤란하다. 롱꽁 마을의 부대는 이미 기관총의 엄호가 있는 싸움에 익숙해졌기 때문에 그들은 공격이 시작되고는 바로 전선 뒤까지 철수해야 했다.

라서빠는 더 이상 영지로 돌아가지 않고 변경 시장에 머물렀다. 그는 항상 나를 불러 냇가의 장막에서 술을 마셨다. 날씨가 좋은 날 넓은 냇가에 앉아 술 마시는 것은 참으로 상쾌한 일이었다.

라서빠와 나는 공식적으로 무역을 시작했다.

그는 은돈으로 우리의 약재와 피혁뿐만 아니라 준마도 샀다. 집사는 이런 것들을 한족이 사는 곳에 가져가면 큰돈을 벌 수 있다고 했다. 기마대를 조직해 이것들을 중국 땅으로 운송해서 팔고 많은 식량을 사서 돌아온다는 것이다.

얼마 지나지 않아 냇가의 이 시장은 굉장한 규모가 되었다. 더 많은 투스들이 여기에 와서 냇물 맞은편에 장막을 쳤다. 그들은 각양각색의 좋은 물건을 가져왔다. 그들이 필요한 것은 식량뿐이었다. 하지만 마이치 집에 식량이 아무리 많아도 한계가 있었다.

그런데 우리는 중국과 가까운 곳에 위치했다. 이런 지리적 위치에서 중국정부의 권력이 강력할 때 우리는 어려움이 많았다. 이것은 마이치 투스가 강하지 못한 때문이기도 했다. 그 뒤 중국에서는 혁명이 일어났고 서로 싸웠다. 마이치 투스에게 비로소 운이 돌아왔다. 양귀비 씨앗을 얻었다. 양귀비는 마이치 가문을 강력하게 만들었고 다른 투스들은 궁지에 빠지게 되었다. 우리는 보리와 바꾼 물건을 중국에서 식량으로 교환하고 그 식량을 이곳에서 다시 다른 물건과 바꿨다. 이렇게 하면 열 배의 이윤을 남길 수 있었다. 집사는 꼼꼼히 계산해보았다. 기근이 든 해가 아니더라도 식량 대신 다른 물품을 나르면 두, 세 배의 이윤을 남길 수 있었다.

투스의 역사가 시작된 후 적의 공격을 막는 보루를 시장으로 바꿔놓은 사람은 나밖에 없었다. 이것을 생각할 때마다 나는 우리 집의 혀 없는 역사 기록관을 떠올렸다. 그가 여기 있었더라면 이러한 일이 무슨 의미를 갖는지 알 수 있었을 것이다. 그리고 여기, 내 곁에 있는 모든 사람이 절대로, 절대로 이런 일은 없었노라고 입을 모았다. 그밖에는 어떤 말도 꺼내지 않았다. 나는 사관이라면 의미심장한 말을 할 수 있으리라고 생각했다.

남쪽 소식

나는 불안해졌다.

나 같은 사람에게 백성들을 위해서 머리를 굴리게 만들다니 이건 도대체 무슨 일이란 말인가? 여간해서는 없는 이상한 일이다. 하지만 내가 꼭 짚고 넘어가야 할 것은, 여간해서는 생길 수 없는 일을 정상적이고 잘난 사람 대신 나같이 멍청한 인간이 처리하도록 만드는 지금의 상황을 어떻게 믿으란 말인가. 나로서는 도대체 믿을 수가 없다는 점이다. 어쨌든 이 장소가 아닌 어디에서라도 내게는 답이 없었다. 꽤 많은 시간 잠자리에서조차 자문자답하며 뒤치락거리다 보니 내 옆에 여자가 자고 있다는 사실을 까맣게 잊고 있었다.

이 아가씨는 최근 라셔빠를 배반한 마을에서 감사의 표시로 보내준 사람이었다. 내 머리 속은 원래 내가 생각하지 않아도 될 문제로 가득 차 있었기 때문에 아가씨가 내 침대에서 며칠 밤이나 잤는데도 나는 이름조차 물어보지 않았다. 묻지 않은 것이 아니라 생각이 미치지 않았던 것이다. 다행히 이 처녀는 성격이 좋아서 아무런 불평이 없었다. 죽음에서 벗어난 마을 사람들이 보답의 의미로 내게 보내온 아가씨였다. 그러나 나는 그 아가씨에게 손을 대지 않았다. 오직 우리가 어떤 세상에서 살고 있는 건지에 대해서만 심각하게 고민하고 있었다.

처음으로 그 아가씨와 그 짓을 한 것은 오늘 아침이었다. 나는 잠에서 깨면 늘 "나는 어디 있는가, 나는 누군가?" 하는 의문이 들었는데 오늘은 그러지 않았다. 잠을 깨서도 언제나 두 가지 문제 때문에 혼란스러워했었다는 사실조차 기억하지 못했더랬다. 그러다 오늘 아침 새끼 암말의 냄새를 풍기며 달콤한 잠에 빠진 아가씨를 흔들어 깨웠다.

"넌 누구지?"

아가씨 눈꺼풀이 게으르게 열렸다. 게슴츠레한 눈동자를 보며 이런 때는 이 아가씨도 자신이 누군지 모르는 모양이라는 생각이 들었다. 점차 정신이 드는지 아가씨 얼굴에 홍조가 떠올라 탐스러운 젖꼭지 색깔과 비슷했다. 나는 웃으며 말을 시켰다. 그 얼굴이 더욱 빨개졌고 손을 내밀어 나를 껴안으며 튼실한 자신의 몸을 내게 바짝 붙였다.

"내가 누군지 알아?"

"사람들이 마음 착한 바보, 똑똑한 바보래요. 정말 바보라면 말이지요."

그랬다. 이미 사람들에게 나의 이미지는 이렇게 굳어져버렸다.

"다른 사람 말고 네가 날 어떻게 보느냐 말이야."

아가씨는 웃었다. "여자를 원하지 않는 바보요."

이 한마디가 내 욕망을 불러일으켰다. 아가씨는 새끼 암소처럼 젖 냄새를 풍기며 몸부림치고 신음소리를 내며 커다란 젖가슴으로 내 얼굴을 덮었다. 하지만 그 검고 축축한 동굴로 들어가기는 쉽지 않았다. 나는 동굴로 들어가고 싶었다. 그녀의 온몸은 소가죽처럼 내게 열려는 있었지만 허벅지가 딱 붙어 있는 바람에 도무지 그 안으로 들어갈 수가 없었다. 별수 없이 허벅지를 열어줄 때까지 기다렸고 어렵사리 동굴이 열렸지만 들어가자마자 폭발했다.

그녀는 웃었다. "오랫동안 여자와 잠자리한 일이 없으셨던 모양이군요."

그러고 보니 확실히 오랜만에 여자와 잤다.

문득, 남쪽에서 싸우는 형이라면 이처럼 오래 아가씨에게 손대지 않을 리가 없겠다는 생각이 들었다. 만약 누가 동생이 한 여자와 사흘이나 같이 잤는데 그 짓 하는 것도 잊어버렸다고 한다면 형은 틀림없이 큰소리로 웃으면서 "정말 병신이군!" 이렇게 말했을 것이다. 그런데 형이 웃을 수 있는 일은 여기까지다.

결국 남쪽에서 형이 패전했다는 소식이 들려왔다. 그동안 계속 이길 수 있었던 이유는 왕뻐 투스 영지의 중심으로 돌진해 갔을 때 이미 사람들은 다른 곳으로 피난해버린 데 있었다. 따라서 실제로는 전과를 올리고 자시고 할 것도 없었다. 그의 칼끝이 가리키는 곳엔 사람은 말할 것도 없고 살아 있는 소나 양 한 마리 보이지 않았으니 금은보화 따위야 더 말해 무엇하겠는가. 마이치 가문의 큰 도련님, 미래의 투스는 화력 뛰어난 신식 무기를 가졌음에도 죽일 대상이 없었다. 그가 만난 사람들은 대부분이 굶어 죽었거나 살아 있다 하더라도 숨이 깔딱깔딱해서 더 이상 운명과 맞서고 싶지 않은 사람들뿐이었다. 그의 병사들은 겨우 이런 사람들의 귀를 잘라 대단한 전과인 양 위장했던 것이다. 마이치 가문의 큰 도련님은 잔인하다는 소문이 널리 퍼졌다. 그는 너무 깊숙이 돌진해 들어갔다. 공격을 진행하던 길에 적을 미처 못 봤는데 적은 기회가 닿을 때마다 그의 병사를 죽이고 오늘 한 자루, 내일 한 자루 이렇게 총을 빼앗기 시작했다. 몇 달 후 적은 빼앗은 마이치 군대의 무기로 정예부대를 조직했다. 그 결과 왕뻐 투스는 형에게서 얻은 무기를 가지고 경계병이 없던 우리 가문의 남쪽 변경 보루를 점령하고 말았다. 형이 다시 돌아왔을 때 보루 안에 있던 식량은 거의 다 없어진 상황이었다. 형은 그래도 다시 공격하려고 했지만 아버지는 허락하지 않았다.

마이치 투스는 자신의 후계자에게 말했다. "네가 잃은 총, 식량 등은 그들로서는 가지지 못했지만 꼭 필요했던 것이다. 왕뻐 투스에게 또 뭐가 필요한지 잘 알아본 후 다음 행동에 옮겨도 늦지 않다."

형은 앓아누웠다.

아버지는 그에게 병이나 치료하라고 했다.

형은 변경의 보루에서 심하게 앓으면서도 왕뻐 투스가 공격하기를 기다리고 있었다. 그는 적에게 치명적인 타격을 가할 준비를 마쳤다.

그런데 새로 부임한 왕뻐 투스는 먼 길을 돌아 내가 세운 시장으로 장사하러 왔다.

온전히 나로 인해 이 넓은 지역에 평화가 찾아온 모양이다. 어떤 투스의 영향도 미치지 않았던 이 넓은 지역의 모든 사람이 나를 알았다. 바보, 이 단어가 단시간 내에 나 때문에 넓은 의미로 쓰이게 되었다. 지금 다름 아닌 나 때문에 바보라는 이 단어는 운명이나 복, 하늘의 뜻과 같은 의미로 바뀌었다.

지금은 다만 라셔빠 투스와 롱꽁 투스 사이에서만 더러 싸움이 벌어지고 있었다. 그러나 그것도 곧 끝날 것이었다. 지금까지 꽤 많은 지원을 해왔다. 그러나 이제 그 지지를 완전히 거두었다. 나는 그녀를 장모라고 생각했는데 그 여자는 내가 사윗감으로는 못마땅했던 모양이었다. 나의 지원이 없어지자 여 투스는 버틸 재간이 없어졌다. 내가 이럴 거라고는 눈곱만큼도 생각하지 못했던 것이다.

그녀는 내게 편지를 보냈다. 편지에 '자기는 사위의 원조가 필요하다'고 했다. 나는 집사에게서 편지 내용을 듣고도 아무 말 하지 않았다. 집사는 나 대신 답장을 보냈다. "우리 도련님께 문제가 좀 있습니다. 도련님께서는 어떻게 해서 당신네 가문의 사위가 되는지 모르겠다고 하십니다."

다시 편지가 왔다. 몹시 침통한 내용이었다. 즉 장래 롱꽁 가문의 사위는 롱꽁의 투스가라고 했다.

집사는 웃었으나 나는 웃음이 나오지 않았다. 요즘 나는 할 일이 없어서 다시 타나를 생각하게 되었다. 집사는 다시 답장을 보냈다. “우리 도련님께서는 타나의 얼굴조차 생각나지 않는답니다.”

비상 시기였으므로 바보 하나가 똑똑한 여러 사람의 운명을 결정할 수 있었다. 여 투스는 투스간의 예절을 지키지 않은 채 공식적인 결혼식을 올리기도 전에 자기 딸을 보냈다.

타나는 아침에 도착했다. 하인의 통보가 왔을 때 나는 얼굴색이 젓꼭지 색깔과 같은 그 아가씨와 침대에 있었다. 우리는 아무 짓도 안 했다. 절대로 안 했다. 며칠 동안 우리는 밤에만 그 짓을 했기 때문이었다. 쑤오랑쩌랑이 침대 앞에 서서 크게 기침을 했다. 나는 한 눈만 뜨고 그 애가 우물거리는 모양만 봤고 타나가 왔다는 말을 듣지 못해서 대충 “그래, 알았어.”라고 말했다.

이런 때 타나가 들어왔다면 참으로 난감했을 것이다. 다행히 일찍 일어난 집사가 쑤오랑쩌랑이 대충 얼버무린 내 말을 전하려는 찰나 타나를 다른 방으로 데리고 갔다. 나는 옆에 있는 아가씨를 흔들었다. 그녀는 몸을 뒤채고 한숨을 쉬고는 다시 잠들었다. 나는 속이 탔다. 다행히 그녀는 금방 깼다. 완전히 잠을 깨기 위해 살짝 더 자는 것 같았다. 잠깐 눈을 붙였던 그녀는 금방 일어나며 해죽해죽 웃었다. “여기가 어디예요?”

나는 가르쳐주고 나서 물었다.

“나는 누구냐?” 그 아가씨도 내 질문에 답해줬다.

그때 쑤오랑쩌랑이 난처한 표정을 지으며 들어왔다. “도련님의 약혼녀가 꽤 오래 기다렸습니다.”

"누구?!"

"타나말입니다!"

나는 청개구리처럼 침대에서 펄떡 일어나 벌거벗은 채 뛰어나갈 뻔했다. 쑤오랑쩌랑은 감히 웃지 못해서 참고 있는데 침대에 있는 아가씨가 웃어버렸다. 아가씨는 깔깔 웃으면서 자기도 발가벗은 채 무릎을 꿇고 내 옷을 입혔다. 웃고 또 웃더니 눈물을 흘리기 시작했다. 눈물이 방울방울 젖가슴에 떨어졌다.

타나는 내 아내가 될 사람인데 룽꽁 투스의 딸이라고 했더니 그녀는 울음을 멈췄다.

나는 그녀의 젖꼭지에 매달린 눈물방울이 사과에 달린 이슬 같다고 얘기했다. 그녀는 다시 눈물을 거두고 웃음을 터뜨렸다.

언뜻 본 타나의 미모는 총부리에서 방금 발사된 뜨거운 탄알처럼 강하게 나를 맞췄다. 그 여자의 피부에서 혈관까지, 눈에서 심장까지 모든 부분이 그 여자의 아름다움에 상처를 입었다. 나를 진정한 바보로 만드는 것은 참 간단하다. 정말로 아름다운 여자만 데려다주면 되는 것이다.

사람이 바보가 되면 얼굴근육이 굳어진다. 어떤 사람이 바보인지 아닌지는 그의 웃는 얼굴을 보면 금방 알 수 있다. 바보는 웃을 때 얼굴의 근육이 말을 듣지 않는다. 그래서 바보는 얼어 죽은 사람 같은 표정을 지을 수 있을 뿐이다. 이런 사람이 웃으면 치아가 몽땅 드러나고 얼굴에 광채라곤 눈곱만큼도 찾아볼 수 없다.

타나가 먼저 입을 열었다. "제가 이렇게 빨리 올 줄은 미처 몰랐지요?"

나는 그렇다고 했다. 말을 시작하자 얼굴근육이 움직이기 시작했다. 얼굴근육이 움직이자 두뇌회전도 빨라졌다.

하지만 나는 여전히 내가 뭘 해야 할지 몰랐다. 전에는 예절 따위는 찾지 않고도 여자가 누운 침대에 곧장 올라갔었다. 여자에게 무슨 대단한 생각을 가지고 있더라도 우선 몇 번 자고 나 후에야 마음을 표현했었다. 그러나 아내가 될 타나에게는 그렇게 할 수 없었다. 그렇게 할 수 없다면 도대체 어떻게 해야 되는 건지 도무지 알 길이 없었다. 다행히 내게는 절름발이 집사가 있었다. 그는 내가 해야 할 일을 다 짐작하는 사람이었다. 집사는 내 귀에 대고 속삭였다. "우선 하인들을 들어오라고 하십시오, 도련님."

나는 집사를 믿었다. 내가 멋있게 손짓을 보내자 하인들이 타나 앞에 많은 보석을 놓았다. 지금은 나 역시 부유한 상인이므로 이 정도 보석은 별것 아닌 만큼 계속 손을 흔들어도 괜찮았다. 하인들이 줄지어 각 투스의 영지와 중국 땅에서 가져온 귀한 물건을 타나의 앞에 내려놓았다. 그날 아침 나는 계속 손을 흔들었다. 타나가 지금은 아무렇지도 않은 척하지만 결국 크게 놀랄 거라고 생각했다. 하지만 타나는 깔깔 웃었다. "죽을 때까지 써도 이 많은 물건은 다 못 쓸 거예요. 나는 지금 배고파 죽겠어요."

하인들은 다시 아래층의 부엌과 위층의 객실을 분주하게 오갔다. 내 집사는 정말 좋은 관리인이었다. 타나가 도착하자마자 이렇게 푸짐한 선물을 준비해 놓지 않았는가. 촐마도 참으로 훌륭한 주방장이었다. 타나가 도착하자마자 이처럼 푸지게 음식을 준비해 놓았으니 말이다. 타나는 또 웃었다. "전 이렇게 많이 먹지 못해요. 보기만 해도 질리네요."

내가 손을 흔들자 하인들은 모든 음식을 가져갔다. 내가 다시 손을 흔들면 하인들은 타나 앞의 보석도 음식처럼 도로 내갈까 하는 느닷없는 궁금증이 들었다. 그래서 나는 손을 흔들었다. 그랬더니 집사를 시작으로 하인들이 몽땅 물러나가고 타나를 모시는 붉은 옷 입은 시녀 두 명만 남아 있었다.

"너희도 나가거라." 타나가 말했다.

이제 넓은 방에 나와 타나만 남아 있었다. 나는 뭐라고 말을 해야 할지 몰랐다. 그녀도 말을 하지 않았다. 방안은 아주 밝았다. 절반은 밖의 햇살 때문이고 나머지 반은 타나 앞에 쌓인 보석 때문이었다. 그녀는 한숨을 쉬고 말했다. "앉으세요."

나는 타나 맞은편에 앉았다.

타나가 다시 내쉰 한숨에 내 마음이 부서졌다. 그녀가 계속 한숨을 쉰다면 나는 죽고 말 것이었다. 다행히 타나는 두 번 탄식하고 내 품에 쓰러졌다. 그리고 우리는 입을 맞추었다. 이번엔 내가 먼 길을 걸어 목적지에 도착한 사람처럼 긴 한숨을 내쉬었다.

그녀의 입술은 차가웠지만 입맞춤을 했기 때문에 나는 말을 할 수 있었다.

"당신의 얼음 같은 입술이 내게 동상을 입힐 거야."

내 가슴에 안긴 타나가 입을 열었다. "내 어머니를 도와주세요. 이미 약속했잖아요? 사격수들을 다시 보내주세요. 응?"

"그 이유가 아니었으면 당신은 내 옆에 오지 않았을 거야, 그렇지?"

그녀는 잠시 생각하더니 고개를 끄덕였고 눈가에는 물기가 촉촉이 맺혔다.

타나의 이런 모습이 내 마음을 아릿하게 만들었다. 나는 복도로 나가 저 멀리 푸른 산을 바라보았다. 해가 떠오르는 시간이었다. 푸른 산이 햇살의 장막 뒤에서 보일 듯 말 듯한 것이 내 마음에 떠오르는 아픔과 같았다. 얻었을 때의 슬픔에 비하면 얻지 못했을 때의 비애는 슬픔도 아니었다. 문밖에서 기다리는 집사도 나처럼 길게 한숨을 쉬었다. 집사가 다가왔다. 그의 눈빛만 보아도 타나가 내게 순종하더냐 묻고 싶은 마음을 읽어낼 수 있었다.

"오지 말아요. 난 아름다운 아침의 푸른 산을 보고 싶어요."

무엇에도 비할 수 없이 아름다운 타나가 나를 슬프게 했다.

나는 위층에서 산을 바라보았다.

하인들 모두 아래층에서 나를 올려다보았다.

태양이 떠오르며 비낀 햇살이 만든 장막이 사라지며 먼 산이 분명하게 눈앞에 드러났지만 볼 만한 것은 없었다. 방은 조용했다. 보석 무더기 사이에 아름다운 아가씨가 정말로 있기나 한지 궁금했다. 내 발로 걸어 나온 방이었지만 다시 들어갈 수밖에 없었다. 햇빛이 창문으로 들어와 보석들을 밝게 비추고 보석의 영롱함이 타나의 몸에 되비쳐 그녀를 더욱 아름답게 만들고 있었다. 나는 이렇게 아름다운 광경을 망치지 않으려고 한마디만 말했다.

"시녀들에게 이 보석들을 거두라고 하지."

시녀들이 들어와 물었다. "이곳은 저희가 살던 곳이 아니라 어디에 둬야할지 모르겠습니다."

나는 큰 상자 두 개를 내주었다. 그리고 채찍으로 장화의 긴 목을 두드리며 타나에게 말했다. "라서빠 투스를 찾으러 갑시다. 당신의 어머니, 롱꽁 투스를 구하러 가자고."

나는 내 뒤에 있는 타나를 돌아보지 않으며 채찍으로 장화의 목을 계속 두드렸다. 아래층에 내려가자 말 앞에서 쑤오랑쩌랑이 말했다. "도련님, 장화의 에나멜이 벗겨졌어요."

집사는 쑤오랑쩌랑의 뺨을 때렸다. "도련님 기분이 안 좋은 걸 몰라? 장화 좀 망가지면 어때. 얼른 새 걸 가져와!"

집사의 명령이 여러 번의 입을 거쳐 제화공에게까지 전해졌다. 제화공은 새 장화를 들고 공방에서 달려 나왔다. 그 얼굴에 실린 웃음은 성실해 보였다. 여기에 시장이 세워지고 나서 그의 살림살이가 나아졌다. 그가 만든 장화는 그다지 멋스럽지는 않지만 아주 튼튼했다. 왕래가 많은 장사꾼들이 먼 길을 갈 때 그가 만든 장화만큼 실속 있는 것이 없었다.

제화공은 바닥이 너덜거리는 장화를 신고 쿵쾅쿵쾅 달려왔다.

그는 말 앞에 무릎을 꿇고 내 장화를 벗기고는 새것을 신겨주었다. 한쪽이 끝나자 부리나케 다른 한쪽도 마저 신겨주었다.

제화공이 일을 다 끝낸 것을 보고 나는 물었다.

"네 발 좀 봐라. 제화공에게 쓸 만한 장화 한 켤레 없단 말이냐? 여러 사람 앞에서 날 망신시킬 작정이야?"

이 작자는 거칠고 시커먼 손을 가죽 앞치마에 닦고 또 닦으며 실실 웃었다. 엊저녁에 한 사람이 장화를 급히 달라고 하는 바람에 신고 있던 장화를 내주었다는 것이다. 나는 채찍으로 제화공의 머리를 툭툭 건드린 후 에나멜이 벗겨진 내 헌장화를 하사했다.

우리는 말을 타고 냇물을 건너서 라셔빠 투스의 장막까지 갔다. 내가 장막의 문발을 채 들어올리기도 전에 라셔빠 투스는 우리 앞에 모습을 드러냈다. 안 그래도 뚱뚱한데 옷까지 잔뜩 껴입은 라셔빠는 장막에서 굴러 나온 것 같았다. 라셔빠 투스는 타나를 보자 깜짝 놀랐다.

이 뚱뚱보가 이렇게 예쁜 여자는 꿈에서도 본 일이 없을 것이라고 단언할 수 있었다.

타나는 자기가 등장할 때 빚어지는 특별한 효과에 익숙한지라 말 위에서 깔깔 웃었다. 맙소사, 하느님은 그 여자에게 미모뿐만 아니라 고운 목소리도 내려줬다!

라셔빠 투스는 이 웃음에 당황해 벌게진 얼굴로 내게 말을 걸었다. "이렇게 예쁜 아가씨는 선녀가 아니면 요정일 거야!"

"룽꽁의 미래 여자 투스가요!"

내 말에 라셔빠는 다시 놀란 얼굴을 했다.

나는 채찍 손잡이로 타나의 부드러운 허리를 건드리며 말했다. "타나, 라셔빠 투스 만난 일 있겠지요?"

타나는 웃다가 자기 웃음소리에 마치 대답을 하기라도 하는 듯 딸꾹질을 했다. "윽."

라셔빠 투스가 나에게 속삭였다.

"말해봐요. 이 여자가 선녀요 아니면 요정이요?"

우리는 장막 안으로 들어가서 양탄자에 앉아서야 라셔빠에게 입을 떼었다.

"선녀도 아니고 요정도 아닌 내 약혼녀입니다."

라셔빠는 웃었다. "그대는 투스 팔자군. 마이치 가문에 자리가 없으니까 룽꽁 가문이 자리를 비워 주잖아?"

나도 웃었다. "그런데 말입니다, 타나가 그러는데 당신들이 룽꽁의 영지를 거의 다 점령했다던데. 그럼 앞으로 나는 어디로 가야 됩니까? 라셔빠 영지로 가서 투스가 되어야 할까요?"

라셔빠 투스는 룽꽁 가문의 토지와 백성이 큼지막한 고기 덩어리라는 말뜻을 알아들었다, 입에 커다란 고기를 물고 있던 그는 이제 물었던 그 고깃덩어리를 내뱉을 수밖에 없었다. 나는 웃으면서 말했다. "당신은 뚱뚱해서 더 이상 먹으면 안 돼요. 만약 여기서 더 먹으면 배가 터질 걸."

그의 눈자위가 붉어지면서 머리를 끄덕였다. "좋소, 내 병사들을 철수시키면 될 거 아니요."

지금의 나를 살펴보면 시장을 장악한 이후 내가 하는 말에는 상당한 무게가 실렸음을 알 수 있다. 라셔빠는 다시 말했다. "이렇게 큰 결정을 내렸으니 술이나 한잔 합시다."

"아니, 차 한 잔이면 되겠군요."

차를 마시면서 라셔빠가 타나에게 말했다. "이번 싸움에서 진짜 이긴 사람이 누군지 알아요? 나도, 당신도 아닌 바로 이 사람이요."

나는 뭐라고 말하려고 했지만 마침 입 속에 차를 한 가득 물고 있었다. 그런데 차를 삼키고 나자 어찌된 영문인지 아무 말도 하고 싶지 않았다.

장막을 나온 후 타나가 물었다. "그 뚱보가 정말로 라서빠 투스 맞아요?"

나는 큰소리로 웃으며 말 엉덩이에 힘차게 채찍질을 했다. 말은 나를 태우고 언덕 위로 달려갔다. 내 말은 채찍질 당하면 높은 곳으로 달려 오르곤 했다. 이건 참 재미있는 일이었다. 내가 알기로는 분명히 이 놈하고 똑같은 말은 없었다.

말은 들판 중앙에서 제일 높은 언덕 위에 이르러서야 멈췄다. 냇물, 들판, 내가 변경에 개설한 시장이 지금 눈 아래로 펼쳐져 있었다. 타나가 타는 말도 꽤 좋은 놈이라 내 뒤를 쫓아 언덕으로 올라왔다. 산들바람이 그녀의 웃음소리를 몰고 왔다. 깔깔깔깔……. 이른 봄, 알을 낳은 산비둘기가 풀숲에서 바로 그런 소리를 냈다.

타나의 웃음소리는 즐거움을 싣고 있었다.

나는 사랑하는 여자에게 즐거움을 줄 수 있다는 것을 증명해 보인 셈이었다.

그녀는 말 위에서 웃음을 띠며 나를 향해 달려왔다. 채찍 끝의 빨간 술이 공중에서 춤추고 있었다. 나는 큰 소리로 물었다. "당신은 진정으로 롱꽁의 여자 투스인가?"

"아니요!" 그녀가 큰 소리로 대답하면서 내게로 달려왔다. 나는 말 등에서 몸을 일으켜 자기 말 등에 앉은 타나를 덥석 껴안았다. 그녀는 뼛속으로 스며들 만큼 날카로운 소리를 질렀다. 말들은 우리 밑에서 뛰어나갔고 타나는 손으로 나를 꽉 붙들었다. 우리 둘은 공중에서 잠시 날다가 떨어지기 시작했다. 떨어지는 속도가 그리 빠르지 않아서 최소한 공중에서 몸을 돌릴 시간은 있었다. 내가 먼저 땅에 떨어지고 다음으로 아름다운 타나가 떨어졌다. 떨어질 때 나는 그녀의 눈과 이가 빛나는 것까지 보았다.

여름의 잔디밭은 얼마나 부드러운지!

땅에 닿자마자 우리는 입술을 맞대었다. 이번에는 우리 둘 다 입맞춤을 하고 싶었다. 나는 눈을 감았다. 두 입술 사이로 뜨겁고 밝은 불꽃이 타오르는 것을 느꼈다. 이 불꽃에 우리는 이글이글 불탔고 입에서는 신음 소리가 새어나왔다.

우리는 한참 후에야 풀밭에 누운 채 하늘의 뭉게구름을 바라봤다.

"저는 당신을 사랑하지 않았는데 언덕에 올라왔을 때 당신의 뒷모습을 보고 갑자기 사랑을 느꼈어요."

그녀의 입술이 다시 내 입술에 닿았다.

나는 바람이 스쳐가는 언덕에 누워 구름 덩어리가 너울거리는 하늘을 보면서 큰 바다의 소용돌이에 빠진 것 같은 느낌을 받았다.

나는 그녀를 얼마나 사랑하는지 얘기했다.

타나는 비단으로 만든 것 같은 노란 꽃잎으로 내 눈을 가리고 말했다.
"나를 보고 사랑하지 않는 사람은 없어요."

"나는 바보야."

"하늘 아래 당신 같은 바보가 어디 있어요? 무서워요. 당신은 괴짜예요. 무서워요."

오래된 원수

기근은 아직 끝나지 않았다.

투스들은 자신들의 영지가 세상의 중앙에 있고 하늘이 특별히 내려준 지역에 살고 있다고 생각 하지만 투스 없이 살아가는 많은 지역과 마찬가지로 여러 재앙에 시달렸다. 홍수, 화재, 전쟁, 전염병, 기근 등 피할 수 있는 것은 하나도 없었다. 게다가 올해는 흉작이 아닌데도 기근이 들었다. 알 수 없는 어떤 힘이 투스들의 영지를 세상의 끝으로 밀어내는 것 같았다.

백성들은 가을이 오면 기근이 끝날 것이라고 믿고 있었다.

하지만 그것은 지난날의 경험이었다. 옛날에는 가을이 되면 옥수수, 보리, 감자, 누에콩, 완두콩 등이 나왔다. 봄과 여름에 굶어죽지 않은 사람들은 자신의 목숨을 걱정하지 않아도 되었다. 그러나 지금 대부분의 땅에는 농작물 대신 끝도 없이 무성한 양귀비만 바람에 출렁이고 있었다. 그나마 일찍 깨달은 라셔빠 같은 투스들만 싹트는 양귀비를 뽑아내고 시기가 좀 늦기는 했지만 과거처럼 무와 여러 가지 콩을 심었다. 양귀비를 뽑아버린 투스의 백성들은 그런 대로 안심하고 수확을 거둘 수 있었다.

나는 라셔빠에게 소문에는 양귀비를 뽑을 때 눈물을 흘렸다고 하던데 정말이냐고 물었다. 그는 직접적으로 대답하지는 않았다. 다만 양귀비를 뽑아낼 때 다른 투스들이 모두 비웃었노라고 말했다. 하지만 이제 국민당 정부는 항일전쟁을 하는 상황이라 아편 금지령을 내렸기 때문에 그들이야말로 헐값이 돼버린 아편을 보고 통곡할 판이라고 덧붙였다.

마이치 가문은 또 한 번 풍성한 수확을 맞았다. 옥수수, 보리가 타작마당에 산더미처럼 쌓였다. 백성들은 도대체 이 복이 어디서 오는 것인지 어리둥절했다. 하늘은 여전히 파랗고, 강물도 여전히 넓은 산골짜기를 따라 물보라를 일으키며 동남쪽으로 흘러가고 있었다.

나는 집 생각이 좀 났다. 여기서는 더 이상 할 일이 없었다. 무슨 일이 생기면 집사가 알아서 처리했다. 집사가 너무 바쁘면 쌍지 촐마가 좋은 보조자 노릇을 했다.

"촐마는 참 유능한 여자예요."

"당신도 유능해요. 당신은 참 훌륭한 남자예요."

얼굴을 붉히며 나간 집사는 얼마 안 되어 다시 들어왔다.

"쌍지 촐마는 최고예요."

"당신도 좋은 사람이라니까요."

그의 말은 촐마와 잠자리를 하고 싶다는 암시였다. 집사는 말할 것도 없었고 촐마 역시 은 세공장이인 남편과 너무 오래 떨어져 있었으므로 집사와 밤을 함께 보내고 싶어 했다. 나는 세심하게 살폈다. 촐마는 더 이상 변경에 처음 왔을 때처럼 남편을 그리워하지 않았다.

"제가 좀 늙고 다리도 불편합니다." 집사의 말은 마치 자기가 원래는 절름발이가 아니었다는 뜻으로 들렸다.

나는 그의 말뜻을 알아챘고 그래서 입을 뗐다. "그렇다면 조수를 찾아봐요."

"벌써 찾았습니다."

"그럼 그 여자에게 잘 하라고 하세요."

집사는 촐마를 자기의 조수로 발탁했다. 절름발이가 된 후 이십여 년이 지나자 그는 진정한 집사의 풍모를 드러냈다. 집사는 큼지막한 법랑 코 담배통을 은사슬에 묶어 목에 걸었다. 생각이 막힐 때마다 코담배를 조금씩 들이마셨고 하인들에게 명령을 내린 후에도 그렇게 했다. 코담배를 들이마신 후에는 연방 재채기를 했고 그 때문에 붉어진 얼굴은 유난히 집사다운 분위기를 띠었다. 내가 이런 말을 해주자 그는 손톱으로 담배통의 가는 대롱을 가볍게 두드리더니 코담배가 얹힌 손톱을 콧구멍 가까이 가져가 깊이 들이마셨다. 이 순간 그는 재채기 때문에 숨을 참았다. 그렇게 해서 내 말에 대답을 피해갔다.

북쪽 변경에서 우리가 갖고 있던 보리는 평소보다 열 배 가격에 팔렸다.

더 중요한 것은 나로 인해 마이치 가문의 영지가 확장되었다는 사실이다. 그러나 이 모든 것보다도 더 중요한 사실은 내가 절세 미녀를 아내로 맞이했다는 사실이었다. 장모가 황천길에 들어서면 나는 롱꽁의 투스가 될 터였다. 물론, 이렇게 하는 것에는 위험이 도사리고 있다. 일찍이 롱꽁 투스가 되었던 남자들은 모두 다 죽었다.

하지만 나는 두렵지 않았다.

나는 타나에게도 그 얘기를 했다.

"당신 정말로 겁나지 않아요?"

"당신을 갖지 못할까 그것만이 겁날 뿐이지."

"당신은 나를 이미 가졌잖아요?"

그래, 한 여자에게 몸을 얹고, 손을 젖가슴에 올려놓은 다음 자기의 그것을 여자의 깊숙한 곳에 넣어 피가 나게 한 것을 그 의미라고 한다면 나는 그녀를 가졌다. 그러나 그것은 한 여자의 전부가 아니고 한 여자를 영원히 가진 것은 더욱 아니었다. 타나는 나에게 전부가 뭔지, 영원히 가진다는 것이 뭔지를 가르쳐주었다.

"당신은 나를 슬프게 만들어. 가슴이 아프도록 말이야."

타나는 웃으며 말했다. "남자를 그렇게 만들지 못할 거면 나는 이 세상을 살아가지도 않을 거예요."

느닷없이 그녀가 이 세상에 없으면 정말 편안할 거라는 끔찍한 생각이 들었다.

"당신이 죽더라도 내 마음에 살아 있을 거야."

"바보, 당신의 마음에서만 사는 게 무슨 재미예요?" 타나는 내 품으로 쓰러지며 울었다. 그리고 "당신 눈앞에 있는 것으로도 부족해요. 저는 당신 마음에 계속 살아 있고 싶어요." 이렇게 덧붙였다.

"함께 나가서 걸읍시다." 나는 겨우 이 말밖에 할 수 없었다.

나는 그녀를 사랑하지만 수시로 어찌하면 좋을지 판단이 안 설 때가 있다. 그럴 때마다 나는 나가서 걷자고 했다. 하지만 대부분 그녀는 그냥 혼자 있겠다고 했다. 이런 식으로 나는 타나 곁에서 도망치곤 했다. 그래서 나는 집사와 촐마가 뭘 하는지, 라셔빠 투스가 뭘 하는지를 살폈다. 또 어떤 사람이 장사하러 왔는지, 시장에 또 무슨 상가가 늘어났는지도 살폈다. 마이치 투스는 남쪽 변경의 보루를 닫고 모든 식량을 여기로 운송했다. 식량은 여기서 사방팔방으로 나갔고, 온갖 군데의 물건이 내 손에 들어왔다.

그런데 오늘은 웬일로 "좋아요, 산책 가요." 이렇게 선선히 대답했다.

그래서 우리는 아래층으로 내려갔다. 예쁜 여자는 항상 이렇다. 조금 전 눈물을 흘렸는데 지금은 웃음을 짓고 있다.

아래층에는 어린 하인들이 벌써 말을 준비해 놓았다. 우리가 말에 오르자 쑤오랑쩌랑과 어린 얼이는 그 뒤를 졸졸 따르고 있었다.

"당신의 두 그림자 좀 봐요. 저 애들만 봐도 당신이 어떤 사람인지 알 수 있어요."

"나에게 가장 충성스런 사람들이야."

"하지만 체면이 안 서잖아요?"

보라! 똑똑한 척하고 예쁜 척하고 잘난 척하는 사람들은 체면을 원할 뿐

충성을 바라지는 않는다. 이날, 결혼식은 올리지 않았지만 이미 나의 아내가 된 타나 역시 마찬가지였다.

"당신의 집사는 절름발이인데다 주방에서 일하는 여자를 정부로 삼기까지 했어요."

그녀는 분통이 터진다는 듯 나를 몰아세웠다. "당신 옆에는 왜 체면을 세워주는 사람이 한 명도 없어요?"

"당신 하나로 충분하지."

우리의 대화는 이런 식으로 진행되었다. 무슨 말을 꺼내건 언제나 이런 식이었다. 대화 내용도 진지하지 않았다. 정말이다. 조금도 진지한 건 없었다. 그녀와 함께 침대에 들면 어떻게 해야 하는지 잘 안다. 그런데 침대에서 내려와 옷을 입으면 그 여자를 어떻게 대해야 할지 마련이 서지 않았다. 그 여자는 똑똑하다. 또 우리 사이의 주도권도 거머쥐고 있다. 하지만 그 여자 역시 나를 어떻게 대하는 게 옳은지 모르는 모양이었다. 다른 여자처럼 남편을 존중하자니 그 남자가 바보다. 그 남자는 물어볼 것도 없이 완전한 바보인데 그런 남자가 남편이다. 남편이라는 사람이 다른 멍청이와 마찬가지로 갈 데 없이 바보란 말이다. 더 환장할 일은 비록 내가 바보이긴 하지만 남자가 여자에게 굽실거리면 안 된다는 것쯤은 알고 있었다. 다시 말해 타나가 어찌어찌해서 내 수중에 들어왔는데, 문제는 그럴듯한 의식을 치르지도 않은 채 나와 한 침대를 쓰게 되었으면서도 타나에게 감사하고 굽실거릴 생각을 도통하지 않는다는 일이다. 바로 이 때문에 우리는 침대를 떠나 옷을 입으면 항상 비꼬는 말투로 서로를 괴롭혔다.

한 여자가 늘 자기 마음을 다치게 하는 것은 오래 버틸 수 있는 계책이 못 됐다.

우리는 냇가까지 왔다. 냇물이 너무 맑아서 우리 모습이 똑똑히 비쳤다. 붉은 말, 흰 말. 얼마나 아름다운가! 말 등에 앉은 두 사람은 얼마나 젊고 멋진가!

나는 냇물을 거울로 삼아 처음으로 내 얼굴을 자세히 보았다. 머리에 문제만 없다면 마이치 가문의 둘째 아들은 정말 잘생긴 젊은이였다. 옻칠한 듯 새까만 고수머리에 이마는 넓으면서 두툼하고 높은 코는 굳세 보였다. 눈이 몽유병 환자처럼 흐리멍덩하지 않았다면 더 좋았을 뻔했다. 그렇더라도 나는 그럭저럭 자신에게 만족했다.

"나를 사랑하지 않는다면 내 곁을 떠나도 좋아. 당신이 사랑하는 남자를 찾아가더라도 당신의 어머니에게 식량을 돌려달라고 하지는 않을 테니까."

이 말은 타나를 두려움에 떨게 만들었다.

그녀는 입술을 깨문 채 물에 비친 내 그림자를 멀뚱멀뚱 바라보며 아무 말도 하지 않았다. 나는 "이랴!" 하며 채찍질을 했고 엉덩이를 얻어맞은 말은 물로 뛰어들어 방금 전 남녀가 만들었던 그림자를 밟아 깨뜨렸다. 타나, 당신에게 이런 말을 한 사람 없었지? 나는 냇물을 건너갔다. 타나는 하인의 도움 없이 말에서 미끄러지듯 내려와 물가에 멍하니 앉아 있었다.

냇물을 건넜지만 나는 어디로 가야 할지 알 수가 없었다. 그래서 말 등에 얹힌 채 시장을 어슬렁거렸다. 타나가 머리 속을 헤집어놓았다. 시장에는 임시로 세웠던 장막이 갈수록 줄어들고 대신 지붕을 흙으로 평평하게 만든 집이 많이 세워졌다. 그 안에는 여러 투스 영지의 구석구석에서 가져온 여러 가지 물품이 가득 쌓여 있었다. 상인들은 심지어 전혀 돈이 안 되는 물건들도 가져왔다. 흙집들은 좁고 긴 거리를 따라 이어지고 있었다. 땅에 있던 풀은 벌써 사람과 말에 짓밟혀 비가 오면 진창으로 변했다. 다행히 오늘은 날씨가 맑아서 사방에서 모여든 사람들의 떠들썩한 소리가 먼지와 함께 날리고 있었다.

이런 광경은 순전히 나 때문에 이루어진 것이었다. 그래서 내가 거리에 나타나면 사람들은 장사를 멈췄다. 오가던 홍정도 혀끝에서 멈추고 넓은 소매 속에서 쉼 없이 움직이던 손가락도 멈췄다. 그들은 투스의 영지에 최초로 상설시장을 만든 이가 말을 타고 지나다니는 것을 보면서 바보라고 소문난 사람이 어떻게 새로운 일을 꾸몄을까 이해하지 못하겠다는 눈길로 나를 넋 놓고 바라보곤 했다.

나는 공허한 마음으로 먼지, 사람, 상품, 흙집 사이를 배회하고 있었다. 다른 때라면 만족감으로 가득 찼을 가슴이었다. 하지만 오늘은 어딜 가나 쓸쓸하고 허전했다. 내 말은 이미 열 번도 넘게 기다란 골목을 왕복했다. 라셔빠 투스가 흙집 앞에 앉아서 아무 말 없이 나를 쳐다보다가 내 앞으로 다가와 고삐를 잡아 세웠다.

그는 내 뒤를 살피더니 물었다. "도련님, 몸종 바꿨어요?"

"아니요, 그 사람이 내 하인이 되고 싶은가 봐요."

오늘 시장에 온 후로 어떤 사람이 그림자처럼 나를 졸졸 따라다녔다. 그는 좁은 거리를 예닐곱 번이나 왕복했지만 존재한다는 느낌만 갖게 했지 얼굴은 드러내지 않았다. 이것은 공식이었다. 복수자가 타나날 때는 늘 그렇다. 그는 이런 방식으로 나에게 마이치 가문의 원수가 왔다는 것을 알렸다. 오늘 나는 마치 그 사람을 기다리기 위해 심복 둘과 타나를 냇물 저편에 놔두고 온 것 같았다. 전에는 아버지의 원수 혹은 마이치 가문에 다른 누군가의 복수를 하려는 사람이 우리를 찾아온다는 생각만으로도 겁이 났다. 하지만 오늘은 진짜로 원수가 나타났는데도 전혀 무섭지 않았다.

나는 라서빠에게 장사가 잘 되느냐고 물었고 그는 괜찮다고 말했다. 자객의 얼굴을 보려고 내가 몸을 홱 돌렸지만 챙이 넓은 모자만 보였다. 그자는 허리의 왼쪽과 오른쪽에 각각 칼을 차고 있는 게 드러났다. 왼쪽에 꽂은 칼은 기다랗고 양쪽날이 다 서 있는 것이며 오른쪽은 넓적한 데다 한쪽 날만 서 있는 단도였다.

라서빠 투스가 웃으니 눈이 살 속에 파묻혔다. "도련님에게도 원수가 있소?"

"당신만 나한테 원한을 품지 않으면 내게는 원수가 없을 거라고 생각하는데요……."

"그렇다면 아버지의 희생양인 거요?"

"형의 빚일지도 모르지요."

라서빠 투스가 살찐 턱을 들어올리자 건장한 하인 둘이 옆에서 나왔다. 그는 나에게 물었다.

"가서 잡아오라고 할까?"

나는 잠깐 생각하다가 "아니요." 했다.

이 순간 목에 와 닿는 서늘한 느낌이 괜찮게 생각되었다. 칼이 살에 붙는 느낌이 이렇겠구나 하니 쾌적한 느낌마저 들었다. 나는 말고삐를 잡고 시장을 지나 다시 냇가로 갔다. 냇가를 건너며 뒤를 돌아보았다. 자객이 점점 가까이 다가왔다. 그 사람의 키는 그리 크지 않았다. 말에 앉은 내 목까지 손이 닿을 것 같지도 않았다. 그는 빠르게 다가왔다

"아무래도 내가 너무 높은 곳에 있는 것 같다. 네 손이 닿지 못할 거야. 내가 내려갈까?"

내가 느닷없이 말을 건네자 그는 뒤로 굴러 자빠졌다. 한 손으로 단검을 휘두르며 칼 빛으로 자기 몸을 가렸고 그의 모자가 떨어져 뒹굴었다. 결국 나는 그의 얼굴을 보았고 누군지 기억해냈다.

"일어나. 난 너의 아버지를 알아."

그의 아버지는 마이치 가문을 위해 차차 소족장을 죽였지만 다시 마이치 가문에 의해 죽임을 당한 뚜오지츠렌이었다.

그는 공중제비를 해 우뚝 섰지만 아무 말도 하지 않았다.

"뚜오지츠렌에겐 아들이 두 명일 텐데?"

이제는 양손에 반짝이는 칼을 들고 내가 앉아 있는 말 앞까지 다가왔다. 바로 이때 냇물 건너편에서 여자의 찢어질 듯한 비명이 들렸다. 타나가 그곳에 넋 나간 얼굴로 서 있었다. 놀라서 악쓰는 타나를 내가 돌아봤을 때 자객은 이미 내 눈앞까지 와 있었다. 그는 키가 크지 않아서 발돋움을 해 긴 칼을 내 목에 들이댔다. 칼의 서늘한 느낌이 편안했다.

나는 자객의 얼굴을 자세히 보고 싶었다. 나를 죽이려면 당연히 자신의 얼굴을 제대로 보여줘야 한다. 그렇지 않으면 좋은 자객이 못 된다. 그러나 칼끝으로 내 목을 받치고 있었으므로 나는 하늘을 쳐다볼 수밖에 없었다. 그는 내가 하늘을 본 적이 없는 줄 아는 모양이었다. 하늘로 얼굴을 향한 채 그가 입을 열 때를 기다렸다. 나는 그가 적어도 한두 마디는 할 거라고 생각했는데 그는 아무 말도 안 했다. 말을 하지 않는다면 그는 좋은 자객이 아니다. 칼끝에 닿은 부분이 따가웠다. 칼끝이 불꽃이 된 모양이었다. 나는 이제 죽을 거라고 생각했다. 그러나 그는 손을 쓰지 않고 나를 말에서 내리게 했다.

"고개를 숙이게 해줘. 너무 불편해."

나는 웃으며 말했다.

"흥! 귀하신 몸은 죽을 때도 편하겠다고?" 나는 드디어 그의 목소리를 들었다.

"나지막한 목소리, 참으로 자객의 목소리답네."

"그래, 이게 내 목소리요."

이번엔 그의 목소리가 그리 낮지 않았다. 원래 그의 목소리인 모양이었다. 다만 원한이 그의 목소리를 낮게, 그리고 긴장하게 한 것이었다. 나에 대한 원한은 그리 크지 않은 것 같았다. 그의 목소리는 곧 느슨해졌다.

"이름이 뭐냐?"

"뚜오지루오뿌, 내 아버지는 뚜오지츠렌이야. 마이치 투스가 내 아버지를 양귀비 밭에서 개처럼 죽였지. 내 어머니는 불로 뛰어들었고."

"네가 정말로 뚜오지츠렌을 닮았는지 보고 싶구나."

이번에는 정말로 나를 말에서 내리게 했다. 발이 땅에 닿자마자 그는 다시 칼을 내 목에 들이댔다. 나는 그의 얼굴을 똑똑히 봤다. 그의 아버지와는 닮지 않았고 자객처럼 생기지도 않았다. 칼에 찔려 죽는 것도 괜찮겠다는 생각이 들었다. 누군가 나를 걱정할 필요도 없고 원망할 필요도 없다. 형은 나를 경계하지 않아도 된다. 타나도 바보의 수중에 떨어졌다며 억울해하지 않아도 될 것이다. 그러나 자객은 칼을 놓았다.

"내가 왜 당신을 죽여야 하지? 내가 죽여야 할 사람은 당신의 아버지와 형이야. 그때는 당신도 나처럼 어린애였으니까. 바보 하나 죽여봐야 내 명예만 더럽힐 테고."

"그럼 뭐 하러 여기까지 왔어?"

"당신 아버지와 형에게 일러, 그들의 원수가 왔다고."

"당신이 직접 가. 나는 얘기하지 않을 테니까."

내가 대꾸하며 몸을 돌렸을 때 그는 이미 사라졌다.

그때부터 나는 멍해졌다. 하늘을 쳐다보니 구름, 바람, 새가 다 무사히 있었다. 땅을 내려다보니 흙, 흙에서 올라온 풀, 풀에 매달린 꽃, 꽃을 밟고 있는 내 발도 여전했고 여름에만 나타나는 벌레들이 분주하게 오갔다. 강물을 바라보니 물보라가 날렸고 물보라 속에 타나가 있었다. 타나는 시냇물을 건너 내 앞으로 왔다. "바보야, 피! 피!"

나는 피를 보지 못했다. 다만 그녀가 물에서 나온 후에 흔들리던 물결이 다시 조용해지는 것이 보였다. 타나는 내 팔을 들어 눈앞에 들이댔다. "바보아. 이것 봐, 피!"

손에 피가 조금 났는데 타나는 너무 호들갑을 떨고 있었다. 겨우 그 정도 피에 소리를 지를 필요는 없었다.

"누구 피야?"

"당신 거예요!"

"누구 손이야?"

"당신 손이에요!" 이번에는 자기의 얼굴을 내 얼굴에 들이밀며 소리를 질렀다.

"그 사람이 당신을 죽일 뻔했어요!"

그래, 내 손이었다. 그 사람이 나를 죽일 뻔한 것이지 내가 그 사람을 죽일 뻔한 것이 아니었다. 그런데 왜 내 손에서 피가 나는 것인가? 손을 들었더니 가느다란 핏줄기가 소매 속에서 벌레처럼 기어 나왔다. 나는 소매를 걷고 팔을 따라 올라가며 피가 나는 곳을 찾았다. 피는 목에서 흘러내린 것이었다. 마이치 가문의 원수 뚜오지루오뻐가 칼을 거둬들일 때 내 목을 긁어 상처를 냈던 것이다. 나는 냇물에서 목과 손을 깨끗하게 씻었다. 피는 다시 흐르지 않았다.

핏자국을 씻어내며 불만스러웠던 것은 피가 물에 들어갔는데도 물 색깔이 하나도 변하지 않는 점이었다.

타나는 허둥대며 어찌할 줄 몰랐다.

그녀는 내 머리를 자기 가슴에 껴안았다. 불룩 솟은 유방에 숨이 막히지 않으려고 두 봉우리 사이에서 숨쉴 곳을 찾았다. 타나는 나를 자기 가슴에 한참이나 눌러 껴안았다가 풀어주었다. "그 사람이 왜 당신을 죽이려고 하는 거죠?"

"당신 울었군. 나를 사랑하는구나."

"사랑하는지 안 하는지는 몰라요. 다만 어머니한테 보리가 없기 때문에 바보의 아내가 됐다는 건 알아요." 타나는 한숨을 쉬더니 어린아이에게 하듯 내 얼굴을 받쳐 들었다.

"그 사람도 보리 때문에 그런 건가요?"

나는 고개를 저었다.

그녀는 아이가 조르듯 홍알거렸다. "얘기해줘요, 응?"

"싫어."

"얘기해줘요."

"안 해!"

"얘기해달라니까!" 그녀는 소리를 질러 나를 겁줬다.

나를 정말 바보라고 생각하는 것이다. 그녀는 보리 때문에 나와 결혼했지만 나를 사랑하지는 않았다. 그러나 상관없었다. 그녀는 예뻤고 나는 그녀를 사랑했다. 하지만 이렇게 떼를 쓰는 것은 정말 싫었다. 원수도 나를 어쩌지 못했는데 그녀가 뭘 어쩔 수 있겠는가? 나는 그녀의 뺨을 때렸다. 미녀는 소리를 지르더니 몹시 놀란 얼굴로 나를 보았다. 그 다음에는 어떻게 해야 할지 알 수가 없었다.

다행히 자객의 모습을 본 하인들이 멀리서 뛰어왔다. 그들은 자객은 보지 못하고 내가 아내를 때리는 것만 보았다. 절름발이 집사가 나를 가로막았다. 이렇게 많은 사람 가운데서 오직 집사만이 무슨 일인지를 이내 알아챘다.

"드디어 온 거예요?"

나는 머리를 끄덕였다.

하인들은 이제 막 세워진 그 작은 거리로 우르르 몰려갔다. 내 하인들은 와글와글 떠들며 시장거리를 몇 바퀴나 돌았지만 자객의 얼굴을 모르니 찾아낼 턱이 없었다. 방금 전의 자객과 몹시 닮았으나 몸이 더 호리호리한 사람을 시장에서 본 기억이 났다. 그는 이곳으로 굴러 들어온 지 꽤 되었고 시장거리에서 술집을 운영하고 있었다. 술집 문 앞에서는 러시아식의 싸모바르가 하루 종일 김을 내뿜고 있었다. 가게 안의 큰 가마는 항상 큰 고기 덩어리를 삶고 있었고 벽 쪽의 큰 항아리에는 술이 담겨있었다. 이것은 마이치 투스 영지에 모습을 보인 최초의 술집이어서 반드시 기록할 필요가 있다.

나는 역사란 수많은 최초, 최초로 구성된다는 말을 들은 적이 있다. 예전에 우리가 어딘가를 가려면 먹을 것을 가지고 갔다. 문을 나서면 솥을 준비해 아침에는 차를 끓이고 저녁이면 그 솥에 수제비를 끓였다. 그래왔기 때문에 얼마 전 문을 연 술집은 차 끓이고 고기를 삶고, 그리고 술을 팔긴 하지만 장사는 그다지 잘 되지 않았다. 우리 백성들이 거리를 오갈 때 나는 술집에 앉아 있었다. 주인이 술 한 사발을 따라서 내 앞에다 놓았다. 나는 주인에게 낯이 익다고 했다. 그는 긍정도 부인도 하지 않고 그냥 웃었다. 나는 내 앞에 놓인 술을 마셨다.

"술이 좋군. 그런데 돈을 안 가져왔네."

술집 주인은 한 마디도 하지 않고 술항아리를 들어 다시 술잔을 가득 채웠다.

나는 숨도 못 쉬도록 들이켰다. 한숨 돌린 후 나는 다시 말했다.

"어디서 본 것 같은데?"

"그럴 리가 없어요."

"당신을 봤다는 게 아니고 그 얼굴 모습을 봤단 말이야."

"무슨 말인지 알겠습니다." 그는 항아리를 들고 내 옆에 섰다. 내가 한 사발을 다 마시자 또 한 사발 가득 따랐다. 몇 사발을 거푸 마시고 나니 나는 취했다.

"저 놈들은 자객의 얼굴도 못 봐놓고 잡으려고 하니……."

나는 술집 주인에게 이렇게 말하고는 크게 웃었다.

술집 주인은 아무 말도 하지 않고 또 술을 따랐다. 금방 취해버려 나는 집사가 언제 들어왔는지도 몰랐다. 나는 사람들을 데리고 밖에서 왔다갔다하며 뭘 하느냐고 물었다. 집사는 자객을 잡으려고 그러는 것이라고 했다. 나는 웃음을 참을 수가 없었다. 집사는 내가 웃는 것에 개의치 않은 채 은돈을 꺼내 술값을 치르고는 자객을 찾는다며 뛰어나갔다. 그는 문 입구에서 고개를 돌리더니 내게 말했다. "이 거리를 홀랑 뒤집더라도 그 자를 꼭 찾아낼 겁니다."

집사는 절룩거리며 거리로 나갔다. 걸을 때는 위엄이 없었지만 말에 오르자 기개가 넘쳤다.

"하인들은 자객을 못 찾을 걸."

술집 주인은 머리를 끄덕였다. "그래요, 그 사람은 벌써 떠났거든요."

"어디로 갔는지 알아?"

"마이치 투스를 찾으러 갔지요."

나는 다시 그의 얼굴을 찬찬히 살펴봤다. 취해서 눈은 몽롱했지만 봐야 하는 건 다 보였다.

"당신 얼굴이 바로 날 죽이려던 그 자객의 얼굴이야."

술집 주인이 웃었다. 그의 웃음에는 슬프고도 민망한 기색이 돌았다. "그 사람은 내 동생이오. 동생이 당신을 죽이겠다고 했는데 안 죽였군요. 내가 그랬지요. 우리 원수는 마이치 투스가라고."

나는 내 술에 독약을 넣었느냐고 물었고 주인은 안 넣었다고 대답했다. 그러나 만약 아버지와 형이 죽어 없어졌다면 나를 죽였을 거라고 했다. 나는 그의 동생이 못 돌아오게 되면 나를 죽일 거냐고 물었다. 그는 다시 잔에 술을 따르면서 말했다. "그때도 안 그럴 거요. 당신의 아버지와 형을 먼저 죽일 겁니다. 만약 내가 죽이기 전에 그들이 다 죽는다면 그때 내가 당신을 죽일 거요."

그날 나는 우리 가문의 원수에게 원칙대로만 복수한다면 그를 모른 척하겠노라고 약속했다.

저녁에 집으로 돌아가자 뜻밖에도 타나가 전에 없이 나를 반겼다. "생각해봐요. 누군가 당신을 죽이려고 해요. 당신의 목숨을 노린다고요. 당신에게 원수가 있단 말예요."

"그래, 내게 원수가 한 명 있어. 나는 자객을 만났지."

내 표현이 참 그럴 듯하다는 생각이 들었다. 안 그렇다면 타나가 전과 다르게 내 곁으로 그렇게 나긋나긋 다가와 소리를 지르지는 않았을 것이다. "꽉 잡아줘요! 아프도록 잡아요! 난 없어질 거야. 사라지고 말 거야!"

얼마 안 있어 그녀가 없어지고 나도 없어졌다. 우리는 가벼운 구름이 되어 하늘가를 떠돌았다.

아침에 그녀가 먼저 깼다. 그녀는 한 손으로 이불을 짚고 나를 찬찬히 살펴보고 있었다. 그런데 똑같은 질문을 할 수밖에 없었다. "나는 누구지, 난 지금 어디에 있는 거야?" 타나는 일일이 대답해주고 나서 깔깔 웃었다. "당신은 잠이 들면 조금도 멍청해 보이지 않는데 잠에서 깨니 다시 바보로 돌아가는군요."

이 문제에 대해 할 말이 없었다. 내가 잠자는 모습을 볼 수 없기 때문이다.

집에서 보낸 편지가 도착했다. 형이 이미 마이치 산채로 돌아왔으니 나보고도 돌아오라는 얘기가 적혀 있었다.

집사는 여기 남아서 모든 것을 나 대신 챙기겠다고 했다. 나는 무장한 하인들을 남겨줬다. 쌍지 촐마도 돌아가고 싶어 했다.

"은 세공장이가 보고 싶으냐?"

"그 사람은 제 남편이에요." 그녀의 대답은 그것뿐이었다.

"돌아갔다가 다시 와. 집사에게는 조수가 필요하니까."

촐마는 아무 말도 하지 않았다. 보아하니 촐마도 자기가 꼭 돌아가야 하는지 잘 모르겠는 모양이었다. 세공장이의 아내로 남아야 할지 아니면 집사의 보조가 돼야 할지 결정을 내리지 못하고 있었다. 나는 더 이상 이런 문제로 힘을 낭비하고 싶지 않았다. 그것은 집사의 일이었다. 촐마가 집사와 관계를 맺었으니 그의 일이지 나와는 아무 상관도 없는 것이었다.

이처럼 오래도록 집을 떠나 있었으니 식구들에게 줄 선물을 하나씩은 준비해야 했다. 아버지, 어머니, 형은 말할 것도 없다. 그리고 양종에게도 보석 귀고리를 준비했다. 물론 타나라고 불리는 다른 시녀에게 줄 선물도 마련했다. 집사는 내게 창고를 하나하나 둘러보게 했다. 그때서야 내가 얼마나 부유한지를 알게 되었다. 선물을 준비하고, 은돈과 은괴를 상자에 담는 데는 자그마치 사흘이나 걸렸다. 마지막 날, 나는 사방을 둘러보고 싶어 거리로 나갔다. 요 며칠 동안 나는 마이치 투스의 원수를 거의 잊고 있었다.

술집에 들어서면서 나는 탁자 위에다 은돈을 하나 던지며 외쳤다. "술."

술집 주인은 항아리째 들고 와 잔에 따랐다. 나는 두 사발을 마셨다. 찍소리 없던 그 사내는 내가 자리를 떠나려고 할 때야 입을 열었다. "동생 소식이 아직도 없어요."

나는 멈춰 섰다. 뭐라고 해야 할지 몰라 한참 동안 그냥 서 있을 수밖에 없었다. 그러다 마지막으로 나는 그를 위로했다. "아마 현재의 마이치 투스를 먼저 죽여야 할지 아니면 미래의 투스를 먼저 죽여야 할지 고민하고 있을 거야."

그는 주절주절 말했다. "아마 그럴 겁니다……."

"어렵긴 하지만 어쩔 수 없잖아? 당신들이 우리 집에서 도망칠 때 그렇게 맹세했으니까. 다 죽이는 게 불가능하다면 적어도 하나는 죽이겠지."

"그런데 우리 어머니는 어쩌자고 자식들 앞에서 그런 저주를 했을까요?"

그건 아주 간단한 문제였지만 잘 생각해보니 간단한 문제도 아니었다. 그렇기 때문에 나는 대꾸를 못 했다. 그렇긴 해도 내가 원수 앞에서 이렇게 태연하게 행동한다는 사실이 기분 좋았다.

"우리는 내일 산채로 떠날 거야."

"그러면 그를 만날 수 있습니까?"

"누구? 당신 동생?"

"그렇소."

"안 만나는 것이 좋겠지."

집으로 돌아가다

집으로 돌아가는 속도는 빨랐다. 내가 서두른 것이 아니라 하인들이 빨리 가고 싶어 안달을 해서였다.

나는 모진 주인이 아니었기 때문에 속도를 늦추라고 하지는 않았다.

밖에서 사업에 성공한 사람은 집으로 돌아갈 때 천천히 가야 된다고 생각한다. 누군가 눈이 빠지게 기다리고 있을 테니까 말이다.

나흘째 되는 날, 우리가 마지막 하나 남은 산 어귀에 올랐을 때 멀리 마이치 산채가 보였다. 산에서 아래를 내려다보면 먼저 측백나무가 보이고 여기저기 골짜기는 강의 모래톱을 휑하고 넓게 만든다. 그 다음에 보이는 것이 바람에 흔들리는 보리밭이었다. 산채는 섬처럼 거대한 보리물결 한 가운데 서 있었다.

기마대가 골짜기로 달려 내려갔다. 은돈과 보석을 싣고 있는 말이 유난히 짤랑짤랑 방울을 울려 텅 빈 골짜기를 채웠다. 산채는 여전히 멀찌감치 조용히 엎드린 채 깊은 꿈에 잠긴 듯한 분위기에 싸여 있었다. 우리가 마을을 지나갈 때 백성들은 촌장을 따라 우리 뒤를 따라오면서 크게 환호했다.

우리 뒤를 따라오는 백성들의 환호소리가 갈수록 엄청나 산채에서 낮잠을 자는 사람도 놀라 일어날 판이었다. 마이치 투스는 아들이 돌아온다는 것은 알고 있었지만 이렇게 많은 사람과 말이 넓은 골짜기를 따라 뛰어 내려오는 것을 보자 조금은 걱정이 되는 모양이었다. 문지기가 죽어라 뛰어 내려오는 것이 보였다.

"겁나는 모양인데요."

타나가 웃으며 말했다.

나도 웃었다.

이곳을 떠날 때 나는 보잘것없는 바보였지만 지금은 두려움의 대상이 될 수도 있었다. 우리를 구별해낼 만큼 가까운 거리에 왔는데도 투스는 경계를 늦추지 않았다. 그들은 분명히 나를 두려워하고, 내가 산채를 공격할까 봐 전전긍긍하고 있었다. "당신 아버지가 어떻게 이럴 수 있어요?"

"아버지가 그러는 게 아니고 형이지."

그랬다. 이런 황급하고 당혹해하는 장면에서 나는 형의 냄새를 맡았다. 남쪽에서 겪은 뜻밖의 참패가 그를 솥뚜껑에도 놀라는 자라로 만들었다.

타나는 달콤한 음성으로 내게 속삭였다. "당신 아버지도 당신을 경계할 거예요. 그들은 당신을 룽꿍 가문의 투스로 생각하니까요."

우리가 더욱 가까이 다가왔지만 산채의 둔중한 바위벽 뒤에서는 여전히 애매한 침묵이 흐르고 있었다.

이 난감한 국면을 깨뜨린 사람은 역시 쌍지 촐마였다. 그녀는 말 등에서 짐을 내린 다음 중국에서 만들어진 사탕을 꺼내 공중으로 뿌렸다. 그녀는 베푸는 사람으로서의 역할, 마이치 집 둘째 도련님의 은총을 베푸는 일에 이골이 나 있었다. 어린 하인 둘도 공중 높이 사탕을 뿌리기 시작했다.

과거에는 사탕 같은 것은 너무도 귀한 물건이어서 투스 집안의 식구라도 항상 먹을 수는 없었는데 내가 북쪽에서 장사를 시작한 이후 사탕은 더 이상 희한한 물건이 아니었다.

사탕이 하늘에서 사람들 사이로 우박처럼 쏟아져 내리자 백성들은 알록달록한 사탕 포장지를 벗겨내 벌꿀처럼 달콤한 맛을 보았다. 그들은 북쪽에서 거둔 나의 어마어마한 성공의 맛을 나누며 산채 앞 광장으로 몰려와 나와 아름다운 타나를 둘러싸고 크게 환호했다. 산채 입구에 쇠사슬에 묶여 있는 개들도 크게 짖었다. 타나가 물었다.

"마이치 가문은 며느리를 이런 식으로 환영하나요?"

"이건 똑똑한 사람이 바보를 환영하는 방식이지!"

타나가 다시 뭐라고 외쳤지만 사람들의 환호와 미친 듯한 개 짖는 소리에 목소리가 묻혔다. 우레처럼 울리는 환호 속에서 산채의 묵직한 대문이 끼익 하고 열리는 소리가 들렸다. 사람들의 함성이 뚝 그쳤다. 대문이 열리고 투스와 부인이 모습을 드러냈다. 그 뒤에 여자들이 있었고 양종과 시녀인 또 다른 타나도 끼여 있었다. 형은 없었다. 그는 아직 망루에서 넋 놓고 바라보는 청지기들과 함께 얼떨떨하게 서 있었다.

그들은 잘 지내지 못한 모양이었다. 아버지의 안색은 서리 맞은 무 같고, 어머니의 입술은 말라 있었다. 여전히 고운 양종만이 몽유병 환자 같은 표정을 짓고 있었다. 시녀 타나는 미련하기 이를 데 없는 얼굴로 아름다운 내 아내를 멍하니 쳐다보며 손톱을 짓깨물고 있었다.

투스 부인이 딱딱하고 어색한 분위기를 깨뜨렸다. 어머니는 다가와 내 이마에 입술을 댔다. 마른 잎 두 장이 내 이마에 떨어진 느낌이었다. 그녀는 한숨을 쉬더니 타나 앞으로 가 그녀를 껴안았다.

"난 네가 내 며느리인 것을 알았다. 어디 보자. 남자들은 자기들 일 보라고 하지, 뭐. 난 우리 예쁜 며느리를 좀 봐야겠다."

아버지가 웃으며 사람들을 향해 외쳤다. "봤지, 내 아들이 돌아왔다! 엄청난 재물을 가져왔다! 세상에서 제일 예쁜 아내를 데리고 왔다!"

사람들은 만세를 외쳤다.

내 두 발이 움직이는 게 아니라 사람들이 만세를 외치는 소리가 나를 안으로 떠미는 것 같았다. 마당에서 나는 아버지에게 물었다. "형은 어디 있어요?"

"망루에 있다. 적이 올지도 모른다고 하더라."

"그럴 만도 하겠군요. 남쪽에서 고생 많이 했잖아요."

"그 소리는 하지 마라."

"아버지가 그랬다고 말씀하셨잖아요."

"얘야, 네 병이 이제 나았나 보구나."

이때 형의 그림자가 나타났다. 그는 위층에서 우리를 내려다보고 있었다. 나는 이미 봤다는 뜻으로 손을 흔들었고 형은 더 이상 미루지 못하고 내려왔다. 형제가 계단에서 만났다.

형은 나를 찬찬히 살폈다.

그의 앞에는 모두가 알고 있는 바보, 그러나 아무리 똑똑한 사람도 해내지 못했던 기막히게 어마어마한 일을 한 바보가 서 있었다. 솔직히 말하면 형은 실리적인 생각은 그다지 깊지 않으면서도 반드시 투스가 돼야 한다고 생각하는 그런 사람이었다. 그래서 내가 입을 열었다. 만약 형의 동생이 바보가 아니라면 자리를 내줄 수도 있는 것 아니냐고. 남쪽 변경에서의 일은 형에게 머리를 써야 한다는 교훈을 남겼다. 그러나 그의 동생은 멍청이다. 맞다. 상황은 지금까지 죽 이래왔단 말이다. 형은 실패를 했음에도 여전히 높은 곳에서 내 어깨를 툭툭 쳤다. 그런 후 눈길을 타나에게로 돌렸다. "자, 보자! 사실 너는 여자가 예쁜지 아닌지도 모르는데 이렇게 예쁜 여자를 구하다니 신기하구나. 내게도 여자는 많지만 이렇게 예쁜 여자는 하나도 없다."

"타나의 시녀들도 다 예뻐요."

나와 형은 이런 식으로 상면했다. 내가 생각했던 방식과는 많이 달랐다. 그러나 어쨌든 우리는 만난 셈이다.

내가 위층으로 올라가 손짓을 하자 촐마는 하인들을 시켜 말 등에 실린 상자를 내리게 했다. 내가 상자를 열라고 명령했고 사람들이 눈을 홉뜨며 놀라움에 소리를 질렀다. 마이치 산채에 은돈이 많이 있었지만 최고 소족장, 촌장, 백성, 심지어 하인에 이르기까지 대부분의 사람은 이렇게 많은 은돈이 한군데 모여 있는 것을 일찍이 본 일이 없었다.

우리가 식당으로 갈 때 지하 창고의 단단한 문이 열리는 소리가 들렸다. 식당에 들어선 타나는 내게 귓속말을 했다. "어찌된 게 룽꿍 집과 완전히 똑같을까요?."

이 말을 들은 어머니가 말했다. "투스의 집은 원래 다 똑같은 거란다."

"변경은 다른걸요?"

"네 남편은 투스가 아니니까."

"그 사람은 투스가 될 수 있어요."

"그렇게 생각한다니 기분 좋구나. 하지만 우리 가문이 아니라 너희 가문으로 가야 하니 그게 속상하다."

타나와 어머니의 대화는 그걸로 끝이었다.

나는 다시 명령을 내렸고, 어린 노예 둘과 타나의 예쁜 시녀들이 사람들 앞에 굉장한 선물을 내려놓았다. 진귀한 보석들이 휘황한 빛을 발했다. 식구들은 내가 이런 물건을 황량한 변경에서 가져온 것이라고는 믿을 수 없는 모양이었다.

"앞으로도 돈과 보물은 끊임없이 올 겁니다."

나는 절반만 말하고 나머지 말은 하지 않았다. 나머지 반은 "당신들이 나를 바보라고 생각하지 않는다면" 이었다.

이때 시녀들이 발을 끌며 우리 뒤에 무릎을 꿇었다. 마부의 딸인 시녀 타나도 나와 내 아내 뒤에 무릎을 꿇었다. 나는 그녀가 부들부들 떨고 있다는 것을 알았다. 나는 어쩌자고 이런 여자와 동침했었는지 알 수가 없었다. 그래, 맞다. 그때 나는 처녀가 어떻게 생긴 게 이쁜 여자인 줄 몰랐었다. 그래서 여자들이 내키는 대로 내 침대에 들어와 함께 잤던 것이다.

타나는 이 시녀를 곁눈질하면서 내게 말했다. "나는 당신을 구제 불능의 바보로는 보지 않는데 당신 식구들은 당신을 그렇게 보는군요. 당신에게 어떤 여자를 보내줬는지만 봐도 알 수 있는 일인 걸요."

이렇게 말한 후 진주 목걸이 하나를 시녀 타나의 손에 쥐어주면서 모든 사람이 들을 수 있도록 큰소리로 말했다. "네 이름이 내 이름이랑 똑같다고 하던데, 앞으로는 그 이름을 두 번 다시 써서는 안 된다."

시녀 타나는 기어 들어가는 목소리로 "네." 대답했다.

"주인님께서 이름을 하나 하사해주세요."

타나는 웃었다. "제 남편 곁에서 시중드는 사람들은 다 철이 들었군요. 틀림없이 복받을 겁니다."

이제는 이름이 없어진 시녀가 모기만 한 소리로 앵앵거렸다. "주인님께서 이름을 하나 하사해주십시오."

타나는 홀릴 듯한 웃음을 띤 채 마이치 투스를 바라보았다. "아버님."

그녀는 처음으로 내 아버지를 부르는 것으로 서로의 관계를 확인했다. "저희 노예에게 이름 하나 지어주시지요."

"얼마이꺼미라고 해라."

이 이름답지 않은 이름이 마부 딸의 새 이름이 되었다. '이름이 없다' 는 뜻이었다. 모두들 웃었다.

얼마이꺼미도 웃었다.

이때 형이 내 아내에게 처음으로 말을 걸었다.

"예쁜 여자가 나타나면 다른 사람의 이름까지도 없어지네요. 참 재미있군요."

형의 싸늘한 웃음에 타나도 똑같이 냉소했다. "아름답다는 건 눈에 보이는 거지요. 다른 사람을 바보로 보는 인간 역시 한 치 앞을 못 보는 거나 마찬가지지요."

형은 웃지 못했다. "세상 돌아가는 게 원래 그런 겁니다."

"아니죠. 세상에는 승리한 투스만 있고 실패한 투스는 있을 수 없어요. 세상 사람 다 아는 사실이지요."

"실패한 투스는 롱꽁 아닌가요? 마이치 투스가 아니라."

"맞아요. 제 남편의 형은 참 똑똑한 분이군요. 그래서 모든 투스가 형님의 적수가 되길 바랐겠지요."

이 대답으로 형은 또 졌다.

식사를 끝내고 나가는데 형이 내 팔을 잡았다. "넌 그 여자의 손에 망할 거다."

"닥쳐! 사람은 오직 자기의 손에만 망하는 거야."

아버지는 버럭 소리를 질렀다. 형이 나가고 우리 부자가 단둘이 마주했을 때 아버지는 적당한 말을 찾지 못해 민망해했다. 그래서 내가 먼저 입을 뗐다. "왜 저더러 오라고 하셨어요?"

"네 어머니가 널 보고 싶어 했으니까."

"마이치 집의 원수가 나타났어요. 두 형제가 아버지와 형을 죽일 거라고 하더군요. 저는 죽일 생각이 없대요. 술이나 마시라고 하면서 저는 죽이지 않을 모양이에요."

"그놈들은 너를 어떻게 해야 할지 몰라서 그런 거야. 정말로 그자들에게 묻고 싶은 건, 사람들이 널 바보라고 하니까 그자들로서는 너를 어떡해야 좋을지 모르는 거 아니겠니?"

"아버지도 저를 어째야 좋을지 모르세요?"

"도대체 넌 똑똑한 사람이냐, 아니면 정말로 바보냐?"

"저도 몰라요."

이것이 내가 집으로 돌아왔을 때의 광경이었다. 그들은 이렇게 마이치 가문을 더 강성하게 만든 공신을 대우했다.

어머니는 타나와 함께 재미도 없는 수다를 끝도 없이 떨고 있었다.

집에 돌아온 이 밤, 나는 혼자 난간에 엎드려 황혼녘 하늘로 달이 점점 차오르는 것을 보고 있었다.

달은 완전히 떠올라 옅은 구름 속을 떠가고 있었다.

산채의 어느 곳에선가 여자가 구현을 불어대는 소리가 들려왔다. 구현 소리는 의지할 데 없는 듯 처량하고 막막하게 들렸다.

9

· · · · · · · · · · · · 기적

· · · · · · · · 투스의 양위

· · 말을 하지 않기로 하다

기적

나는 산채를 한 바퀴 돌았다.

쑤오랑쩌랑, 얼이, 그리고 쌍지 촐마 주위로 많은 사람이 몰려들었다. 그 거들먹거리는 모습은 마치 더 이상 하인이 아닌 것 같았다.

"도련님, 제 아들놈이 도련님 덕분에 출세했네요."

늙은 망나니가 내게 허리를 깊이 숙이며 치하했다.

쑤오랑쩌랑의 어머니도 내 장화에 얼굴을 비비며 눈물을 흘리면서 "저도 같은 마음이에요, 도련님." 하고 말했다. 자리를 뜨지 않으면 이 할멈의 콧물과 침으로 멋진 내 에나멜장화가 엉망이 될 판이었다.

광장에서도 나는 백성들의 열렬한 환호를 받았다. 하지만 오늘은 사탕을 준비하지 못했다. 그때 나는 사관을 보았다. 이렇게 오래 집을 떠나 있는 동안 보고 싶었던 사람은 가족이 아니라 다름 아닌 혀가 잘려나간 사관이었다. 웡버이시는 광장 서쪽의 호두나무 그늘에 앉아 내게 빙긋 웃음을 머금고 있었다. 그의 눈에 나를 보고 싶어 했다는 기색을 떠올랐다. 그는 눈으로 말했다. '잘 했어요.'

나는 그의 앞으로 다가갔다. "그동안 벌어진 일 당신도 들었나요?"

'큰일은 사람의 귀에 들어오게 돼 있지요.'

"그럼 모두 기록했어요? 공책에 다 적었어요?"

그는 정중하게 머리를 끄덕였다. 그의 얼굴은 감방에 갇혀 있을 때보다, 처음 사관이 되었을 때보다 많이 좋아져 있었다.

나는 널찍한 소매에서 선물을 꺼내 그의 앞에 놓았다.

네모난 가죽 가방이었다. 중국군관이 이런 가방을 항상 메고 다니는 것을 눈여겨봤었다. 그들은 가방에 공책과 만년필 그리고 안경을 넣고 다녔다. 이 선물은 내가 장사꾼에게 부탁해서 중국군대에서 구해온 것이었다. 가방 안에는 수정 안경, 만년필, 가죽 표지의 공책이 들어 있었다.

일반적으로 라마들은 정교한 물건을 보면 두려워한다. 세상 사람들이 공부와 삶의 인연에 관한 해석에 정진하지 않고 쓸데없는 물건에만 매달린다고 여길 것을 두려워하기 때문이다. 혀가 잘린 사관은 더 이상 열광적인 라마가 아니었다. 우리 둘은 잉크병과 만년필을 놓고 어떻게 잉크를 넣는 건지 고민했다. 만년필 뚜껑을 열었다 닫기를 수없이 반복해도 잉크를 넣지 못했다. 이렇게 정교한 물건 앞에서는 지혜로운 웡버이시도 바보가 되어버렸다.

웡버이시는 웃었다. 그는 눈짓으로 내게 말했다. '옛날 같았으면 이런 정교한 물건은 거절했을 겁니다.'

"그러나 지금은 이런 걸 잘 다루고 싶겠지요?"

그는 머리를 끄덕였다.

역시 투스 부인이 최고였다. 어머니는 우리가 고민을 거듭하는데 나타나 잉크를 넣어주었다. 그녀는 내 뺨에 뽀뽀하더니 웃으며 웡버이시에게 말했다. "내 아들이 우리 모두에게 좋은 선물을 줬어요. 당신에게 준 것은 미국산 만년필이군요. 좋은 글 쓰도록 해요"

사관은 종이에 글자를 써보았다. 세상에, 그 글자는 파란색이었다. 이전에 우리가 본 글자는 모두 검은색이었다. 사관은 하늘과 같은 색깔의 글자를 보더니 입을 우물우물 움직였다.

뜻밖에 나는 무슨 소리인가를 들었다!

그랬다. 혀가 잘린 사람의 입에서 소리가 나온 것이다!

소리뿐이 아니라 말을 한 것이다! 그는 말을 했다! 정말 소리내 말을 한 것이다!!!

모호하기는 했지만 말을 한 것은 틀림없는 일이었다. 나만 들은 게 아니라 사관 자신도 들었다. 그의 얼굴에 몹시 놀란 표정이 떠올랐고 손으로 자기 입을 가린 채 눈으로 물었다.

'내가 말을 한 거예요? 내가 말을 했단 말인가요?'

"맞아요, 맞아! 다시 한 번 해 봐요."

그는 머리를 끄덕이고 또박또박 한마디를 했다. 명확하지는 않았지만 나는 똑똑히 들을 수 있었다. "그… 글자… 참…예쁘네……." 였다.

나는 그의 귀에 대고 소리를 크게 쳤다.

"그 글자가 예쁘다고 한 건가요?"

사관은 머리를 끄덕였다. "내… 손…으로… 쓴…글자… 참… 예뻐요."

"세상에, 당신 말을 하는군요."

"내가… 말… 한다… 고요?"

"당신이 말을 하는 거예요!"

"내가… 말을 한다고요?"

"말을 한다니까요!"

"정말?"

"그래요, 정말이에요!"

웡버이시의 얼굴은 기쁨으로 일그러졌다. 그는 애써 혀를 내밀어 자기 눈으로 보려했지만 절반만 남아 있는 혀를 어떻게 입술 밖으로 내밀 수 있겠는가? 끝내 자기의 혀를 보지 못하자 눈물을 줄줄 흘렸다. 나는 사람들에게 크게 소리쳤다. "혀가 잘린 사람이 말을 했다!"

내 말은 광장으로 빠르게 퍼져 나갔다.

"혀 잘린 사람이 말을 한다고?"

"혀 없는 사람이 말을 한대!"

"그 사관이 말을 한다고?"

"말을 한대!"

"말을 한다고?"

"어떻게 말을 해?"

"어쨌든 말을 한다니까!"

"사관이 말을 한다!"

"혀가 잘린 사람이 말을 한다!"

사람들은 신속하게 이 놀라운 소식을 전했고 이어서 놀란 군중이 우리 둘을 둘러쌌다. 이것은 기적이었다. 모여든 사람들의 얼굴과 눈은 홍분으로 빛났다. 지거 활불도 이 소식을 듣고 달려왔다. 몇 년 동안 많이 늙어 있었다. 그의 얼굴에서는 광채 나던 붉은빛이 사라졌고 멋진 지팡이에 간신히 몸을 지탱하고 있었다.

기쁨인지 두려움인지 웡버이시는 몸을 떨었고 이마에서는 땀이 흘렀다. 그랬다. 마이치의 영지에서 기적이 일어났다. 혀가 잘린 사람이 말을 했다! 투스의 가족도 사람들 가운데 서 있었다. 그들의 얼굴에는 이런 일이 복이 될지 재앙이 될지 몰라서 긴장하는 표정이 서렸다. 심상치 않은 일이 생길 때마다 누군가 나와서 해석하곤 한다. 모두들 입을 다문 채 그 해설자의 출현을 기다리고 있었다.

지거 활불이 나왔다. 그는 내 앞으로 다가와 투스에게, 그리고 모든 사람에게 큰 소리로 말했다. "이건 신의 은총입니다. 둘째 도련님이 가져온 겁니다. 신은 도련님이 어딜 가든 그곳에서는 기적을 드러내 보입니다."

활불의 해석에 따르면 마치 혀 잘린 사관이 다시 말을 하는 것 같았다.

활불의 첫마디가 나오자 투스 가족의 긴장된 얼굴이 펴지기 시작했다.

형을 빼고는 집안 사람 모두 기쁜 표정을 지었다. 식구들은 기적의 창조자에게 무슨 말이든 하려고 아버지 뒤를 따라 내 앞으로 다가왔다. 아버지는 정중한 표정을 지으며 뚜벅뚜벅 걸어왔고 기다리던 나는 안달이 났다.

그러나 그가 내 앞에 닿기 전 건장한 남자 둘이 나를 어깨에 덥석 메었다. 얼떨결에 나는 수많은 사람의 머리 위에 있었다. 귀청이 떨어질 듯 환호성이 사람들 사이에서 터졌다. 나는 사람의 머리로 이루어진 바다 위에 떠 있었다.

나를 메고 있던 두 사람은 뛰기 시작했다. 얼굴 하나하나가 내 밑으로 스쳐 지나갔다. 그 가운데는 마이치 집안식구의 얼굴도 번득하면서 파도에 떠다니는 나뭇잎처럼 나타났다 사라졌다. 그래도 아버지의 당황한 표정, 어머니의 눈물, 내 아내의 상큼한 웃음은 가려낼 수 있었다. 혀가 잘려도 말을 하는 사람은 조용히 술렁거리는 광장의 소용돌이를 벗어나 멀찌감치 호두나무의 짙은 그늘과 한 몸이 되는 것도 보였다.

들뜬 사람들은 나를 메고 광장에서 몇 바퀴 돌다가 둑 터진 제방처럼 평평한 들판으로 몰려갔다. 보리는 잘 익었고 햇빛 아래서 출렁거렸다. 사람들이 나를 멘 채 이 금빛의 바다로 뛰어 들어갔다.

나는 무섭지는 않았지만 그들이 왜 이렇게 미친 듯이 기뻐하는지는 알 수 없었다.

단단히 여문 보리 알갱이가 사람들의 발걸음에 튀어 올라 내 얼굴을 쳤다. 나는 아파서 악을 썼다. 하지만 그들은 여전히 미친 듯이 뛰어가고만 있었다. 내 얼굴에 튀는 낟알은 더 이상 보리가 아니라 뜨거운 불꽃이 되었다. 물론 마이치 투스의 보리밭이라고 끝없이 이어지는 것은 아니었다. 드디어 사람들은 보리밭을 넘어 우뚝 솟은 산으로 방향을 잡았다. 산자락에는 거대한 진달래 숲이 기다렸고, 끓어오르던 흥분한 군중은 몇 번 요동친 후 '으쌰' 소리를 내더니 발을 멈췄다.

돌아보니 짓밟힌 보리밭 너머로 마이치 투스의 웅장한 산채가 서 있었다. 여기서 보니 그 산채는 어쩐지 쓸쓸하고 쇠락해 보였다. 난데없는 쓰라림이 가슴에서 솟아올랐다. 백성이라는 홍수가 마이치 집의 다른 식구를 저쪽에 놔두고 나를 이곳으로 휩쓸어왔다. 여기서 바라보니 그들은 아직 광장에 서 있었다. 그들은 틀림없이 무슨 일이 벌어진 건지 몰라서 그렇게 하염없이 서있는 것임에 틀림없었다. 하지만 분명한 것은 아주 심각한 일이 생겼다는 것만은 알 수 있었다. 이 사건으로 나와 가족들 사이가 멀어졌다. 시작이 너무 급작스러워 미처 이것저것 생각할 겨를이 없었지만 가까워지기는 몹시 어렵게 되었다. 사람들은 지쳐서 잔디밭에 쓰러졌다. 나는 그들 자신도 왜 이렇게 했는지 모를 거라고 생각했다. 이 세상에 기적이 나타난다 하더라도 백성들 가운데서 나타나지는 않을 것이다. 이런 광풍은 여자와 자는 것처럼 절정이 바로 결말이다. 설레고, 뜨겁고, 미친 듯이 날뛰다가 마지막에 비에 젖은 진흙덩어리처럼 무너지고 마는 것이다.

어린 하인 둘도 땀에 흠뻑 젖었다. 그들은 기슭에 팽개쳐진 물고기처럼 입을 크게 벌리고, 얼굴에는 내가 항상 짓는 그런 바보 같은 웃음을 달고 있었다.

하늘의 태양은 갈수록 이글거렸다. 사람들은 일어나서 삼삼오오 흩어졌다. 정오쯤 되자 나와 쑤오랑쩌랑, 어린 얼이 세 사람만 남아 있었다.

우리는 일어나서 산채로 돌아갔다.

넓은 보리밭을 지나면서 온몸이 땀에 젖었다.

광장은 텅 비어 있었다. 오직 웡버이시만 아침에 내가 봤던 그곳에 앉아 있었다. 아침에 앉았던 그곳에 꼼짝도 안 하고 앉아 있었다. 산채는 쥐 죽은 듯 조용했다. 나는 누군가 나와 먼 곳을 바라보거나 하다 못해 소리라도 좀 질러주기를 간절하게 바랐다. 두꺼운 돌 벽은 가을의 강한 햇살에 꽃이 핀 듯, 쇠로 만든 벽인 듯 눈을 어지럽혔다. 해가 머리 위로 옮겨오자 그림자는 도둑처럼 발을 움츠리고 몸을 펴지 않았다.

웡버이시의 얼굴 표정은 나를 보면서 계속 변하고 있었다.

그는 혀를 잃은 후부터 얼굴 표정이 풍부해졌다. 이 짧은 순간 그의 얼굴에는 사계절, 비바람과 천둥이 나타났다.

그는 입을 열지 않고 여전히 눈으로 나와 대화를 나눴다.

'도련님, 그냥 돌아오셨나요?'

"그냥 돌아왔지요."

나는 사람들이 홍수처럼 나를 멀리까지 휩쓸어갔다가 다시 넓은 들판에서 사라졌다고 말하려고 했지만 구구하게 여러 얘기를 하지는 않았다. 진정한 속내나 의미를 말로 표현할 수 없기 때문이었다. 비유가 비유로만 그치면 무슨 의미가 있단 말인가.

'정말로 기적이 일어난 것을 모르셨나요?'

"당신이 말을 했지요."

'도련님은 정말 바보군요.'

"어떤 때는요."

'사람들이 도련님을 물처럼 휩쓸어갔어요.'

"그 사람들이 홍수 같더군요."

'무슨 힘을 느끼지 않았어요?'

"너무 강한 힘이라서 통제할 수가 없더군요."

'방향이 없어서 그런 거예요.'

"방향?"

'도련님이 방향을 지시하지 않았단 말이지요.'

"내 발이 공중에 떠 있고 머리는 얼떨떨해서요."

'도련님께서는 높은 곳에 있었잖아요. 사람들은 높은 곳에 있는 분이 방향을 가리켜주길 바랐던 거지요.'

나는 얼마간 알 것 같았다. "내가 뭘 놓쳤어요?"

'도련님, 진정으로 투스가 되고 싶으신가요?'

"생각을 좀 해 봐야겠어요. 투스가 되고 싶은지."

마이치 가문의 둘째 도련님은 지독한 햇볕 아래서 생각에 생각을 거듭했다. 산채 안에서는 여전히 아무 소리 없이 조용했다. 마침내 나는 산채를 향해 큰 소리를 질렀다. "투스가 되고 싶다!"

내 목소리는 이글거리는 햇빛에 아주 빨리 사라졌다.

웡버이시가 일어나서 입을 열었다. "기… 적은… 두 번… 일어나… 지…

지… 않을… 텐데…….”

이제야 나는 깨달았다. 그때 손만 흔들었으면 홍수는 내가 투스가 되는데 장애가 되는 모든 것들을 휩쓸어버릴 수 있었던 것이다. 눈앞의 이 산채가 나를 막고 있는데, 내가 손만 흔들었다면 홍수는 눈앞을 가로막은 산채마저 쓸어 무너뜨릴 수 있었다. 하지만 나는 바보여서 그들에게 방향을 가리키지 못했다. 그들에게 마구잡이로 넓은 보리밭에서 거대한 힘을 낭비하게 만들었고 마지막 파도는 진달래 숲에서 산산조각이 났던 것이다.

나는 발을 끌며 방으로 돌아갔다. 여전히 나를 맞는 사람은 하나도 없었다. 내 아내까지도 보이지 않았다. 나는 침대에 쓰러졌고 장화가 한 짝 또 한 짝 바닥에 떨어지는 소리를 들었다. 그 소리는 귀와 마음의 깊은 곳을 울렸다. 나는 “기적이냐, 홍수냐?” 하고 스스로에게 물었다. 이어 귓가에 휘돌아 쏟아지는 엄청난 물소리가 들리는 가운데 점점 잠에 빠져들고 말았다.

깨어났을 때 눈앞은 벌써 황혼이었다.

“난 어디 있는 거지?”

“나도 당신이 어디 있는지 몰라요.” 타나의 목소리였다.

“난 누구지?”

“넌 바보야, 완전한 바보.” 어머니의 목소리였다.

두 여자가 내 침대 앞을 지키고 있었다. 그녀들은 머리를 숙인 채 나를 정면으로 바라보지 않았다. 나도 감히 여자들을 보지 못했다. 가슴으로 끝없는 슬픔이 밀려왔다.

역시 타나는 내 문제를 잘 알고 있었다. "지금은 당신이 어디에 있는지 깨달았나요?"

"집에."

"당신이 누군지는 아세요?"

"바보, 마이치 가문의 바보야." 이 말을 하면서 나는 눈물을 흘렸다. 눈물이 얼굴을 타고 빠르게 흘러 바닥으로 떨어졌고 변명하는 내 소리가 귓가를 울렸다. "조금씩, 천천히 와야 되는데 말야. 상황은 너무 빨리 변하고 있어."

"너희는 변경으로 돌아가는 것이 낫다. 그곳이야말로 너희가 있을 자리인가 봐."

어머니가 입을 열었다. 지금의 투스가 "안 된다."라는 말을 한 후 어머니도 자기가 낳은 아들을 포기해버렸다는 것이다. 내가 미래의 일로 잠 못 이루는 밤, 내가 이곳을 떠나 있을 때도 내 방 등잔에 기름을 가득 넣고 기다렸다는 사실은 누구보다도 어머니 자신이 알고 있는 일이었다. 아내는 울기 시작했다. 여자가 우는 소리를 듣고 이처럼 괴로웠던 때는 이제껏 내게 없었다.

그날 밤 시간은 정말 느리게 흘렀다. 내가 처음으로 시간을 뚜렷하게 느낀 밤이었다. 타나는 울면서 잠이 들었다. 꿈에서도 흐느끼고 있었다. 그녀의 슬픈 모습에 성욕이 일어났다가 사그라졌다. 얼마 후 나는 추위를 느꼈다. 타나가 잠에서 깼다. 그 눈빛이 몹시 부드러웠다.

"바보, 줄곧 그렇게 앉아 있었던 거예요?"

"그랬지."

"안 추워요?"

"추워."

이제 타나는 잠에서 완전히 깨어 낮에 있었던 일을 떠올렸다. 이불에 웅크리고 있던 타나의 눈가에 눈물이 주르르 흘렀다. 그러더니 다시 잠 속으로 빠져들었다. 나는 침대에 올라가고 싶지 않았다. 잠이 올 것 같지 않아서 밖으로 나갔다. 나는 아버지 방에 아직 불이 켜져 있는 것이 보였다. 산채에서 아무 소리도 안 났지만 무슨 일인가가 바로 지금 진행되고 있는 것이 틀림없었다. 낮에 어떤 때 나는 모든 것을 결정할 수 있었다. 지금은 밤이었고 더 이상 낮에 있었던 일이 벌어질 수는 없었다. 지금은 다른 사람이 모든 것을 결정한다.

하늘에는 달이 느리게 흐르고, 일도 무척이나 느리게 진행되고 있었으며 시간 역시 몹시 느리게 흘렀다. 누가 나를 바보라고 했는가? 나는 시간을 느낀다. 바보라면 어떻게 시간을 느낄 수 있겠는가?

등잔의 기름이 다 타버렸다. 달빛이 창문 밖에서 비쳤다.

그리고 달도 졌다. 나는 어둠 속에 앉아서 또 다른 낮이 오면 어떻게 할 것인가를 생각했다. 하지만 아무 생각도 떠오르지 않았다. 절름발이 집사는 뭔가를 생각하는 것은 자기가 스스로에게 속삭이는 거라고 했던 적이 있다. 소리를 안 내고 말하는 것이 그리 쉬운 일은 아니다. 소리를 내지 않고 어떻게 말을 한단 말인가? 내가 이렇게 소리내지 않고 말하는 건 평생 동안 한 번도 생각해본 일이 없는 문제와 마찬가지다. 나는 생각해봤다.

하지만 그때 내가 무슨 일을 생각해야 하는가에 대해서는 도대체 잡히는 게 없었다. 전적으로 생각에 빠져들 일이란 자기가 스스로에게 말한다는 의미인데 나는 어떤 것도 생각할 능력이 없었다. 나는 어둠 속에 앉아서 타나가 잠결에 흐느끼는 소리를 들었다. 얼마 후 희뿌옇게 날이 밝아오기 시작했다.

평생 처음으로 나는 낮이 어떻게 오는가를 내 눈으로 봤다.

타나는 깨었지만 자는 척했다. 나는 여전히 앉아 있었다. 어머니가 들어왔다. 얼굴빛이 어두운 걸 보니 한숨도 자지 못한 모양이었다. 어머니가 또다시 말했다. "아들아, 변경으로 돌아가라. 정 안 되면 네 물건 다 챙겨서 타나의 집으로 가렴."

누군가 내게 말을 시켜야 내 머리는 생각할 수 있게 된다. "그런 물건은 필요 없어요."

타나가 침대에서 내려왔다. 그녀의 젖가슴은 몸에 붙어 있는 것이 아니라 마치 매달아 놓은 청동 제품 같았다. 마이치 집안 식당에 있는 장식장에는 청동 비둘기가 몇 마리 있는데 그녀의 젖가슴과 같은 빛을 발하고 있었다. 긴 비단 잠옷을 입고 있어서 아침 햇빛이 바로 그녀의 몸에서 흘러내리는 것만 같았다. 다른 여자한테서는 결코 이런 모습이 나타나지 않았다. 햇빛은 다른 여자들에게도 비추지만 그 여자들 몸에서는 그런 빛이 흐르지 않았다. 걱정거리가 겹겹이 쌓여 있는 어머니까지도 "이 세상에 네 아내보다 더 예쁜 여자는 없을 거다."라고 말했다.

타나는 이 말에 대꾸 없이 거울에 비친 자신을 보면서 말했다. "제 남편이 이런 꼴이면 나중에 아내까지도 뺏길걸요."

어머니는 한숨을 쉬었다.

타나가 웃었다. "그런 때가 온다면 당신은 정말 불쌍해질 거예요, 이 멍청한 사람아."

투스의 양위

마이치 집의 많은 일은 대개 아침 식사 때 결정된다. 오늘 아침 식사는 아주 답답한 가운데 진행되었다. 식구들 모두, 무슨 먹기 시합이나 하는 것처럼 계속 입에다 음식을 집어넣었다. 형만이 반짝거리는 눈으로 이 사람 저 사람을 두루 살폈다. 나는 형이 투스인 아버지와 내 예쁜 아내에게 눈길을 자주 보내는 것을 봤다. 식사가 끝나갈 때 어머니는 때맞춰 트림을 했다. "끄윽……."

"할말이 있으면 해 봐."

아버지 말에 어머니는 몸을 펴고 똑바로 앉았다.

"음…… 바보와 그의 아내가 돌아갈 준비를 다 끝냈어요."

"돌아가다니? 여기는 그 애들 집이 아닌가? 물론, 물론 당신이 무슨 소리를 하는지는 알아. 하지만 변경은 그 애의 땅이 아니라는 걸 똑똑히 알아야 돼. 내 영지는 아직 분리하지 않았어. 바로 내가 이 땅의 진정한 왕이란 말이야."

"왕을 대신해 제가 그쪽의 장사를 맡겠습니다."

나의 형, 마이치 가문의 왕위 계승자이며 마이치 가문의 똑똑한 사람이 입을 열었다. 그러나 형은 느닷없이 나 아닌 내 아내에게 말했다. "당신네는 거기 가서 뭐 할 건데? 거기 가면 특별한 재미라도 있어?"

타나가 싸늘하게 웃으며 형의 말을 받았다. "그럼 아주버님은 모든 일을 재미로 하시나요?"

"어떤 때는, 나는 노는 걸 참 좋아하지요."

의심할 여지없이 도전적 말투였다.

아버지가 나를 쳐다봤지만 나는 아무 말도 하지 않았다. 아버지는 얼굴을 타나에게 돌렸다. "너도 여길 떠나고 싶으냐?"

타나가 내 형을 쳐다보더니 잠시 생각하다 짧게 대답했다. "형편 따라서요."

"더 있다 가라고 그러지." 아버지가 어머니에게 말했다.

모두들 일어날 생각을 안 하고 한참을 앉아 있었다. 아버지가 기침을 하기 시작했다. 한참이나 기침을 계속하더니 고개를 들고 말했다. "됐다."

모두 일어나 각자 흩어졌다.

나는 타나에게 산책하지 않겠느냐고 물었다.

"당신은 여기 오면 뭐 좋은 일이 생기기라도 할 줄 알았나요? 우리 어머니에게는 참 대단하게 굴더니 지금은 어떻게 된 거예요?"

"글쎄, 어떻게 된 거지?"

그녀는 쌀쌀하게 웃으며 말했다. "당신은 끝났어요."

나는 산채에서 나왔다. 광장에 사람이라곤 하나도 보이지 않았다. 평소에는 늘 사람이 모여 있었는데 지금은 미친 바람이 모든 것을 쓸어버린 듯 그림자 하나 얼씬거리지 않았다.

우연히 망나니를 만났지만 나는 특별히 할 말이 없었다. 그런데 망나니는 내 앞에 무릎을 꿇었다. "도련님, 제 아들을 놔주세요. 다시는 도련님을 따라가지 말라고 해주세요. 앞으로 그 애는 도련님이 아닌 도련님의 형의 망나니가 될 거니까요." 나는 발길로 그의 얼굴을 걷어차고 싶었지만 그냥 걸음을 옮겼다. 얼마 가지 않아 그의 아들과 맞닥뜨렸다.

"네 아비가 다시는 널 데리고 다니지 말라고 했다."

"모두들 도련님은 투스가 될 수 없다고 해요."

"꺼져!"

어린 얼이는 도망가지 않았다. 망나니 가족의 상징인 긴 팔을 늘어뜨리고 길가에 선 채 내가 나무 막대기로 수풀과 소 외양간을 후려치며 천천히 올라가는 것을 보고만 있었다.

나는 쌍지 촐마와 은 세공장이를 보러갔다. 세공장이의 몸에서는 화로 냄새가, 촐마의 몸에서는 다시 부엌데기 냄새가 났다. 나는 이런 사실을 일러줬다. 촐마는 눈물을 글썽거렸다. "전 돌아오자마자 남편에게 도련님을 따르면 출세할 수 있다고 말했어요. 그런데… 그런데… 도련님!" 촐마는 채 말을 끝맺지 못하고 몸을 돌려 나가버렸다. 세공장이가 아내를 따라 나가며 지껄이는 소리가 들렸다. "그런데 당신 도련님은 아무리 생각해도 바보야."

나는 두 사람의 뒷모습을 보며 가슴이 답답해졌다. 이때 누군가 내 속마음 대신 해줬다. "은 세공장이를 죽여버릴 거야."

쑤오랑쩌랑이 어느새 내 뒤에 서 있었다. "저는 도련님을 위해서 저것들, 그러니까 세공장이와 큰 도련님을 죽이고 말 거예요."

"하지만 난 투스가 될 수 없게 됐어. 난 안 된다고."

"그러니까 그 사람들을 죽여야 된다니까요."

"그 사람들도 널 죽이려 할거야."

"죽으면 어때요."

"그들이 나도 죽일 거야. 내가 너에게 시켰다고 하면서."

쑤오랑쩌랑은 눈을 부라리며 악을 썼다. "도련님! 정말로 바보에다 겁쟁이예요? 투스가 될 수 없다면 저것들에게 죽는 게 낫지요, 뭐."

나는 벌써 칼을 맞은 것처럼 고통스럽다고 쑤오랑쩌랑에게 말했다. 과거에 나는 투스가 되는 것은 나를 위해 좋은 일이라고 생각했는데 지금에야 투스란 남을 위하는 일이라는 걸 깨달았다. 그러나 지금은 무슨 말을 하든 다 늦어버렸다. 나는 산채를 한 바퀴 돌아보고 다시 광장으로 돌아왔다. 웡버이시는 또 호두나무 밑에 앉아 있었다. 그는 어제의 일이 아무렇지도 않은 듯 얼굴 표정이 여전히 풍부했다. 나는 그의 곁에 다가가 앉았다. "모두들 내가 투스가 될 수 없다고 하던데요."

그는 말을 하지 않았다.

"난 투스가 되고 싶어요."

"알아요."

"지금에야 투스가 얼마나 되고 싶은지 알게 됐어요."

"압니다."

"그런데…… 투스가 될 수 있을까요?"

"전 모릅니다."

이것이 사건이 일어난 다음 첫날 내가 한 일이었다.

그 다음날 아침 식사에 아버지가 제일 늦게 들어왔다. 모두 자기를 기다리는 것을 보더니 한쪽 눈을 가리고 말했다. "기다리지 말고 먼저들 먹어라. 난 병이 난 모양이다."

식구들은 바로 수저를 들었다.

나는 식구들이 먹기 시작한 뒤 조금 늦게 밥그릇을 들었다. 아버지는 나를 매섭게 노려보았다. 눈병이 난 줄 알았는데 아버지 눈에는 매서운 빛이 서렸다. 눈병이 난 사람은 절대 이런 눈빛을 보이지 않는다. 그는 다시 한 번 나를 노려보고는 손을 들어 눈을 가렸다. 겁을 주려는 의도였지만 나는 전혀 겁을 먹지 않았다. "아버지 눈은 멀쩡한데요?"

"누가 눈병 났다고 그랬니?"

"아버지의 손이요. 사람들은 아프면 그 자리에다 손을 대거든요."

그는 한바탕 분통을 터뜨리려다 참는 눈치였다. 아버지는 눈을 가렸던 손을 내리고 머리부터 발끝까지 나를 훑어보더니 말을 뱉었다. "말해 뭣하겠니. 넌 역시 바보로구나." 더 이상은 눈에 손을 대지 않을 모양이었다. 투스는 어머니의 손을 잡았다. 그 눈빛은 남편이 아내를 보는 게 아니라 아들이 어머니를 보는 것 같았다. 그러더니 어머니에게 말했다.

"사관을 부를까?"

"당신이 결정했다면 그렇게 하시지요."

사관이 들어왔을 때 눈물이 어머니의 눈에서 흘러내려 바닥에 툭툭 떨어졌다. 어머니는 사관에게 말했다.

"투스의 말을 적도록 해요."

사관은 내가 선물한 공책을 펼치고 혀로 만년필 끝을 핥았다. 식구 모두 손에 들었던 밥그릇을 탁자 위에 내려놓았고, 아버지는 식구들을 진지하게 하나하나 둘러보더니 킁킁거린 후 입을 열었다. "난 병들고 늙었다. 마이치 가문의 일로 마음 졸이며 살아온 세월에 나는 지쳤단 말이다. 나는 이제 몇 년 안 남았어."

사람이 어떻게 하룻밤 사이에 저렇게 되는지 나는 궁금했다.

"아버지, 어쩌다 늙고 지친 데다 병까지 나셨어요? 어떻게 이 많은 일이 한꺼번에 찾아올 수가 있어요?"

아버지는 손을 들어 내 말을 막았다. "내가 말하게 좀 가만히 있어라. 네가 그렇게 멍청하지 않았다면, 네 형이 그렇게 똑똑하지 않았다면 난 이렇게 빨리 늙고 지치고 병들지 않았을 거야. 너희 아버지는 벌써 며칠 동안 잠 한숨 못 잤어."

투스는 고개를 숙이고 손으로 눈을 가렸다. 말이 몹시 빨라 일단 중단되면 다시는 말을 이어가지 못할 것만 같았다.

그의 목소리는 아주 낮았지만 우리 한 사람 한 사람에게는 귀청이 떨어질 듯 우렁차게 들렸다.

"하여간, 한마디로 나는 살아 있을 때 투스의 자리를 물려줘야 된다. 나는 내 합법적인 계승자, 내 큰아들 단쩐공뿌에게 투스 자리를 물려주기로 했다."

투스가 퇴위를 선포했다!

그는 모두 알다시피, 그리고 자기 마음으로도 양위를 하는데 있어 투스 자리는 똑똑한 큰아들에게 내줘야 된다고 말했다. 투스는 혼자서 횡설수설 말을 하고 또 하더니 숙였던 고개도 들었다. 사실 그의 말은 대부분 스스로가 한 말이지 남이 한 말이 아니었다. 퇴위를 준비한 투스가 퇴위할 생각이 없는 투스에게 하는 말이다. 어떤 때는 한 인간의 마음이 두 가지로 나뉠 때가 있다. 절반은 이래야 한다고 주장하고 다른 마음은 저래야 하는 것이라고 싸운다. 한 인간의 머리에도 두 가지 소리가 들릴 수 있는 것이다. 투스는 바로 이렇게 자기의 두 마음을 서로 들은 것이다. 마지막으로 그는 큰아들을 계승자로 선택한 것은 정확한 일이라고 했다. 우선 다음 투스는 작은아들이 아닌 큰아들이어야 한다. 거기다가 큰아들은 바보가 아니고 똑똑한 사람이기 때문이라고.

그는 작은아들을 위로하려 들었다. "다시 말하지만 마이치 가문의 작은아들은 앞으로 룽꽁 투스가 될 수 있잖아."

“마이치 투스가 될 수 없는 사람이 어떻게 롱꽁 투스가 될 수 있다는 말씀이세요?”

타나의 말에 아버지는 할 말을 잃었다.

누구도 생각지 못했던 것, 어제부터 말을 할 수 있게 된 사관이 느닷없이 입을 열었다. “큰아들이 투스가 돼야 한다는 말씀은 옳습니다. 하지만 투스께서는 틀린 말씀도 하셨어요. 작은 도련님이 바보란 것을 증명할 수 있는 일이라곤 하나도 없었고 큰 도련님이 똑똑한 사람이란 것을 증명할 수 있는 일도 사실은 하나도 없지요.”

투스 부인이 입을 딱 벌린 채 사관을 쳐다봤다.

“그건 다들 아는 사실인걸.”

투스의 말에 사관은 다시 얘기를 이었다.

“얼마 전 투스님은 바보 아들이 멍청한 게 아니라고 기록하라는 분부를 하셨습니다. 작은 도련님이 한 일들은 똑똑한 사람도 생각하기 어려운 일이었으니까요.”

“하지만 모두들 그가 바보라고 하잖아?” 투스의 음성이 높아졌다.

“그는 똑똑한 사람보다도 더 총명한 겁니다!”

아버지는 냉소를 지었다.

“당신 입에 혀가 다시 생겼지? 다시 말을 할 수 있다 그거지? 그러다 겨우 길어진 혀를 다시 잘릴 수도 있어!”

“좋은 투스가 생길 수만 있다면 저는 기꺼이 혀를 버리겠습니다.”

“난 당신을 죽일 거야.”

"마음대로 하십시오. 마이치 가문이 그동안 쌓은 업적이 당신의 어리석은 행동 때문에 흔들릴 겁니다."

아버지는 소리를 질렀다. "우리 집 일이 당신하고 무슨 상관인가?"

"사관이 되라고 하셨잖아요? 사관은 바로 역사예요, 역사란 말입니다!"

분위기가 험악해졌다. 나는 사관을 향해 말했다.

"라마, 더 이상 말하지 말아요. 보는 대로 기록한다고 다 역사가 되는 건 아니니까."

사관은 얼굴을 붉히며 내게 큰 소리로 말했다. "역사가 뭔지 알기나 합니까? 역사란 뭐가 옳고 뭐가 틀린지를 가르치는 거예요. 그게 역사란 말입니다!"

머잖아 공식적으로 마이치 투스가 될 형도 끼어들었다.

"당신의 혀는 반밖에 없지? 아, 반이나 있나? 내가 투스가 되면 모든 일을 기록할 수 있도록 사관도 둬야 되는데, 안 됐군. 당신은 혀가 아직 남아 있다는 것을 이렇게 서둘러 알려주지 않았어야 되는 거야. 이제 당신은 혀를 완전히 잃을 거야."

사관은 형의 얼굴을 찬찬히 살피고 투스의 얼굴도 자세히 본 후 자신이 혀를 다시 잃을 거라는 사실을 깨닫게 되었다. 그는 나도 바라보았지만 나 때문에 혀를 잃는다는 표정은 아니었다. 사관의 얼굴은 종이보다 더 창백해졌고 내게 말하는 목소리도 쉬어 있었다. "도련님이 잃을 것이 더 많을까요 아니면 제가 잃을 것이 더 많을까요?"

"당신이요. 두 번씩이나 벙어리가 된 사람은 없어요."

"모든 사람이 다 아는 바보에게 바로 이 사람이 투스가 돼야 한다고 수많은 사람이 생각할 때, 똑똑한 아버지의 멍청함 때문에 기회를 놓치는 일은 더 이상 없을 겁니다!"

나는 할말이 없었다.

"물론 당신이 투스가 되더라도 똑똑한 사람이 저지르는 우둔함은 버려야겠지요. 당신 형님이 우둔하게 굴었으니까요."

우리 둘이 말을 나누고 있을 때 망나니는 이미 아래층에서 대기하고 있었다. 나는 사관이 또다시 형벌을 받는 것을 보고 싶지 않아서 아래층으로 내려와 버렸다. 사관이 모두가 들을 수 있는 큰소리로 아름다운 내 아내에게 말하는 것이 내 귀에도 들어왔다. "부인, 지나치게 남편 걱정하지 마세요. 희망이 없다고 생각하지도 마시고요. 스스로 똑똑하다고 생각하는 사람이 분명히 잘못을 저지를 테니까요!"

사관이 형에게 대들면서 아래층으로 내려가는 길에 고개를 돌리고 타나에게 한 말이었다. 그것말고도 뭐라고 지껄였지만 몰아친 바람에 목소리가 묻혀 우리는 더 이상 아무 소리도 들을 수 없었다. 형도 그를 따라 바람을 일으키며 아래층으로 내려가면서 위층에 있는 사람들이 들을 수 있을 만큼 큰 목소리로 말했다. "당신은 죽을 수도 있어."

사관은 계단에서 멈췄다. 몸을 돌려 고개를 쳐들고 위층에서 의기양양하게 서 있는 작자에게 말했다. "난 절대 죽지 않을 겁니다. 당신이 죽는 걸 직접 봐야 되거든요."

"난 지금 바로 당신을 죽일 거야."

"당신이 지금 마이치 투스예요? 투스는 자리를 물려주겠다고 말만했지 아직은 진정한 투스가 아닌 걸요."

"그래, 좋아. 그럼 우선 당신의 혀를 잘라주지. 그리고 투스가 되면 바로 당신을 죽이겠어!"

"그때 죽여야 할 사람이 나만은 아니겠죠?"

"그래."

"또 누구를 죽이고 싶은지 말씀하세요. 저는 사관이니까 적어놔야 되잖아요, 주인 나리."

"때가 되면 알아."

"당신의 동생?"

"그놈은 바보 노릇에 만족하지 않아."

"투스 부인?"

"그때가 되면 투스 부인은 누가 더 똑똑한지 아실 거야."

"동생의 아내는?"

형은 웃었다. "빌어먹을, 그건 안 되지. 예쁜 여자야. 요정보다 더 예쁘지. 어젯밤에 그녀 꿈도 꾸었는걸."

사관이 비웃었다. "똑똑하다는 당신이 하려는 일도 별거 아니군!"

"할 말 있다면 형벌받기 전 한마디 하시지."

품위 있는 라마이자 사관이 처음으로 거친 말을 내뱉었다. "이런 제기랄, 어째 좀 무섭군."

이 중얼거림은 세상에 마지막으로 우리 귀에 남겨준 말이기도 했다.

타나는 망나니를 직접 본 일이 없고 혀를 자르는 것도 본 적이 없었기에 구경하러 내려갔다. 투스 부인이 남편에게 말했다. "당신, 다른 투스가 형 집행하는 건 못 봤지요? 안 가 보실래요?"

고개를 젓는 투스 얼굴에 고통스러운 표정이 서렸다. 그는 퇴위 결정을 내린 사람이 얼마나 위대한 고통을 참고 있는지를 보여주려는 것 같았다.

어머니는 이런 상황에 개의치 않은 채 말을 이었다. "당신이 안 가면 나라도 가야겠어요. 지금까지 투스에 즉위하지도 않은 사람이 형벌을 주는 건 한 번도 못 봤거든요." 말을 마친 투스 부인이 아래층으로 내려갔다.

얼마 안 가서 방이란 방은 텅텅 비었다.

투스는 바보 아들을 보며 더욱 더 고통스러운 표정을 지었다. 내 마음속의 고통은 그보다 열 배, 백 배 더 컸다. 하지만 나는 막대기처럼 얼굴에 어떤 표정도 드러내지 않았다.

나는 하늘을 올려다봤다. 구름 한 송이 한 송이가 창가를 빠르게 스쳐 푸른 하늘로 날아갔다. 나는 곧 퇴위할 투스와 함께 있기 싫어서 밖으로 나왔다. 내가 한 발을 문밖에 내디뎠을 때 느닷없이 아버지가 불러 세웠다. "얘야, 아버지와 잠시만 그냥 맥 놓고 있고 싶지 않니?"

"전 하늘의 구름을 보고 싶어요."

"돌아와 내 앞에 앉아라."

"전 나가고 싶어요. 밖에는 하늘에 구름이 있으니까요. 전 구름을 보고 싶단 말이에요."

아버지는 별수 없이 나를 따라 우리 산채의 수많은 층계 가운데 하늘이 가장 잘 보이는 곳에 서서 흘러가는 구름을 보았다. 광장은 다른 죄인의 형을 집행할 때처럼 떠들썩하지는 않았다. 강렬한 햇볕만이 금속 뚜껑에 되비치듯 사람들 머리 위로 쏟아지고 있었다.

"참 조용하구나."

"이 세상에 마이치 가문이란 게 존재하지 않는 것 같네요."

"넌 내가 미우냐?"

"그래요, 아버지가 싫어요."

"자기가 바보란 것이 싫은 건 아니고?"

"저는 바보가 아니에요!"

"그렇지만 바보처럼 보인단다!"

"아버지는 저보다 더 바보고, 형은 아버지보다 더 바보예요!"

아버지의 몸이 떨리기 시작했다. "아이구, 머리가 어지러워서 서 있지 못하겠다."

"그냥 쓰러지세요. 새로운 투스가 즉위하면 아버지는 더 이상 쓸모없는 사람일 테니까요."

"세상에, 천하에 양심이라곤 약에 쓸래도 없는 놈, 네가 내 아들 맞기는 한 거냐?"

"그럼 내 아버지인 건 맞나요?"

아버지는 몸을 가눈 후 한탄했다. "원래 이렇게 하고 싶지는 않았다. 하지만 네게 투스자리를 물려주면 네 형은 틀림없이 전쟁을 일으킬 거야. 네 형보다 네가 백 배나 똑똑하게 일을 처리했지만 난 그 영특함이 영원히 갈 거라고 확신할 수는 없었다. 나는 네가 바보가 아니라는 걸 확신할 자신이 없더구나."

그 말에는 사람의 마음을 사로잡는 무엇이 있었다. 나는 아버지에게 뭐든 한마디 하고 싶었는데 무슨 말을 해야 할지 생각이 나지 않았다.

어디서인가 먹구름이 날아와서 해를 가렸다. 바로 이때 광장에 있는 사람들이 일제히 안타까운 탄식을 질렀다. "아……!" 온 산채가 이 탄식에 흔들리는 것 같았다.

나는 이렇게 많은 사람이 큰 소리로 탄식하는 것은 처음 들었다. 투스도 이런 소리를 들은 적은 없을 거라고 생각했다. 그는 떨고 있었다. 나는 아버지가 결심을 바꾸리라고 생각했다.

내가 아래층으로 내려가자 아버지가 내 뒤를 따라 내려오면서 내가 도대체 똑똑한지 바보인지 솔직하게 얘기하라고 다그쳤다. 나는 몸을 돌리며 웃었다. 자발적으로 몸을 돌려 아버지에게 웃을 수 있다는 사실이 무척이나 기뻤다. 물론 아버지는 자기 질문에 씨익 웃어 보인 멍청이 아들의 반응을 신기하게 받아들였다. 아버지는 바보 아들보다 세 계단 위에 서서 다정한 목소리로 입을 뗐다. "네가 내 마음을 이해하고 있는 걸 안다. 방금 너도 들었지? 백성들의 탄식 소리가 대지를 흔드는 것 같았다. 그들이 너를 메고 미친 듯이 뛰어나가 보리밭을 평지로 만들었을 때 난 두려웠다. 정말로 무서웠어. 네 어머니조차 겁을 냈으니까. 바로 그날, 내가 살아 있을 때 네 형에게 투스자리를 물려주기로 결정했지. 큰애가 자리를 잡고 안정되고 난 후 네가 그의 손아래서 무사히 있는 것을 지켜보려고."

그때 문득 혀가 바늘로 찌른 듯 아파왔다. 나는 사관이 다시 혀를 잃었음을 알았다. 이 통증은 그에게서 온 것이었다. 그래서 아버지에게 대꾸했다. “저도 이젠 말을 하고 싶지 않아요.”

이 말을 뱉어내자 혀의 통증이 사라졌다.

말을 하지 않기로 하다

나는 말을 하지 않기로 갑자기 작정해버렸다.

내 친구 웡버이시는 다시, 그리고 영원히 혀를 잃었다. 그는 나 때문에 혀를 잃은 것이다. 이 하늘 아래에서 아무리 큰 기적이 일어난다 해도 웡버이시가 세 번째로 말을 할 수는 없다. 이번에는 망나니가 그의 혀를 뿌리째 뽑아냈다.

광장으로 나갔을 때, 하늘의 먹구름은 사라지고 햇빛이 다시 대지를 비추고 있었다. 사관은 입에 지혈제를 머금은 채 홀로 호두나무 아래서 움직이지 않고 하늘을 쳐다보고 있었다. 나는 땀을 흘리는 그를 나무 그늘 깊은 곳으로 옮겼다.

"말을 안 해도 좋아요. 나도 말을 하고 싶지 않으니까."

나를 보는 그의 두 눈에서 눈물이 흘러내렸다. 손가락으로 찍어 맛보니 찝찔했다.

망나니 부자는 형 집행 도구를 거두고 있었다. 광장의 다른 쪽에서는 형과 내 아내가 산채 석축 담장의 거대한 그림자 속에서 이야기를 나누고 있었다. 큰 도령은 채찍으로 담 구석에 우거진 수풀을 후려쳤다. 타나는 쉴 새 없이 한 손으로 다른 손을 문지르고 있었는데 왠지 불안해 보였다. 방금 혀를 잘린 사관의 마음에 관한 얘기라도 하는 걸까? 하지만 나는 말을 하지 않기로 했기 때문에 굳이 그들의 대화에 끼어들 수 없었다.

투스부인이 그들의 대화에 관심이 있는지 담장 그늘 쪽으로 다가갔다. 그러나 두 사람은 어머니가 다가오기 전에 각각 위층으로 달아나듯 흩어졌다. 위층으로 올라가면서도 아내는 내가 있는 쪽은 바라보지도 않았다. 그 광경을 본 사람은 내 어머니였다. 나를 쳐다보는 눈빛은 내가 웡버이시를 보는 눈빛과 닮아 있었다.

이때 나는 산채의 담 모퉁이에서 살금살금 나오는 얼굴 하나를 보았다. 어디선가 본 듯한 모습이었다. 맞다. 아주 오랫동안 누구와도 이야기를 나눈 적이 없었고, 심지어 자기 자신과도 마음 터놓고 말해본 적이 없는 얼굴이었다. 한밤중 하늘에 떠 있는 달보다 더 외로워 보이는 그 얼굴은 담 뒤로 사라지는 듯하더니 다시 담 모퉁이에서 나타났다. 이번에는 그의 고독 뒤에 숨어 있는 원한을 보았다. 나는 그가 누군지 생각났다. 마이치 가문의 원수가 억울하게 죽은 자기 아버지의 원수를 갚기 위해 온 것이다.

나보다 먼저 변경을 떠났던 그가 왜 이제야 모습을 드러냈는지 이해할 수 없었다.

어머니는 막 대문으로 들어가려다 몸을 돌려 나를 바라봤다. 하지만 말을 하지 않기로 결정한 이상 자객이 왔다는 소식을 알려줄 필요는 없었다. 어차피 자객도 여자를 해치지는 않을 테니까.

나는 호두나무 밑에 앉아서 오후의 햇빛 때문에 갈수록 짙어지는 그림자와 맑은 가을의 산과 들을 바라보고 있었다. 처음에 웡버이시는 내 옆에 앉아 있었는데 나중에 망나니 부자가 그를 다른 곳으로 데려갔다. 드디어 해가 지고 산과 들에 바람이 불고 둥지로 돌아가는 새들의 날갯짓은 공중을 나르는 누더기 조각 같았다. 어느새 저녁 먹을 시간이었다.

식구들은 식당에 있었다. 모두들 내게 친절한 웃음을 보냈다. 생각해보니 내가 다시 아무도 해치지 못할 바보로 돌아가서 그런 모양이었다. 그들은 계속 내게 말을 걸었지만 나는 말을 하지 않기로 마음을 다진 터였다. 형은 말은 내게 하면서도 시선은 내 옆의 타나를 향했다. "정말로 말을 안 하면 타나도 너를 진짜 바보라고 생각할 거야."

이번에는 더없이 아름다운 자기 제수에게 직접 말했다. "바보들은 모두 마음 속에 비뚤어진 게 있어요. 우리 정상적인 사람처럼 말하지 않지요."

그 순간 타나의 눈에서 분노의 불꽃이 일었다. 나는 기고만장한 형 때문에 그런 줄 알았는데 두 눈에서 뿜어져 나온 불꽃은 내 얼굴을 향해 넘실거렸다. "당신 이제는 두 번 다시 자기가 바보가 아니라는 말은 못 하겠지요?"

나는 입을 다문 채 지난 일을 돌이켜보았다. 언제 한 번 타나에게 '나는 바보가 아니다' 라고 말한 적이 없었던 것 같았다. 하지만 나는 이제 말을 하지 않기로 결심한 사람이다.

"본인의 뜻이 그렇다니 누구든 둘째에게 말을 하라고 강요하지 마라. 얘도 마이치 가문의 남자야. 마이치 가문을 위해 우리 중 아무도 한 적이 없었던 대단한 일을 했단 말이다. 그런데 왜 이렇게 됐는지 참 속이 상하는구나."

아버지의 말에 모두들 식탁을 떠났다. 나와 아버지만 꼼짝 않고 앉아 있었다.

"너나 나나 처지가 똑같구나. 아내가 자리를 뜨면서도 함께 가자고 하지 않으니 말이야."

나는 아무 말도 하지 않았다.

"네가 변경으로 돌아가고 싶어 한다는 걸 알고 있다. 하지만 그럴 수는 없어. 네가 정말로 바보라면 돌아가도 아무 상관이 없어. 하지만 바보가 아니라면 큰일이 벌어지겠지. 너희 형제가 최신 무기로 한바탕 싸울지도 모르겠다."

나는 말을 하지 않았다.

"절름발이 집사가 보낸 사람이 왔다. 너를 데리고 가겠다는 걸 그냥 돌려보냈어. 내가 이러는 걸 이해해라. 네가 일을 잘하긴 했는데 그렇다고 똑똑한 사람이라는 생각이 들지는 않는다. 나는 그것을 기적이라고 생각하고 있어. 신이 널 도와주는 거 같단 말이야. 하지만 투스는 어쩌다 일어났던 기적을 믿고 중요한 결정을 내릴 수는 없는 거다."

나는 아버지를 식당에 혼자 남겨두고 몸을 일으켰다. 아버지는 머리를 식탁 아래로 깊이 떨어뜨렸다.

방에서는 아름다운 내 아내가 거울을 보며 빗질을 하고 있었다. 긴 머리카락이 거울 속에서 그윽한 광채를 냈다. 나는 되도록 내 그림자가 거울 속 그녀의 아름다운 얼굴 옆에 보이지 않게 조심했다.

타나는 거울을 보며 웃다가, 한숨을 쉬다가 했다. 나는 조용히 침대에 누웠다.

"당신은 하루 종일 내 곁에 없었어요."

두꺼운 바위 담장 밖에서 바람이 세차게 불었다. 낙엽과 시든 풀잎이 바람에 휘날리는 소리가 스산하게 들렸다.

"이 세상에 나보다 더 예쁜 여자가 있을 거라고는 아무도 믿지 않을 텐데…… 남편이라는 사람이 하루 종일 거들떠보지도 않다니……."

바람이 강 쪽에서 불어오면 날씨는 따뜻해진다. 하지만 바람이 강 쪽으로 불어 물보라를 일으키면 날씨는 점점 차가워진다. 물은 그렇게 하루하루 차가워진다. 그러다 어느 날 밤 강물이 날아올랐다 얼음이 되어 떨어지면, 그때 겨울이 오는 것이다.

"당신 형님하고 얘기를 좀 했어요. 그 사람은 재미있는 남자예요. 비록 전쟁에서 졌지만……."

타나는 아직도 거울에 비친 자기 얼굴을 바라보고 있었다. 나는 침대에 누워 겨울풍경을 떠올렸다. 들판은 이미 수확이 끝나서 말끔했다. 검은 까마귀와 붉은 부리를 가진 하얀 비둘기가 떼를 지어 공중을 휘돌고 있다. 바로 이런 것 때문에 겨울은 풍성해 보이지 않는다. 강물 때문이다. 모든 것을 생생하게 만드는 세찬 강물이 얼음 밑에 누워 있기 때문이다.

"당신, 정말 말을 하지 않을 생각이군요."

타나는 웃었다. 그러더니 거울 앞에서 일어나 침대로 다가오더니 말을 이었다. "세상에, 이 바보 좀 봐. 도대체 어쩌자고 이러는 거예요?!"

이때 문을 두드리는 소리가 났다. 타나는 옷매무새를 가다듬고 다시 거울 앞에 앉았다. 형이 들어와 나를 등지고 침대에 앉았다. 타나는 우리 형제를 등지고 거울 앞에 앉아 있었다. 형은 거울 속의 여자를 보며 말했다. "내 동생을 보러 왔소."

"오셔도 소용없어요. 그 사람은 더 이상 말을 안 해요."

"당신이 말을 하지 말라고 한 거요 아니면 자기 스스로 말을 안 하는 거요?"

"도대체 무슨 생각을 하는 거예요? 마이치 가문의 남자들은 다 그래요?"

"난 저 애와 다릅니다."

두 사람은 많은 얘기를 나눴을 것이다. 내가 혼곤히 잠 속으로 빠졌다 깨었을 때 그들은 헤어지려고 인사를 하고 있었다. 타나는 여전히 큰 도련님을 등지고 거울만 보고 있었다. 큰 도련님은 문까지 갔다가 다시 머리를 돌렸다. "난 동생을 보러 자주 올 거요. 어릴 때 걔를 참 사랑했거든. 비록 투스가 되고 싶어서 나를 미워하게 됐지만 어쨌든 걔는 내 동생이니 돌봐

줘야 하니까요."

타나는 머리를 땋았다가 거울을 보며 다시 풀었다.

형은 걸음을 멈추고 창문 밖에 섰다. "당신도 자도록 해요. 이렇게 큰 산채에서 당신처럼 아름다운 여인에게 귀띔해주는 사람이 없을까봐 걱정하지 않아도 돼요."

타나가 웃었다.

형도 창 밖에 선 채 크게 웃었다. "내 동생은 정말 바보군. 세상에서 제일 예쁜 여자에게 말을 하지 않다니."

그가 느릿느릿 떠나는 발소리를 들으며 타나는 등불을 껐다. 달빛이 기다렸다는 듯 방안으로 쏟아져 들어왔다. 늦가을의 밤이라 꽤 쌀쌀했는데도 타나는 춥지 않은 모양이었다. 침대 앞에 서서 옷을 하나씩 다 벗어던지더니 창 밖의 발걸음 소리가 완전히 사라진 후에야 침대로 들어왔다.

"바보, 아직 안 자는 거 알아요. 자는 척해도 소용없어요."

나는 꼼짝도 하지 않았다. 타나는 웃었다.

"내일 아침에도 말을 하지 않으면 당신이 진짜로 말을 안 한다고 여길 거예요."

아침에 나는 평소보다 늦게 잠에서 깨어났다. 타나는 벌써 곱게 화장한 채 새빨간 옷을 입고 창으로 들이치는 밝은 햇살 속에 앉아 있었다. 세상에! 그 모습은 꿈에서나 필 아름다운 꽃송이였다. 내가 깬 것을 보자 타나는 침대로 다가와 몸을 굽히고 말했다. "난 당신을 줄곧 기다리고 있었어요. 아내는 남편이 일어나는 것을 기다려야 된대요. 게다가 당신이 잠에서 깰 때마다 물어보는 말이 있잖아요, 안 그런가요? 대답 못 들으면 당신은 더욱 멍청한 꼴을 보일 테니까요."

이 아름다운 여자가 나를 내려다보며 말을 했어도 나는 입을 꾹 다물고 있었다.

"말을 하지 않으면 정말 바보가 될 거예요. 자기가 누구인지, 어디 있는지도 모르는 바보가 된다는 말이에요. 그러니 제발 말을 해 봐요."

잠에서 깬 직후인데다 말을 안 하고 버티다 보니 입에서 썩는 냄새가 났다. 내가 입을 열어 입김을 불자 그녀는 코를 싸매고 밖으로 뛰어나갔다. 나는 죽어가는 동물처럼 입을 있는 대로 벌린 채 입 냄새를 내뿜고 또 내뿜었다. 악취가 다 없어지자 나는 내 문제를 생각하기 시작했다. 나는 누구인가? 나는 어디에 있는 거냐? 나는 침대에 누운 채 벽 구석에 매달려 있는 먼지와 거미줄을 보면서 생각하고 또 생각했다. 그러다 거미줄과 먼지가 다름 아닌 내 머리에도 엉켜 있는 것이란 걸 알았다.

그날, 밖으로 나간 나는 꿈꾸는 듯한 미소를 띤 채 내가 있는 곳이 어딘가를 찾아다녔다. 눈앞의 모든 경치는 익숙한가 하면 낯설었다. 투스의 산채는 높고 웅장했지만 멀리서 보니 어딘가 좀 비뚤어진 듯했다. 가까이 가보니 돌쩌귀 부분이 썩고 있었다. 나는 옛날 현자였던 아꾸떵바의 이야기를 떠올렸다. 어느 날 아꾸떵바가 성지 광장에 도착해 근엄한 승려를 보자 장난기가 발동해 광장에 깃발을 세우라고 했다. 승려들은 세울 수 없을 거라고 믿으면서도 깃대를 붙들었다. 깃대가 높게 서자 현자인 라마가 깃대를 부여안고 하늘을 올려다보니 멀리 아득한 창공에 흐르는 구름이 깃발

같았다. 드디어 깃대가 흔들리기 시작했다. 라마는 있는 힘껏 깃대를 세웠다. 하늘에 구름이 흘러가지 않았다면 그 영특한 현자는 깃대에 깔려 죽었으리라. 지금 나도 하늘을 올려다봤다. 산채의 돌담도 내 머리를 짓누르고 있었다. 그렇지만 나는 돌담을 부여잡지 않았다. 나는 영특한 현자가 아니라 지지리 못난 바보이기 때문이었다. 하늘에 구름이 뭉게뭉게 흐르고 돌담이 위태위태했다. 그러나 결국 우리 모두 별 일은 없었고 그래서 나는 하늘로 고개를 쳐들고 홍소를 터뜨렸다.

마이치 가문의 원수, 변경에서 나를 죽이려던 자객이 또 담 모퉁이에서 머리를 내밀었다. 그자의 이상야릇한 표정은 내 머리가 맑아지는데 별 도움이 안 됐다. 그는 주뼛거리며 내 곁으로 다가와 옷섶을 들어 긴칼과 단도를 보여주며 입을 열었다. "당신의 아버지와 형을 죽이고 말 거요."

내가 웃었다.

자객은 이를 갈면서 감쪽같이 사라졌다.

어머니는 나를 방으로 데려가더니 내 얼굴에 아편 연기를 내뿜었다. 멍멍했던 머리가 좀 맑아진 것 같았다. 어머니는 눈물을 흘렸다. "내 바보 아들아, 겁내지 마라. 넌 엄마 옆에 있는 거야."

어머니는 다시 나를 향해 연기를 뿜었다. 아편은 참 좋은 것이다. 나는 이내 잠이 들었다. 나는 흔들리며 계속 어딘 가로 날아가는 꿈을 꾸었다. 잠에서 깨고 보니 다음날 아침이었다.

"아들아, 다른 사람하고 얘기하고 싶지 않아도 엄마한테는 말을 해."

나는 헤벌쭉 웃었다.

투스 부인은 또 눈물을 흘렸다. "얘기해봐. 난 너의 엄마잖니?"

나는 옷을 입고 어머니 방을 나왔다. 내 뒤로 어머니는 가슴을 싸쥐고 바닥에 주저앉았다. 내 가슴도 아팠다. 나는 그 자리에 선 채로 가슴의 아픔이 가시기를 기다렸다. 가시지 않는 아픔은 없으니 지금의 아픔도 사라질 것이다. 통증은 화살처럼 예리하게 내 가슴을 찌르더니 쿵쾅쿵쾅 뛰는 심장에서 잠깐 멈추었다가 등을 뚫고 새처럼 날아갔다.

투스 부인의 방에서 나와 한 층을 내려가 모퉁이를 돌면 바로 내 방이었다. 순간 어린 하인 둘이 내 뒤를 따라오다 무슨 소리를 내는 바람에 나는 기겁을 하고 펄쩍뛰었다. 태양이 동쪽에서 솟아오르고 있었다. 계단을 내려오다가 하마터면 내 그림자를 밟을 뻔했다.

"도련님, 왜 타나와 함께 주무시지 않으셨어요? 어젯밤에 큰 도련님이 타나를 보러왔는데 타나는 노래를 부르더군요."

얼이가 손가락을 세워 입에 대면서 쑤오랑쩌랑을 보았다. "쉬~."

방에서는 타나가 일어나 옷을 입는 소리, 비단이 맨살에 닿는 소리, 맨발로 양탄자 위를 걷는 소리가 났다. 상아 빗으로 머리를 빗는지 사그락 사그락 소리가 나더니 노래를 부르기 시작했다. 나는 그녀가 노래 부르는 것을 들은 적이 없었다.

나는 어린 하인 둘을 데리고 내려갔다. 광장에 도착해서도 걸음을 멈추지 않고 망나니의 집이 있는 언덕까지 곧장 걸어갔다. 망나니 집 마당에 도착해 약초 냄새를 맡으니 마음이 훨씬 진정됐다. 머리도 맑아졌다. 이곳에 왔던 생각이 났고 죽은 사람의 옷을 보관해둔 방이 있다는 기억도 떠올랐다.

그 외진 방으로 다시 갔을 때 두 아이는 이미 사다리를 들고 왔다. 얼이는 매일같이 여기에 왔기 때문에 이제는 옷과 친구가 됐다고 말했다.

쑤오랑쩌랑은 깔깔 웃었다. 그는 요즘 변성기가 왔는지 깊은 산 속 부엉새 같은 걸걸한 소리를 냈다. "네 머리도 도련님처럼 문제가 생긴 거 아냐? 어떻게 옷하고 친구가 될 수 있어?"

얼이는 화를 냈다. 평소에 그리도 차분하고 조용하던 목소리가 딱딱해졌다. "난 도련님과 마찬가지로 아무 문제도 없어. 이 옷들은 보통의 옷이 아니야. 사형 당한 사람들이 두고 간 옷이라서 그 안에 죽은 이들의 영혼이 들어 있단 말이야."

쑤오랑쩌랑은 손을 내밀어 옷을 만지려고 팔을 뻗다가 그대로 멈추고는 거칠게 숨을 쉬었다.

얼이는 웃었다. "무섭지?"

쑤오랑쩌랑은 붉은색 옷 한 벌을 손에 쥐었다. 켜켜이 쌓인 먼지가 날아올랐다. 이렇게 많은 먼지가 쌓여 있는 걸 누군들 상상했으랴. 우리는 허리를 접은 채 죽어라 기침을 해댔다. 목덜미에 검게 말라붙은 핏자국이 희미하게 남아 있는 옷들이 정말로 영혼이 들어 있는 것처럼 공중에서 펄럭거렸다. 얼이의 낯빛이 흐려졌다. "내가 낯선 사람을 데리고 왔다고 원망하는 거예요. 나가시죠."

우리는 먼지 날리는 방에서 빠져나와 햇빛 아래 섰다. 쑤오랑쩌랑 손에는 여전히 옷 한 벌이 들려 있었다. 참 멋진 옷이었다. 나는 이렇게 깨끗한 자줏빛을 본 기억이 없었다. 마치 어제 바로 만든 것처럼 산뜻했다. 어떻게 이토록 선명한 색깔이 햇빛에 닿자 어두워지더니 눈 깜박할 사이에 빛이 바래며 전혀 다른 자주색으로 변하게 되는지 눈으로 보면서도 도저히 믿을 수가 없었다.

색깔이 변해버린 자주색이 더 기가 막히는 것은 옷깃에 남아 있는 핏자국과 똑같은 색깔이 되었다는 것이다. 나는 그 옷을 입고 싶다는 충동을 억제할 수 없었다. 얼이가 무릎을 꿇고 애원하며 말려도 내 생각은 바뀌지 않았다. 옷을 입자 누구에게 꽉 붙잡힌 듯 온몸이 조여왔다. 그래도 나는 그 옷을 벗고 싶지 않았다. 얼이가 약초를 끓여왔고 나는 벌컥 한 모금 마셨다. 옥죄는 느낌이 사라지면서 좀 느슨해졌다. 사람이 옷과 하나가 될 수 있는 것이다.

죽은 사람이 남긴 옷이 어떤 말도 하고 싶지 않다거나 혹시 하고 싶은 말이 있다해도, 나는 지금부터 그 옷 임자가 그렇듯 입을 열지 않는 침묵 속에서 다시 세상 곳곳을 돌아다닐 것이다.

지금 내 눈앞의 광경은 모두가 짙거나 옅은 자주 빛이었다. 흐르는 물, 산 , 들, 산채, 나무 마른 잎에 앉은 모래까지도 엷은 색에서 전날의 피를 상징하는 거무스레한 빛깔로 바뀌어버렸다.

"참 이상하네. 네게 이런 옷을 언제 해 입혔는지 어째서 기억이 안 나지?"

어머니는 침대에 누워 아편을 피우면서 말했다.

타나 얼굴의 활기찬 표정은 나를 보자마자 햇빛을 만난 안개처럼 스러졌다. 내가 입은 옷을 벗기려는 심보였다. 타나가 내 큼지막한 옷장을 다 뒤집어 옷가지를 꺼냈지만 나는 꺼낸 모든 옷을 걷어차버렸다. 그녀는 알록달록한 옷이 수북하게 쌓인 한가운데 주저앉았다. 그 얼굴은 마치 강물 바닥이 드러나 햇볕에 말라가는 돌멩이처럼 꼴사나웠다. 그녀는 계속 "못 살겠어. 못 참겠어."라고 하더니 방을 뛰쳐나갔다.

나는 자주색의 옷을 입은 채 내 방에 앉아 양탄자 가운데 수놓인 황금색 꽃을 바라보고 있었다. 타나가 조용한 회랑을 지나 형의 방으로 들어가는 광경이 느닷없이 머릿속에 비쳤다. 형 역시 나처럼 책상다리를 하고 양탄자에 앉아 있고 내 예쁜 아내는 살랑거리며 그의 품에 안겨 벌렁 쓰러지는 것이었다. 타나는 똑바로 서지 못하고 넘어졌고 팔꿈치가 형의 코에 세게 부딪혔다. 아름다운 여자가 쓰러져 안긴 형의 코에서는 피가 뚝뚝 흘러내렸다. 젊은 투스가 낭만적인 사람이긴 했지만 세상에서 제일 예쁜 여자와의 로맨스가 이렇게 시작되리라고는 상상도 못 했을 것이다.

"당신이 코피를 나게 만들었어."

"꼭 안아줘요, 꼭요. 두렵지 않게 해주세요."

젊은 투스가 그녀를 꼭 껴안자 코피가 그녀의 얼굴로 떨어졌다. 하지만 타나는 아랑곳하지 않았다. "당신 때문에 난 지금 코피가 난다고."

"피가 난다고요? 정말이네요. 당신은 정말로 사람이군요. 전 두렵지 않아요."

"누구는 사람이 아닌가?"

"당신 동생이요."

"걔는 바보잖아?"

"저는 그 사람이 무서워요."

"무서워하지 마."

"나를 꼭 안아줘요."

늙은 투스도 그 시간에 방에 앉아 있었다. 요 며칠 동안 그는 큰아들에게 언제 공식적으로 자리를 물려줘야 할까를 생각하고 있었다. 마련이 설 듯 말 듯 하자 흠씬 취하도록 술을 퍼마셨다. 그런데 느닷없이 솟구치는 정욕을 도저히 누를 길이 없었다. 요 며칠 동안 그는 혼자 멀거니 있었고 누구하나 보러가는 사람이 없었다. 그는 억제하기 힘든 욕망, 아마도 일생에서 마지막으로 폭발할 욕망에 휩싸여 부인의 방으로 들어갔다.

어머니는 침대에 누워 아편을 피우고 있었다. 자욱한 연기 뒤로 얼굴은 종잇장처럼 창백했다. 그 얼굴이 투스를 바라보며 웃음을 띠었다. 늙은 투스는 고통스러운 표정으로 침대 앞에 무릎을 꿇었다. 어머니는 투스가 생각을 바꾼 줄 알고 물었다. "후회했어요?"

하지만 늙은 투스는 손을 뻗어 아내의 치마를 걷어 올리며 입에서는 짐승 같은 소리를 냈다. 이 소리와 입에서 나는 술 냄새가 그녀의 고통스러운 기억을 불러일으켰다. 그녀는 늙은 투스를 밀어내며 부르짖었다. "이 늙은 놈아, 바로 이렇게 해서 그 바보 아들을 낳게 한 거야! 나가!"

투스는 아무 말도 하고 싶지 않았다. 뜨거운 욕망이 여전히 그를 휘감고 있었다. 그래서 이번에는 양종의 방으로 들어갔다. 양종은 좌선 자세로 깊고 길게 심호흡을 하고 있었다. 늙은 투스는 성난 짐승처럼 그녀를 덮쳤다.

이때 내 아내도 형의 몸 밑에 누워 있었다.

고통이 화살처럼 다시 내 가슴을 찔렀다. 고통은 앞가슴으로 들어가 심장에 머물다가 등을 뚫고 새처럼 지저귀면서 날아갔다.

두 쌍의 남녀가 백주 대낮에 들러붙어 서로의 육체를 흔들고 있었다. 그러자 산채도 따라서 흔들리기 시작했다. 나는 눈을 감은 채 산채의 요동에 따라 몸을 흔들었다. 멀리서 천둥소리가 우르릉우르릉 울렸다. 산채는 더욱 세차게 흔들렸다. 나는 바람 속의 나뭇잎처럼 좌우로 흔들리다가 조금 지나서는 체에 얹힌 낟알처럼 위아래로 짓까불렸다.

진동이 그칠 때쯤 쌍지 촐마와 그녀의 남편이 뛰어 들어왔다. 은 세공장이는 힘이 좋았다. 내가 미처 무슨 일인지 알기도 전에 은 세공장이는 나를 들쳐 업고 광장으로 내달렸다. 눈 깜박할 사이에 우리는 광장에 도착했다. 수많은 눈길이 지켜보는 사이로 아버지와 셋째 부인인 양종, 내 형과 내 아내가 거의 발가벗은 채 방에서 뛰어나왔다. 방금 일어난 지진은 그들이 대낮에 벌인 미친 행동 때문에 일어났다고 선포하는 것 같은 상황이었다. 광장에 모인 수많은 사람들의 입에서 "아……!" 하는 소리가 터져 나왔다. 지진이 오기 전 대지의 내부에서 울려오는 소리인 양 낮았지만 사람을 감동시키기에 더 없는 위력을 가진 소리였다.

두 쌍의 남녀는 계단 입구에서 감히 광장으로 내려오지는 못했다. 그들은 자신들이 발가벗은 채 사람들 앞에 서 있는 것을 알아챘다. 투스는 자기의 셋째부인과 함께 있었기에 문제될 게 없었지만 투스의 큰아들은 경우가 달랐다. 다름 아닌 동생의 아름다운 부인과 함께 있었으니 꼴이 말이 아니었다. 돌아가서 옷을 입을까, 아니면 뛰어 내려가 목숨을 보전할까 그들이 망설이고 있을 때 대지의 깊은 곳에서 더욱 세찬 진동이 또 한 번 일어났다.

대지가 다시 흔들렸다. 땅위로 먼지가 풀썩 휘날렸다. 위층에 있는 두 쌍의 남녀는 바닥에 납작 엎드렸다. 이때 와르르 하는 소리와 함께 폭포가 쏟아지는 듯 마이치 산채의 높은 망루가 무너졌다. 돌멩이와 나무 기둥들이 까마득히 높은 곳에서 떨어져 내렸다. 돌과 나무를 접착시켜 견고하게 만들었던 흙은 한 줄기 먼지로 변해 하늘로 올라갔다. 모든 사람이 엎드린 채 하늘로 올라가는 흙먼지를 배웅했다. 나는 거대한 산채가 연기와 먼지로 변해버린 것을 보면서 마이치 가문의 어떤 것이 하늘로 사라지는 것 같았다. 먼지가 가라앉으니 망루의 한 귀퉁이가 없어지긴 했지만 산채는 여전히 파란 하늘 아래 의연히 선 채 내부의 그을린 화약잔재를 보여주고 있었다. 대지가 한두 번 더 흔들렸으면 그마저 무너졌을 것이다.

하지만 대지의 진동은 멀리 사라졌다.

공중에 뿌옇게 날리던 먼지도 모두 땅으로 떨어져 내렸다.

아버지와 형은 옷을 말끔하게 입고 다시 우리 앞에 나타났다. 두 여자는 보이지 않았다. 그들은 산채 앞으로 나서서 땅에 엎드린 사람들에게 "일어나라, 지진이 끝났다." 하고 말했다. 내가 일어설 때 어찌된 일인지 형은 날 부축했다. "봐라, 만날 하인들 틈에 끼여 있으니 얼굴이 먼지투성이지." 이러면서 품에서 비단 수건을 꺼내 바보 동생의 얼굴을 닦아주었다. 그리고는 수건을 펴내 눈앞에 들이댔다. 정말로 먼지가 많이 묻어 있었다.

바보 동생은 손을 들어 그의 뺨을 때렸다.

그의 똑똑한 얼굴에 빨간 손바닥 자국이 선명하게 나타났다. 그는 숨을 들이키고 아픈 뺨을 가리면서 말했다. "이 바보 새끼, 바로 좀 전까지만 해도 나는 너를 가엾게 생각했다. 네 아내가 부정한 짓을 했으니까. 하지만 이제는 달라. 네 여자를 가진 것이 기쁘기만 하다!"

그는 자신을 엄청나게 위협했던 동생을 해치려고 했다. 일반적으로 말하자면 이런 마음은 똑똑한 사람조차도 멍청하게 만드는 일이고, 더욱이 내게는 말할 필요도 없는 것이었다. 그러나 오늘은 상황이 달랐다. 나는 죽은 이의 영혼이 깃든 자줏빛 옷을 입은 것이다. 나는 이 옷의 역량을 믿기 때문에 몸을 돌려 이 미치광이를 밀쳐 넘어뜨리고 위층의 내 방으로 들어갔다. 타나는 여전히 거울 앞에 앉아 있었는데 표정이 지진이 일어나기 전과는 달라 보였다. 그녀는 오싹 진저리를 쳤다. "맙소사, 어디서 서늘한 바람이 불어오는 거지?"

내가 외치는 고함이 내 귀에 들렸다. "내 방에서 꺼져! 넌 더 이상 내 아내가 아니야. 빨리 그놈에게 가버려!"

타나는 나를 향해 몸을 돌렸다. 그녀의 놀란 얼굴을 보자 마음이 누그러졌다. 그러나 그녀는 태연한 척 웃었다. "왜 아직도 그 괴상한 옷을 입고 있어요? 다른 옷으로 갈아입어요."

"여기서 꺼져!"

타나는 드디어 코를 훌쩍이며 울기 시작했다. "그 옷 벗어요. 무섭단 말이에요."

"남편의 형하고 잘 땐 무섭지 않았나?"

그녀는 침대에 자빠져 큰 소리로 울면서 한쪽 눈으로는 슬그머니 내 눈치를 살폈다. 나는 그 꼴이 몹시 가증스러웠다. 나머지 한쪽 눈에서도 눈물이 흘러야 마땅했다. "지진이 났을 때 많은 사람들 앞에 발가벗고 서 있는 꼴이 어땠는지 네 어머니에게 편지를 써 보내겠다."

그녀는 나를 사랑하지는 않지만 그렇다고 투스의 큰아들과 같이 살 용기도 없었다. 설혹 그런 용기가 있다고 하더라도 똑똑한 큰 도련님 역시 그럴 만한 배짱이 없을 것이다. 내가 사관을 불러오라고 하자 그녀는 정말로 두 눈에서 눈물을 흘리며 울기 시작했다.

"당신은 너무 잔인해요. 닫았던 입을 열자마자 이렇게 잔인한 말을 하는군요……."

그랬다. 나는 다시 말을 하게 되었다! 그것도 예전에 할 수 없었던 말까지 하게 되었다. 내가 이렇게 강해질 수 있다는 게 몹시 기분 좋았다.

10

자객

침대에 올라오던 타나는 내 발길질에 나가떨어졌다.

그녀는 양탄자에 고양이처럼 웅크린 채 아주 가련한 모습을 하고 중얼거렸다. "난 아무것도 생각 안 할래요. 너무 많은 걸 생각하려니까 머리가 아파 미치겠어. 잠이나 잘래요."

하지만 타나는 잠들지 못했다. 얼마 안 있으면 마이치 투스가 될 놈도 그녀를 보러오지 않았다. 위층의 법당에서 웅얼웅얼 들리는 라마들의 염불 소리는 강물이 머리 위로 흘러가는 듯했다. 소가죽으로 멘 북과 놋쇠로 만든 바라 소리가 끊임없이 도도한 물결같이 높았다 낮았다를 반복하고 있었다. 이 땅에 무슨 일이 생길 때마다 스님들은 정신 없이 바빴다. 세상에 나쁜 일이 하나도 생기지 않는다면 성직자는 존재하지 않을 것이다. 그러나 언짢은 일은 계속 생겨서 그들은 생계를 걱정하지 않아도 되었다.

"당신은 잠이나 자. 미래의 투스는 오늘밤에 할 일이 있어서 당신을 보러오지 않을 거야."

양탄자에 몸을 웅크렸던 타나가 머리만 쳐들었다. 그 모습은 뱀을 연상시켰다. 아름다운 뱀이 나에게 말했다. "당신은 어째서 한 여자에게, 그것도 예쁜 여자에게 상처를 줘요?"

그 모습이 너무 애처로워 나는 하마터면 그녀가 억울하다고 믿을 뻔했다. 나는 더 이상 그녀에게 말을 하지 않아야 했다. 계속 말하면 죄를 진 사람은 그녀가 아니고 내가 될 것이기 때문이었다.

나는 일단 말을 하면 실수를 저지르고 입을 다물고 있게 되면 어느 정도 힘을 가진다. 일단 입을 열어 똑똑한 사람들과 말을 하게 되면 바로 벼락을 맞는 것이다. 나는 이 교훈을 받아들여 이불을 뒤집어쓰고 더 이상 말을 하지 않았다.

잠시 깜빡한 사이, 나는 꿈속에서 투스가 되었다. 그 다음에 지진이 일어났다. 대지가 우르릉우르릉 진동하는 속에서 온 산채는 먼지에 덮여 있었고, 먼지가 사라지자 산채는 어디론가 사라지고 없는 꿈을 꾸었다.

나는 땀을 흘리며 깨어나 오줌을 누러 밖으로 나갔다. 전에는 시녀의 시중을 받아가며 놋쇠 요강에 오줌을 누었지만, 룽꽁 투스의 예쁜 딸과 함께 자게 된 후로는 더 이상 방에서 오줌을 눌 수 없게 되었다. 그 예쁜 여자는 나더러 변소에 가서 해결하라고 했다. 하긴 밖으로 나가 빗소리 닮은 내 오줌 쏟아지는 소리를 들으면서 밤하늘의 달과 별을 바라보는 것도 괜찮았다. 한밤중, 달도 별도 없는 밤에는 어둠 속에서 강물이 거뭇거뭇 빛을 내며 흘렀다.

마이치 투스가 퇴위를 선포한 그 다음날부터 나는 변소에 가지 않았다. 나는 바보니까 굳이 똑똑한 사람의 규칙대로 행동할 필요가 없었다. 나는 계단 난간 틈에 서서 아래로 오줌을 깔겼다. 꽤 한참 지나 아래층 바위에서 박수소리가 났다. 바지를 올리고 났는데도 바위에 떨어지는 오줌 소리는 그치지 않았다. 나는 곧장 방으로 돌아가지 않고 정적에 둘러싸인 산채의 위 아래층을 한 바퀴 돌아보았다.

내가 가고 싶어서 그런 게 아니고 자줏빛 옷이 나를 떼민 것이었다.

그때 나는 자객을 또 보았다. 그는 줄곧 며칠이나 산채의 위아래를 훑고 다녔다. 나와 맞닥뜨린 그 순간 자객은 투스의 창문 밖에 서 있다가 내 발걸음 소리에 놀라 내뺀 것이다. 그의 황급한 발걸음 소리가 투스를 깨웠다. 투스는 권총을 들고 방에서 뛰어나와 자객의 뒤통수를 향해 총을 쏘았다. 그러다 가까운 곳에 서 있는 나를 보고 냅다 총을 겨눴다. 나는 꼼짝하지 않고 그의 과녁이 되어주었다. 그런데 뜻밖에 그는 질겁하여 외마디 소리를 지르며 바닥으로 쓰러졌다.

많은 방에서 등불이 켜지더니 사람들이 쏟아져 나왔다. 형도 총을 들고 뛰어나왔다. 투스는 부축을 받고 일어나 부들부들 떨리는 손가락으로 나를 가리켰다. 내 생각에 투스는 똑똑한 아들과 함께 나를 죽일 것 같았다. 그러나 형은 나를 보지 못한 모양이었다. 어느새 더 많은 사람이 몰려와 놀란 투스를 둘러쌌다.

긴 얘기 짧게 하자면 다음과 같다.

아버지는 내가 사형당한 사람의 자줏빛 옷을 입고 있었기 때문에 자기가 죽이라고 했던 사람의 자식으로 착각했다.

망나니 집에서 들고 온 자주색 옷이 나를 오래 전에 죽은 귀신으로 보이게 한 것이다. 대다수 사람은 사형을 당하기 전 투스의 규칙에 굴복했는데 이 자주색 옷의 주인은 그렇지 않았다. 그래서 그의 영혼은 윤회하지 않고 마이치 영토에 고집스럽게 남아서 기회를 기다렸다. 자주색 옷 임자는 행운아였다. 마이치 가문의 머저리 아들이 그에게 더할 수 없이 좋은 기회를 주었다. 투스가 본 것은 내가 아니라 그에게 피살된 다른 사람이었다. 투스는 사람을 죽일 때는 조금도 두려워하지 않았는데 죽은 지 오래 된 사람이 달빛 아래 서 있는 것을 보고는 기절초풍하게 놀란 것이다.

모인 사람들이 저마다 한 마디씩 내 뱉더니 이윽고 방으로 자러 들어갔다.

타나는 참 대단한 여자다. 밖이 그렇게 시끄러웠는데 내다보지도 않은 채 내가 자리를 비운 사이 침대에 누워 태평하게 잠자고 있었다. 이제는 내가 침대에 올라가야 하나 마나를 망설이게 되었다. 타나는 내가 난감해하는 것을 보자 말했다. "괜찮아요. 여기서 같이 자요."

나도 아무렇지 않은 척 침대로 기어 올라가 그 옆에 옹색하게 누웠다.

그날 밤은 대충 그렇게 지나갔다.

아침에 식구들과 만나려면 식당에 가야만 했다. 나는 식당으로 갔다. 아버지의 머리에는 비단 수건이 감겨 있었다. 어젯밤에 머리를 다친 것이다. 그는 똑똑한 아들에게 말했다. "어째서 이렇게 괴상한 일이 거푸 일어나는 거지?"

큰 도련님은 말없이 앞에 놓여 있는 음식만 뚫어져라 쳐다봤다.

아버지는 다시 두 아내에게 물었다. "내가 뭘 잘못했나?"

양종은 도대체 아무 말도 하지 않았다.

어머니는 잠시 생각하다가 말했다. "그건 나도 모르겠지만, 당신의 큰 아들에게는 한마디 해야겠어요. 투스가 된다고 해서 뭐든 다 할 수 있는 건 아니라고요."

타나는 자기와 형의 일을 가리키는 것임을 알고 음식을 먹다가 손을 멈칫했다. 그녀는 어머니가 마이치 가문의 추잡한 일을 이처럼 적나라하게 까놓을 줄은 미처 몰랐다. 그녀는 내 어머니에게 애원했다. "제발요, 어머니. 살려주세요."

"난 이미 널 저주했다. 네가 새로운 투스의 부인이 될 수 있을지 두고 보겠다."

어머니는 이번엔 내게 물었다. "내 아들아, 넌 뭘 하고 싶은 거냐?"

나는 머리를 저었다.

아버지는 신음했다. "더 말할 필요도 없어. 나는 늙었다. 하루가 다르게 힘이 빠져. 설마 너희들은 내가 퇴위하기 전에 죽는 걸 바라지는 않겠지?"

형은 아버지를 보고 웃었다. "아버지, 그게 걱정되시면 내일 당장이라도 투스자리를 물려주시지요."

아버지는 또 중얼거렸다. "그런데 어떻게 내가 죽은 사람을 봤을까?"

"그 사람이 아버지를 좋아하나 봐요."

나는 형의 말을 막았다. "아버지가 본 사람은 저였어요."

아버지는 멋쩍게 웃으며 머리를 긁었다. "넌 내가 이제는 사람을 잘못 알아보기까지 한다고 비웃는 거냐?"

잘난 척하는 사람들에게는 아무리 진실을 얘기해도 소용없다. 나는 몸을 일으켜 일부러 투스 앞에서 자주색 옷을 잡아당겼지만 그는 못 본 척하고는 하인들에게 말했다.

"날 방으로 데려다 다오. 들어가 쉬어야겠구나."

'오늘을 기억해요. 투스는 앞으로 다시 나오지 않을 겁니다.' 식구들이 자리를 뜨자 사관이 한 귀퉁이에서 일어나 내게 눈으로 말했다.

"벌써 다 나았어요?"

그는 얼굴에 아직 고통스러운 표정을 띠고 있었다. '지금은 떠날 시기가 아닙니다. 엄청난 일이 벌어질 거예요.'

그는 내가 준 공책과 붓을 들고 문을 나서다가 다시 내게 눈길을 박았다. "반드시 기억해요. 오늘은 정말 중요한 날입니다."

사관의 말이 옳았다. 그날부터 투스는 두 번 다시 자기 방에서 나오지 않았다. 웡버이시의 혀가 잘리기 전, 나는 그에게 역사가 뭐냐고 물은 적이 있다. 그는 역사는 바로 어제를 통해 오늘과 내일을 알게 되는 학문이라고 말했다. 나는 그게 라마들의 학문과 뭐가 다르냐고 물었다. 그랬더니 웡버이시가 말하길, 역사란 점을 치는 것이 아니며, 신령의 도움을 청하는 따위의 목적을 가진 것도 아니라고 내게 찬찬히 일러줬다. 나는 그를 믿었다.

마이치 투스는 문 밖으로 나오지 않았다. 낮에는 잠을 잤다. 밤이 되면 온밤 내내 등불을 밝혀놓았다. 시녀들은 잠시잠깐 쉴 새 없이 그의 방을 들락거렸다. 어머니와 양종, 두 부인은 가끔 그를 보러갔지만 나는 한 번도 가보지 않았다. 그의 계승자도 마찬가지였다. 한번은 한밤중에 일어나 오줌을 누며 서 있었는데 환하게 불이 밝혀진 아버지 방으로 시녀들이 들락날락하는 것을 보니 병에 걸린 모양이었다. 아버지 병은 참 이상한 것이 뜨거운 물이 많이 필요했다. 시녀들은 끊임없이 아래층 부엌에서 뜨거운 물을 대야 가득 방으로 퍼 날랐다. 더운물은 얼마 안 가 금방 식었다. 물이 식으면 쏟아버렸다. 고요한 밤, 높은 곳에서 쏟아지는 물이 아래층 돌바닥에 닿아서 내는 소리는 가슴이 철렁하고 정신을 아득하게 했다.

나의 부정한 아내는 이 소리를 참으로 두려워했다. 한 대야 가득 담긴 물이 확 떨어질 때마다 진저리를 쳤고 잠결에도 떨었다. 나는 타나가 몸서리를 칠 때마다 기분이 좋았다. 매 번 물이 떨어질 때마다 입으로는 무서워하지 말라고 했다. 타나는 방자하게 대들었다. "내가 뭘 무서워해요? 난 겁나는 것 없어요."

"당신이 뭘 무서워하는지 모르겠지만, 겁내고 있다는 건 알아."

"이 바보 멍청이."

욕을 퍼부었지만 그 말투에는 애교가 섞여 있었다.

나는 오줌을 눌 때도 사형당한 사람이 입었던 자주색 옷을 여전히 입고 있었다. 무엇 때문에 그 옷을 그리도 좋아하느냐고 묻는다면 그 무렵 나도 망나니 손에 떨어진 듯 하루하루가 힘든 나날이었기 때문이라고 대답할 것이다.

시녀들이 물 쏟아버리는 소리에 비하면 내가 아래층으로 오줌을 누는 소리는 아무것도 아니었다. 언제 시간이 흘렀는지 모르지만 겨울이 지나서 봄이 가까운 무렵이었다. 어느 날 밤 오줌이 마려워 일어나니 하늘의 은하수가 막 깨어난 거대한 용처럼 느릿느릿 움직였다. 그 용은 계절이 변화할 때마다 다른 방향으로 조금씩 바꾸었는데 움직임이 아주 느려서 하루 이틀에 큰 변화를 감지할 수는 없었다.

나는 오줌을 누었는데 아무 소리도 들리지 않았다. 소리가 안 들리면 내가 오줌을 누었는지 안 누었는지 스스로에게도 믿음이 안 가기 때문에 다시 잠들 수가 없었다.

높다란 산채는 한밤중인데도 환하게 불빛이 새어나오는데 아래층에서 나는 바닥에 엎드린 뒤 개처럼 코를 킁킁거리며 오줌 냄새를 찾아다녔다. 개와 다른 점은 개들은 이리저리 제 짝의 오줌냄새를 찾으러 다니는 반면 나는 내 오줌냄새를 찾아다녔다는 점이다. 마침내 나는 찾아냈다. 나는 확실하게 오줌을 누었던 것이다. 시녀들이 쏟아버린 대야의 물소리가 너무 커서 내 오줌이 떨어지는 소리가 묻혀버렸을 뿐이었다. 나는 길게 한숨을 내쉰 다음 몸을 일으켜 방으로 올라가려고 했다. 바로 이때 한 대야 가득 하늘에서 내 머리 위로 쏟아졌다. 나는 뜨끈한 물건이 무겁게 내리누르는 느낌에 휘청거리다 바닥에 넘어지면서 가슴이 철렁하는 소리를 들었다.

나는 큰소리를 지르며 바닥으로 쓰러졌다. 사람들이 아래층으로 뛰어 내려왔다. 그러나 내 방은 등불 한 점 없이 어둡고 아무 인기척도 없었다. 행실 부정한 그 여자는 또 큰 도련님의 방으로 갔겠지.

하인들은 나를 투스의 방으로 부축해 들어가더니 내가 입은 자주색 옷을 벗겼다. 이번에는 그들을 말릴 수가 없었다. 자주색 옷의 겉 부분에는 벌써 엷은 얼음이 끼어 있었다. 내가 생각지도 못한 점은 타나가 방으로 들어왔다는 점이다.

"내려가서 한참 찾았는데, 당신 뭘 하러 나갔어요?"

나는 개처럼 콧방울을 움쭉거리면서 말했다. "오줌 누러."

모두들 웃었다.

이번엔 타나가 웃지 않았고 바닥에서 자줏빛 옷을 주워 창문 밖으로 던져버렸다. 죽음에 직면한 사람의 절망적인 외침이 들리는 것 같았다. 나는 절망한 사람의 영혼이 깃발처럼 겨울밤 차가운 바람 속에 펄럭이는 것을 보는 듯했다. 타나는 방에 있는 사람들을 둘러보았다.

"이 사람이 원래 이렇지 않았는데 그 옷이 멍청하게 만들었어요."

내 마음속에 그녀에 대한 사랑이 다시 솟아올랐다. 그렇다. 나는 처음부터 세상에 둘도 없이 그녀가 예쁘다는 것을 알고 있었다. 그래서 아무리 큰 잘못을 저질렀더라도 마음만 돌리면 그녀를 용서할 수 있을 것 같았다.

"얘들아, 너희 이런 모습이 참 보기 좋구나." 투스가 느닷없이 끼어들어 말했다.

그날 아침 식사 이후 나는 그를 한 번도 보지 못했다. 그는 형에게 아직도 자리를 물려주지 않았다. 생각했던 것처럼 동작이 굼뜨게 늙지도 않았고 병이 심하지도 않았다. 다만 전보다 늙고 머리가 희어진 것만은 분명했다.

그러나 그뿐이었다. 그의 얼굴에는 전보다 살이 붙고 피부도 희어졌다. 예전에 그의 얼굴은 굳세고 용감한 사나이 모습이었는데 지금은 노파처럼 변했다. 그가 병에 걸렸다는 유일한 증거는 자신이 확신하는 치료방법을 고집해서 온몸을 뜨거운 물수건으로 감싸고 있는 것이었다. 그는 거의 아무것도 입지 않았는데 하나하나 뜨거운 물수건으로 가려진 몸에서는 김이 무럭무럭 솟아났다.

아버지는 환자보다 더 환자 같은 목소리로 나를 불렀다. "이리 와라. 아버지 침대 가까이 와."

나는 가까이 다가가 앉았다. 침대는 예전보다 낮게 개조되어 있었다. 과거의 투스 침대는 지금보다 훨씬 높았는데 지금은 침대다리를 잘라낸 뒤 방 한가운데로 옮겼다.

아버지는 손을 들었다. 물수건 두세 장이 바닥으로 떨어졌다. 그는 부드러운 손을 내 머리에 얹으면 말했다. "내가 골탕을 먹였지, 아들아?"

이번에는 다시 손짓으로 타나를 불렀다. 타나는 다가와 무릎을 꿇었다.

"너희들은 변경으로 돌아가고 싶으면 언제든지 돌아가라. 거긴 너희들의 땅이야. 그 땅과 마을 열 개를 결혼 선물로 주마." 아버지는 자신이 죽고 난 뒤에 새로운 투스를 공격하지 않겠다는 맹세를 하라고 주문했다.

"그 사람이 우리를 공격하면요?"

아버지는 타나의 말을 들으며 이마에 걸쳐 있는 뜨거운 수건을 걷어냈다. "만약 그렇게 된다면 내 작은아들이 정말 바보인지 아닌지 알 수 있겠지. 그리고 네가 내 아들들 가운데 누구를 진정으로 좋아하는지도 알 수 있을 테고."

타나는 고개를 떨어뜨렸다.

아버지는 웃음을 띤 채 나에게 말했다. "네 아내의 미모는 세상에 비할 데가 없다."

이 말 끝에 아버지는 심하게 재채기를 했다. 몸에 얹어놓은 뜨거운 물수건이 식었다. 내가 타나와 함께 그의 옆을 떠나자 시녀들이 다시 그를 둘러싸며 뜨거운 수건을 덮어주었다.

나와 타나가 아버지 곁에서 뒤로 물러나자 시녀들이 아버지를 에워쌌다. 아버지는 손짓을 해 우리더러 나가라고 했다. 방으로 돌아와 침대에 누우려는데 다시 아래층에서 돌바닥으로 물 쏟아지는 소리가 심장이 오그라 붙을 만큼 크게 들려왔다.

타나는 내 품으로 굴러오며 말했다. "세상에, 맙소사 당신! 드디어 그 이상한 옷을 벗어버렸군요."

그랬다. 자주색 옷이 없어지니까 나는 좀 허전했다. 타나는 다시 물었다. "당신, 날 미워하지 않죠?"

이상한 것은 정말로 그녀가 밉지 않다는 점이었다. 어쩌면 원혼이 붙은 옷을 벗어버려서 그런지도 몰랐다. 투스 집의 바보 아들과 그의 아내가 그 짓을 하지 않은 지 꽤 오래 되었다. 그래서 타나가 내 품으로 굴러왔을 때

저 밑바닥으로 가라앉았던 감각이 살아났다. 사랑과 원한이 준 모든 힘과 뜨거움을 모아 나는 맹렬하게 그녀를 탐했다. 이 여자는 자신의 잘못에 대한 불안감도 없었다. 타나는 침대에서 방자하게 소리 질렀고 충분히 만족한 후 알몸인 채로 내 품에서 잠이 들었다. 마치 내가 제일 힘들었던 시기에 다른 남자—공교롭게도 나의 형이며 경쟁자였던 그 남자—의 품으로 몸을 내던진 적이 없는 듯했다. 타나는 고르게 색색 숨을 내쉬며 잠 속에 빠져들었다.

나는 도대체 여자란 무엇인지 생각했지만 머리가 터질 듯 더 이상 아무것도 생각나지 않았다. 나는 타나를 흔들었다. "자는 거야?"

그녀는 웃었다. "아직."

"우리 언제 돌아갈까?"

"마이치 투스의 생각이 바뀌기 전에요."

"당신, 정말 나랑 돌아가고 싶어?"

"당신은 바보지만 내 남편 아닌가요? 애당초 당신은 반드시 나와 결혼하려고 했고요."

"그런데… 당신… 그리고……."

"그리고 당신의 형 말인가요?"

"그래." 나는 아주 힘겹게 말했다.

타나는 천진난만하게 웃으며 입을 열었다. "세상에서 내가 제일 예쁘잖아요. 남자들은 항상 어떻게든 날 유혹하려 들지요. 언제든 남자는 내게 넘어가게 돼 있었던 거예요."

이렇게 천진하고 솔직한 여자에게 나는 할 말이 없었다.

"그리고 나는 아직 당신을 사랑하고 있잖아요."

이렇게 아름다운 여자가 장차 투스가 될 똑똑한 사람과 함께 자고 나서도 나를 사랑한단다. 더 무슨 할 말이 있겠는가?

"당신, 아직 안 자요? 난 이제 정말로 자야겠어요."

말을 마치고 돌아눕더니 곧 잠에 빠졌다. 나도 눈을 감았다. 바로 이때 그 자주색 옷이 눈앞에 나타났다. 내가 눈을 감아도 눈을 떠도 내내 거기 있었다. 나는 타나가 창밖으로 집어던진 옷이 바람 속에서 깃발처럼 펼쳐지던 것을 기억했다. 옷이 젖었기 때문에 살얼음이 앉았을 것이다. 그 옷은 그렇게 바닥으로 떨어졌다. 그때 누군가가 기다리고 있었다. 아니면 마침 그때 아래층에 있던 사람의 머리 위로 그 옷이 떨어졌을지도 모른다. 그 사람이 몸부림을 쳤지만 얼어붙은 그 옷은 그의 몸에 들러붙었다.

그 순간 나는 그 남자의 얼굴을 보았다. 내가 아는 얼굴이었다.

바로 그 자객이었다.

그가 마이치 산채에 도착한 지는 이미 몇 달이나 되었다. 그런데 아직도 시작하지 않는 걸 보니 용기가 부족한 것 같았다. 그의 얼굴은 원한, 두려움, 그리고 추위에 시달려 달빛보다 창백했고 상처보다 예민하게 긴장돼 있었다.

내가 입었던 자주색 옷이 창문으로 떨어졌을 때 그는 마침 담 모퉁이에서서 투스의 방에서 흘러나오는 등불 빛을 바라보며 추위에 이를 부딪치고 있었다.

날씨가 너무 추웠기 때문에 자주색 옷이 창문에서 떨어져 내렸을 때 그는 옷을 냉큼 주워 입었다. 하물며 이 옷은 목숨을 빼앗긴 누군가의 어떤 뜻이 존재하고 있는 물건이었다. 그랬다. 아직 눈앞에 수많은 일이 벌어진 것은 아니지만 나는 그것 모두를 볼 수 있었다.

자주색 옷이 창문에서 아래로 날아왔을 때 그 옷에는 이미 살얼음이 끼어 있었다. 그 뭐냐, 뚜오지루오뿌라고 하는 자객이 산뜻하게 그 옷을 받아들 때 그의 얼굴에도 살얼음이 끼어 뻣뻣하게 굳었다. 그는 능숙한 자객이 못 되었다. 이곳으로 온 지 꽤 많은 시간이 지났지만 기회를 못 잡아서가 아니라 자신이 왜 복수를 해야 되는지 생각하느라 지금까지 실행에 옮기지 못하고 미적거렸다. 그러나 지금은 상황이 달라졌다. 자주색 옷이 그를 도와주게 된 것이다. 마이치 집에 대한 두 원한이 한 사람 몸에 실렸다. 그는 엄동설한 깊은 밤중에 견고한 마이치 산채 밑에서 칼을 들었다. 밤하늘에 쨍하고 울리는 소리는 사람의 뼛속까지도 얼게 할 것 같았다.

자객은 위층으로 올라갔다. 그는 나의 바람대로 위층을 오가며 칼을 빼들었다. 섬뜩한 칼날에서 빛이 번뜩였다. 이때 그의 선택은 곧 내 선택이었다. 내가 자객이라도 그와 같은 길을 택할 것이었다. 투스는 어차피 죽어가고 있으니까 건드릴 필요가 없었다. 정력이 왕성하고 기세가 등등한, 대를 이어 투스의 자리에 오를 사람이 복수 대상이었다. 자객은 형의 방 앞으로 가서 칼끝으로 빗장을 풀었다. 문은 깜짝 놀란 여자처럼 삐걱 소리를 냈다. 방안에 등불은 꺼져 있었다. 자객은 문턱 안 어두운 심연으로 들어갔다. 그는 눈앞에 아무것도 보이지 않아 잠시 동안 꼼짝하지 않고 서 있었다. 차츰 하얀 얼굴이 어렴풋하게 어둠 속에서 떠 오르는 것, 맞다, 그것은 마이치 가문의 큰 도련님 얼굴이었다.

자줏빛 옷은 이 얼굴의 주인에게는 원한 진 것이 없다. 다른 얼굴이 원한의 대상이었기 때문에 바로 몸을 돌려 나가려고 했다. 뭔지 신비스러운 힘이 자객을 밖으로 밀어내는 것 같았다. 그는 몸을 가누고 칼을 쳐들었다. 이번에 하지 않으면 영원히 칼을 들 용기가 다는 생기지 않을 것 같았다. 사실 그는 원수를 갚기에는 부족한 면이 있었다. 다만 이 영토가 그런 규정을 만든 것이어서 이 자객의 경우도 어쩔 수 없이 자기 가족의 복수를 해야만 하는 상황으로 떠밀린 것이다. 자기 아버지 죽음 직후 뚜오지루오뻐가 먼 곳으로 달아났을 때 복수할 이유가 생겼다. 그리고 뚜오지루오뻐가 돌아왔을 때 자기 아버지가 사실은 그의 주인을 배반했기 때문에 그런 지경으로 떨어진 것이라는 사실을 알게 됐고 그래서 행동으로 옮기는 시간이 늦어진 것이었다. 하지만 그는 반드시 칼날의 써늘한 빛으로 그들의 두려운 얼굴을 겨눠야만 했다. 그런 것이다. 복수란 원수진 사람을 죽이는 데 그치지 않고 원한 맺힌 자의 얼굴을 보여 줘야 끝나는 것이다.

하지만 오늘, 뚜오지루오뻐에게는 투스 집의 큰 도련님을 깨워 누구의 아들이 복수하러 돌아왔는지 알려줄 만한 여유가 없었다. 자줏빛 옷은 어떻게든 늙은 투스를 찾으려고 자객을 밖으로 밀어내려고 했다. 자객의 칼은 어슴푸레한 그림자를 내리 찔렀다.

침대에 있던 사람은 잠결에 '흐윽' 소리를 냈다.

자객의 손 밑, 어둠 속에서 희미한 소리가 들렸고 자줏빛 옷을 입은 복수자는 보이지 않았다. 뚜오지루오뿌는 처음으로 사람을 죽이는 거라서 사람을 찔렀을 때 이렇게 부드러운 소리가 나는 줄 몰랐다. 그는 어둠 속에서 피비린내가 사방으로 퍼지는 냄새를 맡았고 피습당한 사람 역시 잠이 깊게 든 듯 무거운 소리를 냈다

자객은 방을 빠져나갔다. 그의 손에 든 피묻은 칼은 빛을 잃었다. 그는 황급히 아래층으로 내려갔다. 소매가 뒤로 날리고 있었다. 산채는 모든 사람이 죽어 없어진 듯 조용했다. 오직 마이치 가문의 바보도련님만이 침대에서 소리를 질렀다.

"사람이 죽었다! 자객이 왔다!"

타나가 잠에서 깨 내게 매달렸다. 나는 타나의 입을 손으로 막았고 다시 고함쳤다. "살인이다! 사람이 죽었어! 뚜오지루오뿌가 사람을 죽였다!"

내 고함소리에 잠 깨지 않을 사람이 어디 있을까, 있다면 그건 말도 안 된다. 창문마다 연이어 등불이 켜졌다. 그러나 그들은 소리를 지르는 사람이 나라는 것을 알자 다시 불을 끄고 누웠다. 모든 창문이 다시 어둠 속에 빠졌다. 타나가 원망했다. "참 꼴좋군. 바보 마누라가 된 것도 모자라서 이젠 미치광이의 아내가 되라는 거예요?"

타나는 형의 정부情婦가 될 자격이 없었다. 투스의 큰 도련님이 배를 찔려 큰 상처를 입었는데도 그녀는 아무 느낌도 갖지 못 했다.

"형이 자객의 칼에 배를 찔렸어."

"맙소사, 당신은 형이 그렇게 미워요? 그가 당신의 아내를 뺏으려고 한 게 아니라 당신 아내인 나 스스로 찾아간 거예요. 당신도 그 사람이 여자

들에게 인기가 많다고 얘기했잖아요?"

"칼에 배가 찔려 피가 나고 똥도 흘러나왔어."

그녀는 돌아누워 더 이상 아랑곳하지 않았다.

이 순간 자객은 산채 밖으로 뛰어나가 횃불을 들고 광장에서 외쳤다. 자기가 마이치 투스에게 살해된 누구누구의 아들이고 자기 이름은 무엇이며 복수하려고 돌아왔노라고 고래고래 악을 썼다.

그는 절규했다. "당신들 모두 잘 봐. 이게 내 얼굴이야. 난 복수하러 왔단 말이야!"

이번엔 사람들 모두 뛰쳐나와 아래층에 있는 그 자를 내려다보았다. 그는 말 등에 올라 횃불로 자기의 얼굴을 환히 비추며 소리치고 있었다. 이윽고 그는 횃불을 내던지고 어둠 속으로 말발굽 소리를 울리며 멀리 사라졌다.

서서히 횃불이 꺼져갔고 투스가 고함치며 추격하라고 악을 썼다.

내가 끼어들었다. "추격해도 못 잡아요. 사람부터 구하라고, 아직 죽지 않았으니까."

"누가?" 늙은 투스의 목소리가 지지러졌다.

나는 웃으며 말했다. "아버지가 아니고 아버지의 큰아들 말이에요. 자객이 칼로 배를 찌르는 바람에 피하고 똥이 침대에 흘렀어요."

"왜 날 죽이지 않은 거지?"

그것은 사실 물을 필요도 없었고 그래서 나 역시 대답할 필요도 없었다. 아버지는 혼자 중얼거렸다. "그래, 나는 늙었어. 내게 그럴 필요는 없었겠지."

"그 사람도 그렇게 생각한 거예요."

"너 같은 바보가 어떻게 남의 생각을 알 수 있겠느냐?"

타나가 내 귓가에 속삭였다. "그만해요. 아버님도 당신 때문에 겁먹었어요."

"내가 바보이기 때문에 남의 생각을 알 수 있는 거야." 내가 쥐어박았다.

투스는 하인들의 부축을 받으며 후계자의 방으로 들어갔다. 눈앞의 상황은 내가 말한 것과 조금도 다르지 않아서 피와 똥 냄새가 코를 찔렀다. 창자도 배 밖으로 흘러나와 있었다. 장래의 투스는 상처에 손을 댄 채 눈을 감고 신음하고 있었다. 형의 입에서 새어나오는 신음소리는 마치 칼에 찔린 것이 편안하다고 반응하는 것 같이 느껴졌다. 많은 사람이 형을 불렀지만 아무 반응도 없었다.

늙은 투스의 눈길은 방안을 죽 훑어나가다 내 아내에게서 멈췄다.

"아버지께서 당신을 부르셔."

"그래, 어쩌면 네가 저 애를 깨울 수 있을지도 모르겠구나."

타나의 얼굴이 달아올랐다. 그녀는 나를 바라보았다. 나는 머리가 터질 듯 부풀어 올랐지만 사람을 구하는 게 급하다고 버벅거렸다. 타나는 형을 불렀다.

"내 목소리 들리면 눈 좀 떠보세요."

그러나 형은 여전히 눈을 꾹 감고 도무지 눈 뜰 기미를 보이지 않았다.

멘바 라마는 눈에 안 보이는 병만 치료할 수 있기 때문에 이렇게 처참한 상처에 대해서는 속수무책이었다. 역시 망나니였다. 망나니 부자는 밖으로 삐져나온 형의 창자를 뱃속으로 다시 집어넣고 약이 가득 담긴 그릇을 상처에 엎은 후 천으로 감았다. 형은 더 이상 신음을 하지 않았다. 늙은 얼이가 이마의 땀을 닦으며 말했다. "큰 도련님은 지금 통증을 느끼지 않을 겁니다. 약효가 퍼지기 시작했을 테니까요."

"애썼다." 투스가 짤막하게 말했다.

날이 밝았다. 형의 얼굴은 종이처럼 하얗게 질렸다. 깊이 잠든 그의 얼굴에는 어린애 같은 표정이 감돌았다.

아버지는 다시 망나니를 불러 완치될 가능성이 있는가를 물었다.

"똥이 흘러나오지 않았으면 완치될 수 있었지요."

"저희 아버지의 말은 큰 도련님이 자기의 똥에 중독되어 죽을 거라는 뜻입니다."

어린 얼이의 딱 부러지는 말은 투스의 얼굴을 형보다 더 창백하게 만들었다. 그는 손을 저었다. "다 나가라." 사람들이 우르르 형의 방에서 물러나왔다. 나를 바라보는 어린 얼이의 눈은 흥분으로 빛났다. 나를 위해 기뻐하는 것이었다. 타나의 손도 나를 꽉 쥐고 있었다. 나는 그녀의 뜻도 알았다. 그래, 형이 죽으면 내가 자연스럽게 마이치 투스가 되겠지. 나는 자신을 위해 기뻐해야 하는 건지, 형을 위해 슬퍼해야 하는 건지 분간이 안 갔다.

매일 두세 번은 형의 방에 갔지만 형은 여전히 깨어나지 않았다.

그 해는 봄이 빨리 왔다. 하늘의 바람이 방향을 바꾸고 이삼일 지나자 물가의 버드나무 가지에 파르스름한 새순이 올라왔다. 다시 사나흘 지나니 산골짜기, 도랑가에 산 복숭아꽃이 야단스럽게 피었다.

며칠 사이에 산채는 겨우내 가득 찼던 먼지가 봄 향기에 눌려 사그라졌다.

형이 침대에서 나날이 여위어 가는데 아버지의 머리는 점점 맑아져갔다. 그는 더 이상 온밤을 뜨거운 물수건으로 덮은 채 지내지 않아도 되었다. 그는 마치 아들이 하나밖에 없는 것처럼 "봐라, 나는 죽기 전에는 어깨의 짐을 내릴 수가 없다." 라고 했다.

그 아들은 아직 죽지는 않았지만 몸에서 악취를 풍기기 시작했다. 처음에는 망나니가 조제한 강렬한 약초로 악취를 가릴 수 있었는데, 나중에는 약초냄새와 형의 몸에서 풍겨 나온 악취가 뒤섞여 코를 찔렀다. 그 냄새를 당할 사람은 없었다. 여자들은 막 토했고 나와 아버지만이 그 방안에 잠시나마 머물 수 있었다. 나는 아버지보다 더 오래 있을 수 있었다. 그날 아버지가 형의 방에 있다가 밖으로 나갔다. 하인들은 구린내를 쫓기 위해 측백나무를 태운 연기를 아버지에게 부채로 날려 보냈다. 아버지는 연기에 숨이 막혀 크게 기침했다. 바로 이때 형의 눈꺼풀이 파르르 떨렸다. 마침내 형은 천천히 눈을 떴다.

"내가 아직 살아 있어?"

"형은 지금 침대에 있어."

"내가 어떻게 된 거니?"

"원수, 칼, 마이치 가문의 원수가 들고 온 칼."

그는 한숨을 쉬고, 배에 엎어놓은 나무 그릇을 만지며 힘없이 웃었다.

"그 자는 칼 솜씨가 별로 안 좋군."

형은 내게 힘없는 미소를 보였지만 도대체 무슨 말을 해야 할지 마련이 서지 않았다. "사람들에게 형이 깨어났다고 말할게."

다들 밀려 들어왔다. 여자들은 또다시 구역질을 간신히 참고 있었다. 마이치 가문의 큰 도련님은 멋쩍은지 얼굴이 붉어졌다. "내 몸에서 냄새가 많이 나?"

여자들이 다 나가자 형이 다시 말했다. "나한테서 어떻게 이런 냄새가 날까…… 왜 이렇지?"

아버지는 큰아들의 손을 잡은 채 천장을 한참 쳐다보다가 모진 마음을 먹고 입을 열었다.

"너는 살아나지 못할 거다. 아들아, 고생이나 덜 하게 빨리 가거라." 말을 마친 늙은 투스는 눈물을 줄줄 흘렸다.

큰아들은 원망스러운 눈빛으로 아버지를 보았다. "좀 일찍 자리를 물려주셨더라면 며칠이나마 투스가 될 수 있었을 텐데… 하지만 아버지는 그렇게 하기 싫으셨지요. 제가 제일 바랐던 일은… 투스가… 되는 거였는데요."

"그래, 아들아. 바로 자리를 물려주마."

형은 머리를 저었다. "이제 그 자리에 올라앉을… 힘도… 없어요. 곧 죽을 텐데……."

이 말을 하고 형은 눈을 감았다. 아버지가 몇 번이나 불러도 그는 대답하지 않았다. 아버지는 나가서 눈물을 흘렸다. 이때 형은 다시 눈을 뜨고 나에게 말했다.

"넌 기다릴 수 있는 사람이야. 넌… 나와 달라서 조급증을 내지 않지. 너 아니? 난 네가… 두려웠다. 너의 여자와 함께 잔 것도… 네가 두려워서야. 이제는 그러지 않아도 되겠구나."

그는 가쁜 숨을 몰아쉬며 다시 말했다.

"어릴 때… 내가 널 얼마나 사랑했는데… 이 바보야."

그 순간 나도 기억 속에서 옛날의 모든 것이 되살아났다.

"나도 형을 사랑해."

"그래… 난 이제… 정말… 기쁘다……." 이 말을 하고 형은 의식을 잃었다.

마이치 가문의 큰 도련님은 두 번 다시 깨어나지 않았다. 며칠 후 우리 모두가 꿈속에 있을 때 그는 살그머니 저 세상으로 갔다.

모든 사람이 눈물을 흘렸다.

그러나 누구도 나보다 슬프지는 않을 것이었다. 이 자리에 있기 전 우리가 어렸을 때 나눈 형제간의 의리가 이제는 모두 스러져버렸기 때문이었다. 그의 마지막 몇 마디의 말 때문에 나는 너무나 가슴이 아팠다. 타나도 울었다. 밤이 되면 그녀는 내게 몸을 꼭 붙이거나 내 품으로 파고들었다. 나를 사랑해서가 아니라 마이치 가문의 새로운 망령이 무서워서 그러는 것임을 나는 알고 있었다. 이것은 타나가 나만큼 형을 사랑하지는 않았다는 것을 설명해준다.

어머니는 눈물을 닦으며 말했다. "가슴이 아프구나, 하지만 더 이상 내 바보 아들 걱정은 안 해도 되겠다."

아버지는 새로 기운을 찾았다.

아들 장례의 모든 것을 세세한 것까지 직접 챙겼다. 그의 머리는 설산처럼 하얗게 세었고 아들의 유해를 화장하는 불빛에 얼굴은 붉게 물들었다. 화장시키는 불길이 아침 내내 활활 타올랐다.

점심때가 되어서야 어느 정도 식은 유골은 단지로 옮겨졌다. 스님들은 나팔을 불고 북을 치면서 유골을 사원으로 모셔갔다. 지거 활불이 망령이 완전히 안정되었다고 해야 유골은 땅에 묻힐 수 있었기에 망자를 위한 기도가 이어졌다. 살아 있던 사람의 유골은 스님들의 《초생경(超生經)》염불 소리와 더불어 점점 식어갔다. 투스의 얼굴은 여전히 아직까지도 불기운이 남은 듯 붉은 기운을 띠었다. 그는 지거 활불에게 말했다.

"죽은 사람을 위해 기도를 잘해주시오. 난 산 사람을 살피느라 바쁠 테니까. 또 씨 뿌릴 때가 되었으니 봄 준비를 해야 한단 말이오."

자객의 규칙

그해에 마이치 가문의 토지 가운데 삼분의 일은 양귀비를 심고, 나머지 땅에는 의례 그렇듯 농사에 필요한 씨앗을 뿌렸다. 다른 투스도 그렇게 했다. 전에 없던 기근을 겪고 나자 어떻게 해야 하는지를 모두 알게 되었다.

나는 형의 유골이 묘지에 묻힌 후 일 년 간 더 마이치 산채에 머물렀다. 아버지는 투스의 임무에 예전의 어느 때보다도 높은 열정을 보였다. 이제 늙어서 여자에게 더 이상 끌리지도 않았고 아편도 피우지 않았으며 술만 조금 마셨다. 그리고 그는 백성들에게 세금 대부분을 면제해주었다. 마이치 산채에는 은돈이 더 이상 담을 곳이 없을 정도로 많았다. 마이치 투스는 전에 없이 강해졌다. 감히 우리와 맞서려는 투스는 없었다. 백성들은 지금처럼 이렇게 편안히 살아본 적이 없고, 어느 투스의 백성과 노예들보다 이 땅에 태어난 것을 긍지로 여겼다.

어느 날, 마이치 가족은 탁자에 둘러앉아 차를 마시고 있었다. 나는 변경에 있는 절름발이 집사를 불러올 거냐고 아버지에게 물었다. 그는 더 생각할 것도 없이 바로 대답했다.

"아니, 거기 있게 둬야지, 집사가 돌아오면 내가 할 일이 없어지거든."

그러더니 차를 한 모금 마신 후 말을 이었다.

"누가 바보 아들이 안 좋다고 그래? 난 네 앞에서는 무슨 말이든 다 할 수 있단 말이야. 네 죽은 형 앞에서는 내키는 대로 말을 할 수가 없었다."

"그럼요, 아버지. 저는 경계할 필요가 없잖아요."

아버지의 얼굴이 흐려졌다.

"맙소사, 내가 죽고 나서가 걱정이구나. 마이치 가문이 이처럼 강력해졌는데 좋은 후계자가 없으니……."

"아버님, 제 남편이 좋은 후계자인지 아닌지 어떻게 아세요?"

타나의 말에 아버지 안색이 바뀌었다. "우선 먼저 롱꽁 투스 자리를 물려받고, 그 다음에 마이치 투스가 될 자격이 있는지 두고 봐야지."

"아버님이 우리 어머니보다 먼저 돌아가실지도 모르잖아요?"

"멍청아, 봐라. 수많은 백성은커녕 네 마누라 입 하나 제대로 통제 못 하지 않느냐?"

나는 얼마간 생각한 후 대답했다. "투스님, 제가 떠나는 것을 허락해주십시오. 저는 변경에 가겠습니다."

"그런데 알아둘 게 있다. 변경의 땅은 내가 빌려준 거야. 롱꽁 투스가 죽으면 바로 돌려줘야 한다."

어머니가 웃었다. "들었지? 마이치 투스는 죽지 않을 거야. 은돈과 함께 천년만년 살 거라고."

"난 갈수록 더 기운이 넘치고 건강해지는 것 같다."

"이런 말이 퍼지면 자객이 다시 찾아올 거예요. 지난번에는 아버님이 곧 돌아가실 것 같으니까 대신 아주버님을 죽인 거니까요."

타나의 말이 갑자기 탁자를 썰렁하게 했다.

투스는 우리가 조금이라도 빨리 출발하길 바랐다. 처음 변경으로 떠날 때의 수행인원을 그대로 데려가게 해주었다. 쑤오랑쩌랑과 얼이는 아무 문제가 없었는데 촐마는 세공장이 남편 곁을 떠나는 걸 꺼렸다. 나는 세공장이를 찾아가 우리와 함께 가자고 했지만 그는 거절했다. 투스가 곧 많은 세공장이를 불러올 테고, 그렇게 되면 자기가 우두머리 자리를 얻을 거라는 게 이유였다. 그렇다면 두 사람은 헤어질 수밖에 없다고 내가 잘라 말했다. 촐마에게 천한 부엌데기를 하고 싶으냐고 물었더니 촐마는 눈물만 흘리고 대답이 없었다. 나는 그녀가 부엌데기를 하기 싫어한다는 것을 알고 있었다. 출발하는 날, 촐마가 자그마한 보따리를 들고 행렬 가운데 끼여 있는 것을 흐뭇한 마음으로 쳐다봤다. 나는 얼이더러 푸른빛 도는 말 한 필을 촐마에게 주라고 분부했다. 그리고 아버지에게 부탁해 사관도 우리와 함께 변경으로 향하도록 허락을 받아냈다.

우리의 기마대가 구불구불 이어진 언덕 위에 올랐을 때 나는 마이치 산채를 돌아봤다. 어쩐지 이 웅장한 건물이 오래 서 있지 못할 거라는 느낌이 들었다. 어머니의 목소리가 바람에 묻어왔는데 무슨 말인지 알아들을 수는 없었다. 나는 사관에게 투스가 죽지 않는다면 어머니도 죽지 않을 수 있느냐고 물었다. 사관은 눈으로 대답했다.

'도련님, 죽지 않는 육체가 어디 있겠습니까?'

영혼이란 계속 윤회하는 것이라는 사실을 우리는 알고 있다. 우리가 말하는 죽음이란 육체의 윤회를 가리킨다. 누가 진정으로 전생과 내생의 일을 알 수 있겠는가?

나는 다시 사관에게 물었다. "아버지는 무엇 때문에 자신이 죽지 않을 거라고 믿을까요?"

사관은 눈으로 대답했다, 권력 때문이라고.

사관만 곁에 있으면 나는 이 세상에서 제일 똑똑한 사람이 될 수 있다. 변경으로 향하는 길가에서 사관은 나를 위해 시 한 수를 지었다.

당신의 입은 씹을 수 있지,

당신의 입은 상처를 남길 수 있어.

당신의 등에 안장이 얹혀 있지,

안장에 짐을 실어야겠지.

누군가 당신에게 노래를 불러줄 거야,

당신의 아픈 마음을.

누군가 노래를 불러줄 거야,

당신 가슴에 빛나는 태양을.

절름발이 집사가 중간까지 우리를 마중나왔다.

그는 투스를 환영하는 정중함으로 나를 맞이했다.

"별일 없으셨지요? 도련님, 떠나신 지 벌써 이 년이나 됐습니다."

"그렇군요."

"모두들 잘 있지요?"

"쌍지 촐마도 데리고 왔어요."

집사의 눈가가 붉어졌다. "도련님은 정말 좋은 분이세요. 이렇게 돌아오셨으니 우린 또 잘 해나갈 겁니다."

타나는 황당하다는 표정을 지었다.

"그게 무슨 소용이에요? 우리가 떠났을 때는 어떤 꼴이고 지금은 또 어떤 데요."

집사는 웃었다. "마님, 걱정 마십시오. 도련님께선 투스가 되실 겁니다."

도중에서 머무는 이 밤, 장막 밖에는 달빛이 아름다웠다. 타나가 잠들기를 기다려 나는 장막을 빠져나와 달빛 아래를 거닐었다. 보초병의 손에 든 총검이 가까운 바위 뒤에서 차가운 빛을 발했다. 집사의 장막을 지날 때는 헛기침해 신호를 보내고 일부러 멀찌감치 돌아가는 길을 잡았다. 얼마 지나지 않아 누군가 집사의 장막에서 나왔다. 뒷모습을 보니 촐마 같았다. 나는 웃었다. 촐마가 세공장이와 결혼했을 때 내 마음은 질투에 흔들렸는데 이제는 그런 느낌 따위는 들지 않았다. 나는 집사와 그녀를 다 좋아하기 때문에 둘이 어울리는 게 보기 좋았다. 집사는 내 앞으로 다가왔다. "도련님 목소리를 들었습니다."

"달빛이 하도 좋아서."

집사는 웃었다. "네, 그렇습니다."

나는 달을 올려다봤다. 여기는 북쪽인데다 고원 지대라서 마이치 산채에서보다 달이 훨씬 커 보였다. 여기서는 손을 뻗으면 바로 하늘에 닿을 듯했고 달빛은 잔잔한 시냇물 소리에 가볍게 흔들리고 있었다. 집사의 목소리는 달나라에서 들려오는 것 같았다.

"마이치 산채에서 소식이 전해질 때마다 혹시 도련님께서 못 오시는 건 아닐까 저는 늘 걱정했습니다."

굳이 얼굴을 살펴볼 필요가 없었다. 그의 말은 아주 진지했다. 달빛이 물처럼 잔잔한 밤인데 사람이 거짓말을 해도 하필 이런 때를 고르랴.

"내가 돌아왔어요."

나는 돌아왔지만 마음은 뭉근한 통증이 계속됐다. 아내가 나를 배반했고 내 형이 죽었으며 나 또한 자객의 목표물이다. 늙은 투스는 여전히 높은 자리에 앉아 있었고 갈수록 살맛이 나는 모양이었다. 나는 희망을 어머니에게 걸었더랬는데 형이 죽자 어머니의 태도가 애매해졌다. 어차피 아버지가 새 여자를 다시 찾지 않을 테니까 투스 퇴임을 서두를 필요가 없다는 얘기였다. 그렇게 하는 것이 모두에게 좋다고 했지만 뭐가 좋은지 알아챌 수가 없었다. 변경으로 떠나던 날 어머니가 다시 말했다. 내가 마이치 투스가 되는 것에 반대하는 것이 아니라 타나가 투스 부인이 되는 것이 두

렵다고 했다. 어머니는 아직 살아갈 날이 많이 남았고 이제야 투스부인 노릇에 익숙해졌기 때문이라고 했다.

집사가 조심스럽게 나를 불렀다. "도련님, 할말이 있으면 해 보세요."

이 말을 하고서야 집사는 품에서 편지 한 통을 꺼냈다. 타나의 어머니, 롱꽁 투스가 쓴 것이었다. 나는 글을 몰랐기 때문에 집사가 읽었다. 딸과 사위를 보기 위해 자신이 서둘러 마중 나갈 필요가 없다는 거였다.

"도련님, 마음 상하지 마십시오."

"그 사람들이 죽으면 내 마음이 아프겠지." 말을 마친 다음 집사에게서 롱꽁투스의 편지를 받아 장막으로 발을 옮겼다. 이렇게 죽 변경에서 살게 될 거라는 생각이 들었다. 하늘의 달을 바라보면서 멀리 있는 작은아버지 생각을 했다. 오늘따라 유난히 작은아버지가 보고 싶었다. 오직 작은아버지만이 나의 유일한 친척인 것 같은 생각이 들었다. 집사가 내 뒤에서 말했다. "전 그만 가서 자겠습니다."

"엉, 알았어요." 대답하는 내 목소리가 생경했다.

집사는 달빛을 밟고 돌아갔다. 나는 장막의 발을 들어올렸다. 달빛이 살그머니 따라 들어와 타나의 몸을 훑었다. 그녀는 웃었다. 금방 깨어났으면서도 그 웃음은 사람을 홀렸다. 문발을 내려놓자 타나의 웃는 얼굴은 어둠 속으로 빠져 보이지 않았다. 하지만 웃음소리는 여전히 어둠 속에서 맴돌았다. "아가씨들을 찾아 나간 거예요?"

나는 고개를 저었다. 손에 든 편지가 바스락 소리를 냈다.

"말을 해요. 나야 당신이 고개를 젓는다는 것을 알지만, 다른 사람들은 어두운 데서 알 수가 없잖아요."

나는 다시 문발을 들어 달빛이 들어오게 했다. 이번엔 타나도 달빛을 볼 수 있었다. 가라앉은 물처럼 깊은 밤 타나는 달빛을 맞으며 웃었다. "당신 참 재미있는 사람이에요."

나는 손에 든 편지를 흔들었다. 타나는 글을 읽을 줄 안다. "불을 켜요."

등불을 켜자 편지를 들여다보았다. "어머니가 보내셨네."

내가 이불 속에 들어갔고 타나는 편지를 읽은 후 더 이상 말이 없었다.

"당신 어머니도 우리 오는 걸 바라지 않는 모양이군."

"우리더러 당신 걱정 너무 하지 말래요."

"누군가가 투스를 걱정한다면 그건 투스의 자리를 걱정하는 거야."

"우리 어머니는 나는 이제 마이치 가족이니까 룽꽁 가문에는 신경 쓰지 말래요."

룽꽁의 여 투스는 마이치 가문에 그렇게 많은 일이 생겨 너희가 조바심을 하게 됐다. 너희는 계승자 아들을 잃고 비통해하는 늙은 투스 대신 많은 일을 해야 할 것이다. 내 사위가 바보이긴 하지만 보통의 바보와는 다르게 똑똑한 사람도 못한 일을 해낸 적도 있다고 했다. 그러면서 "너희가 변경으로 다시 갔다고 하던데 산채에 있지 뭐 하러 변경엔 갔느냐?"는 힐난도 덧붙였다. 마지막으로 나의 장모는 "내 걱정하지 마라. 지금은 기근도 다 지나갔다."고 적었다.

타나가 자기는 영원히 어머니의 애지중지하는 딸이며 세상에 둘도 없이 사랑받는 딸인 줄 알고 있었기에, 눈물을 머금고 편지를 보며 중얼거렸다.

"엄마는 이 딸을 버렸네."

편지가 타나의 손에서 바스락거렸고 타나가 편지를 다시 한 번 읽으려고 하는데 등잔에 기름이 떨어졌다. 어둠 속에서 기름 찌꺼기 타는 냄새가 지독하게 퍼졌다. 타나는 내 품으로 기어들었다. "바보 서방님, 나를 어디로 데리고 갈 생각이에요?"

"우리의 땅으로."

"세상에서 제일 예쁜 당신의 아내를 초라하게 만들진 않겠죠?"

"당신은 투스 부인이 될 거야."

"내게 상처 주지 않을 거죠? 나는 세상에서 제일 예쁜 여자예요. 내가 노래 부르는 것 들어봤어요?"

물론이었다. 타나의 노래가 내 귓전에 울리기 시작했다. 우리는 오랫동안 못했던 그 일을 했다. 하늘까지 올라갔다 내려온 타나는 손가락으로 내 가슴을 쓰다듬었다. 룽꽁 투스의 답장을 생각하고 있느냐고 물었더니 그녀는 내 가슴에 눈물을 떨어뜨렸다. 눈물이 뜨끈해서 나는 진저리를 쳤다.

"내가 당신의 형과 같이 잤을 때 당신에게 상처를 줬을 거예요, 그렇지요?"

이 덜 떨어진 여자야! 나는 타나가 이 문제를 언급하리라고는 상상도 못했다. 내가 아무리 바보라도 남의 아픔을 건드리는 이따위 질문은 하지 않아야 한다. 그때 나는 형을 죽이고 싶었다. 다행히 자객과 자줏빛 옷이 형을 해치웠다. 그 잘나가던 멋쟁이가 그리도 지독한 악취를 풍기다니. 생각이 여기 미치자 내가 형을 죽인 거나 마찬가지인 것만 같았다. 하지만 그건 느낌일 뿐이었고 가슴을 내리누르는 것은 죄책감이었다.

"다행히 당신 몸에는 끔찍한 악취가 없어." 내가 들어도 냉혹한 목소리였다.

"내 몸에서는 향기가 나요. 맡아봐요. 향수 같은 건 안 썼는데도요."

내가 냄새를 맡는 걸 보자 타나는 또 지껄였다.

"바보, 다른 남자가 내 마음을 흔들지 못하게 해주세요."

남자들이란 모두 기막힌 미인에게 손을 뻗친다는 것을 나는 안다. 그들이 빼앗으려든다면 필사적으로 보호할 수 있다. 하지만 자신이 원해 다른 남자의 침내에 가는 일은 누구도 어쩔 수 없다. 타나는 내 생각을 짐작했는지 손가락으로 내 가슴에 뭔가를 그리면서 별일 아니라는 듯 지껄였다.

"됐어요. 화낼 것 없잖아요. 변경에 도착하면 집사더러 아가씨를 하나 물색하라고 하지요 뭐. 우리는 어차피 하나로 묶였으니까 떼려야 뗄 수가 없어요."

지금에 와서야 그 걸 깨닫다니 내 마음이 참 씁쓸했다.

다시 길을 나설 때도 나는 내내 타나의 말을 생각했다. 집사 말로는 저처럼 예쁜 여자가 그렇게 생각하니 이제 괜찮단다. 나도 그렇게 생각했다. 무슨 일이든 납득이 되면 걷는 걸음도 가뿐해진다.

우리는 다시 변경으로 돌아왔다!

나는 사관에게 적당한 방을 줄 생각이었다.

"내 방에서 가깝고 조용하고, 생각하기에 적당하고, 공기 좋고, 밝은 방, 이거면 되겠지요?"

그는 고개를 끄덕였고 얼굴은 붉게 빛났다. 나는 사관이 첫 번째로 혀가 잘리고 나서 이렇게 흥분한 적이 없었다고 단언할 수 있다. 그는 변경에서 있는 것이 보루가 아니라 개방식 건물이라는 사실에 아연했다. 더더욱 이곳에 천하의 재물을 끌어 모을 시장이 있다는 것은 도저히 상상하지도 못하던 터였다.

역사를 기록하는 사람으로서 이미 여러 사건을 적었다. 산채에서 마이치 투스가 퇴위를 선포하고도 퇴위하지 않았다는 것, 투스 자리 때문에 형제가 암투를 벌인 일, 투스의 후계자가 원수에게 피살된 일 등 엄청난 기록이다. 하지만 이 모든 사건도 과거의 반복일 뿐이라고 웡버이시는 말했다. 지금 이곳 변경에서 참신한 여러 상황을 본 사관은 눈빛이 반짝반짝했다. 그는 이 모든 것을 상세하게 기록해놓을 것이다.

나는 그를 데리고 떠들썩한 시장을 한 바퀴 돌아보았다. 원수가 장사하는 술집에도 갔다. 이곳은 내게 낯익은 장소이다. 술집 주인이 내게 웃음을 보냈다. 내가 이 년이나 이곳을 떠나 있었던 게 아니라 어제도 여기서 얼근하게 마시고 돌아간 것 같은 표정을 지었다. 나는 주인에게 동생이 돌아왔느냐고 물었다. 그는 미심쩍은 눈으로 사관을 보았다. 이 사람은 혀가 없다고 내가 일러줬다.

"직업마다 나름대로 규칙이 있지 않습니까? 자객의 규칙은 항상 숨는 겁니다. 그렇지 않다면 누군가를 죽일 자격이 없는 거죠."

술집에 앉아 내다보는 거리는 참 좋았다. 많은 사람이 말을 타거나 걸어서 오가고, 공기 중에는 먼지가 날린다. 먼지 때문에 술잔을 손으로 가려야 했지만 이 집 술은 입에 쩍쩍 달라붙었다.

술집 주인과 얘기를 나누고 있는데 어린 하인이 들어오더니 집사가 나를 찾는다고 알렸다. 나는 두 아이에게 술 한 사발씩을 사 주면서 천천히 마시라고 했다.

먼 곳에서 온 손님

시장 거리에서 북쪽으로 나가면 시냇물이 나왔다. 집사는 그곳에 아담한 나무다리를 놓았다. 다리의 한쪽은 시장 쪽으로 닿아 있었다. 집사는 다리 어귀에서 기다리고 있었다.

"오늘 저녁식사는 누구와 함께할지 맞춰보십시오."

물론 나는 알지 못했다. 집사는 웃으며 우리를 식당으로 모셨다. 쌍지촐마는 산뜻한 옷을 입고 문 앞에 서서 우리를 맞이했다.

"보기 좋다. 나는 투스가 못 되었는데 촐마는 출세했네."

그녀는 치마를 약간 들어올리고 예법대로 무릎을 꿇으려고 했고 나는 말렸다.

"집사가 누구랑 저녁 먹는지 맞춰보라고 그러던데?"

촐마가 웃으며 내 귀에 속삭였다. "도련님, 그 사람 말에 신경 쓰지 마세요. 못 맞췄다고 바보가 아니고 맞췄다고 똑똑한 사람이 되는 것도 아니거든요."

이런 세상에, 마이치 가문의 오랜 친구, 황추민 특파원이 내 앞에 서 있는 것이었다! 그의 여전히 강파른 얼굴에 가련하게 날리는 누르스름한 수염 한 가닥이 턱에 달려 있었다. 변화가 생겼다면 그 작은 눈이 옛날보다는 퍽 안정되어 보인다는 거였다. 나는 먼 곳에서 온 손님에게 말했다. "눈이 옛날처럼 그렇게 피곤해 보이지는 않는군요."

그의 대답은 아주 솔직했다.

"남의 일에 신경 쓰지 않으니까."

나는 지앙 연대장은 어떻게 됐느냐고 물었다. 그는 공산당원과 싸우러 먼 곳에 갔다가 강물에 빠져 죽었노라고 했다.

"그 사람에게서는 악취가 나지 않았나요?"

황추민이 눈을 크게 떴다. 내가 어째서 그런 질문을 하는지 모르는 게 분명했다. 결국 자신이 바보와 얘기를 나누고 있다는 것을 알게 되자 너털웃음을 터뜨리며 대꾸했다.

"전쟁터에서, 게다가 더운 날에 죽으면 악취가 나겠지요. 사람이 죽으면 개나 소와 다를 게 뭐 있겠소?"

모두들 자기 지위에 맞는 자리를 찾아 앉았다. 내가 상석에 앉아서 손뼉을 치자 문 옆에 있던 촐마도 손뼉을 쳐서 시녀들을 안으로 들였다.

앞앞에 주홍색 나무 쟁반이 놓여 있었다. 쟁반에는 인도에서 나온다는 기이한 과일과 커다란 꽃이 금가루로 그려져 있었다. 쟁반 위에 중국에서 만든 고급 도자기와 이곳에서 만든 은그릇이 놓였다. 술잔은 주석으로 테를 두른 붉은 마노였다.

술 석 잔이 돌자 그제야 황추민에게 이번에는 뭘 가져왔느냐고 물었다. 몇 년 전 그는 마이치 가문에 양귀비와 신식 무기를 갖고 왔었다. 우리가 이 땅에 살아온 이래 중국 사람이 올 때 아무것도 안 가져왔더라도 갈 때는 뭔가를 가져갔었다.

"나는 나 자신을 가져왔지. 도련님에게 몸을 의탁하려는 것이오."

원래 자기가 살던 곳에서는 더 이상 견딜 수가 없노라고 아주 태연하게 말했다. 나는 그에게 공산당원이냐고 물었다. 그는 고개를 저었다. "공산당원의 친척쯤 되지요."

"중국 사람은 다 똑같아서 나는 누가 붉은색인지 누가 흰색인지 구별을 못 하겠던 걸요."

"그건 중국 사람들 일이요."

"좋아요. 여기에 당신의 방 한 칸 정도는 남아 있을 겁니다."

그는 자기 머리를 두드렸고 작은 눈이 반짝거렸다. "혹시 이 머리 속에 도련님을 도울 뭔가가 있을지도 모르지요."

"중간에 사람을 놓고 통역하는 건 싫어요."

"오늘부터 당신들의 언어를 배우겠소. 반 년 정도면 말할 때는 통역이 필요 없을 겁니다."

"아가씨는 어떻게 해요? 당신에게 여자를 줄 생각은 없는데."

"난 늙었소."

"더 이상 시 쓰는 것도 안 돼요."

"나도 더 이상 허세를 부릴 생각은 없소."

"나는 당신의 옛날 모습은 싫어요. 매달 은돈 백 냥씩 드리지요."

이번에는 자기를 과시하고 싶었던 모양이다. "나는 당신의 돈 필요 없소. 비록 늙었지만 내가 쓸 돈은 스스로 찾을 수 있으니까."

이렇게 해서 황추민은 변경에 머물게 됐다. 어째서 마이치 투스를 찾아가지 않고 나를 찾아왔느냐고 묻지 않았다. 아무래도 그건 대답하기 곤란한 문제일 것 같았다. 대답하기 어려운 문제에 억지로 대답하라고 닦달할 생각은 없었다.

그날, 내가 원수의 술집에서 술을 마시고 있었는데 간밤에 자기 동생이 돌아왔다고 주인이 알려줬다. 자객은 어디 있느냐고 물었더니 주인은 내 표정을 살폈다. 그래서 주인의 동생이 바로 이 술집 어딘가에 있다는 것을 눈치챘다. 안방으로 통하는 문발을 들어올리기만 하면 술 사발을 앞에 놓고 작은 창문 아래 앉아 있는 그가 보일 것이었다.

"떠나는 게 좋을 걸. 안 그러면 나도 규칙을 거스를 수는 없으니까."

"내 동생이 당신을 한 번 봐줬으니, 당신도 동생을 한 번 봐주십시오."

그는 내가 다른 규칙을 세우도록 설득했다. 한 사람이 이 세상에 오면 많은 규칙을 준비해놓고 있다는 것을 알게 된다. 그 규칙들은 경우에 따라 속박이기도 하고 어떤 때는 마치 복수의 규칙처럼 무기가 되기도 한다. 마이치 투스가 그들의 아버지를 이용해 먹은 후 죽였으니 그들의 복수는 원칙에 맞는 것이다. 술집주인 형제가 냇가에서 나를 죽이지 않은 것은 내가 마이치 투스가 아니기 때문이었다. 나를 죽였다면 그는 복수의 규칙을 위반한 것으로 세상 사람들의 비웃음을 샀을 것이다.

"당신 동생이 나를 살려둔 것은 날 죽이는 건 규칙에 어긋나기 때문이었어. 지금 나는 그를 죽여야 할 이유가 있어. 내 형을 죽였기 때문이지. 그를 보고도 죽이지 않으면 사람들이 나를 비웃을 거야."

술집주인은 자기 동생이 내게 투스가 될 기회를 주었으니 나 역시 그에게 감사해야 된다고 일깨웠다.

이번엔 내가 반박했다. 나를 투스로 만들기 위해 투스를 죽인 것이라 해도 그 일은 정당화되지 않는다고.

"당신은 어떤지 잘 모르겠는데 당신의 동생은 겁쟁이 자객이야. 난 그를 보고 싶지 않아."

안에서 창문 열리는 소리가 났다. 그런 후 말발굽 소리가 하늘 끝까지 이어졌다.

"동생이 떠났습니다. 나는 여기에 보금자리를 만들어 꼭 해야 할 일을 끝낸 후 동생과 같이 살려고 했지요. 그런데 도련님께서 제 동생이 집에 돌아오지 못하게 몰아내고 말았군요."

나는 웃었다. "이렇게 하는 게 규칙에 맞는 거야."

"저와 사람들 모두가 마찬가지로 도련님께서는 규칙대로 하는 분이 아니라고 생각했는데, 저희가 잘못 생각하고 있었군요."

우리 두 사람은 탁자 앞에 마주 앉아 있었다. 탁자 위는 칼 가진 손님들이 되나가나 지저분하게 뭔가를 새겨놓았다. 신비스러운 부호와 저주가 있는가 하면 손, 새, 은돈 표면의 사람 머리, 심지어 입술처럼 생긴 것도 있었다. 내가 여자의 음부 같다고 하자 술집주인은 틀림없이 상처를 새긴 거라고 우겼다. 내가 자신에게 상처를 줬다는 의도로 말한 것이었다. 그가 연달아 세 번이나 그 흠집은 상처를 새긴 거라는 말을 했을 때 나는 주인 얼굴에 주먹을 날렸다. 그는 저만치 나가떨어졌다. 바닥에서 일어난 그의 얼굴엔 먼지가 묻어 있었고 눈에서 불길이 활활 타오르고 있었다.

이때 황추민이 거들먹거리며 들어와 앉더니 술을 가져오라고 하면서 자신이 데리고 온 호위병들을 내 부대에 편입시켜달라고 했다.

"나는 당신의 어떤 소유물도 필요하지 않아요."

"설마, 여기서도 내가 안전에 신경을 써야 되겠나?"

황추민은 정말 똑똑한 사람이었다. 그는 곤경에 처한 자신의 운명을 철저히 나에게 맡겼다. 누군가 자신을 죽이려들면 호위병 몇 명 가지고는 어림도 없다는 것을 잘 알고 있었다. 하지만 호위문제를 내게 맡기면 자기의 생명은 걱정 안 해도 될 것이었다. 그의 안위에 신경 써야 할 사람은 내가 될 것이기 때문이다. 그에게 유일한 손실이 있다면 자신의 호위병을 데리고 다닐 때의 위풍당당함이 사라진다는 것뿐이었다. 하지만 수시로 뒤를 돌아보고, 자면서도 한쪽 귀를 열어놔야 하는 긴장된 생활에 비하면 그 정도의 손실은 별것 아니었다.

그는 술 한 사발을 마시더니 입을 크게 벌리며 웃었다. 누렇고 숱 없는 수염에 술 몇 방울이 묻었다. 나는 술을 마시고 싶을 때는 언제든지 여기로 오라고 말했다. 그는 자기가 술을 마실 때도 정해진 곳에 가야 된다면 자유를 잃어버리는 게 아니냐고 물었다. 나는 이곳에서 술을 마시면 돈을 안 내도 되기 때문에 그런 거라고 알려줬다. 내가 이 술집의 세금을 면제해주었기 때문에 그런 거냐고 황추민이 묻자 술집주인이 냉큼 말을 받았다. "아니오. 제가 적어놓으면 도련님이 나중에 계산해주십니다."

술집주인의 말에 황추민은 고개를 갸웃했다.

"이 도련님이 당신 친구야? 도련님에겐 이상한 친구들이 많군."

"저도 잘 모르겠지만… 제 동생이 자객이라서 그렇게 된 것 같아요."

황추민은 술을 들이부었고 누렇던 얼굴색도 붉게 변했다.

나와 술집을 나설 때 황추민은 너무 취해서 다리가 이리저리 헛돌았다. 이번에는 나도 술이 오르는 것 같아 다리에 서서 강바람을 맞으니, 술이 더 올랐다. 황추민은 나더러 자기 어깨를 잡으라고 말했다.

"그 사람 동생이 정말로 자객이오?"

그는 두려워하는 것 같았다. 누군가가 그를 시켜 자신을 죽일지도 모른다고 생각했다. 내가 '그 사람은 원한에 의한 복수만 하는 자객' 이라고 말하자 황추민은 비로소 안심했다.

"이건 내가 아는 것이고, 내가 정말 모를 것은 당신이 뭐 하는 사람인가 하는 거요."

황추민은 잠시 생각하더니 입을 열었다. "이렇게 외진 곳까지 몰려 있게 된 나도 도대체 뭘 하자는 건지 모르겠소. 지금처럼 내가 당신의 사부

노릇을 하는 건 어떨지.” 그는 특별히 중국어의 ‘사부’ 란 단어를 썼다. 내 멍청한 머리 속에서 벌 떼가 잉잉 노래를 부르고 있었다.

“그러면 나는 뭐가 되는 건데요?”

그는 한참 생각하고 나서 내 귀에 대고 귀청이 떨어져나가게 큰 소리로 말했다. “지금은 아무것도 아니지만 당신이 생각하는 어떤 사람이라도 될 수 있소!”

그래, 만약 당신이 투스의 아들이지만 후계자가 아니라면 별것 아닌 것이다. 형이 죽고 나서도 아버지는 내게 양위하겠다는 어떤 낌새도 보여주지 않았다. 나의 장모도 자기를 보러올 필요가 없다는 편지를 보냈다. 마이치 투스가 그토록 가슴 아픈 일이 생겼는데 그의 하나 남은 아들까지 뺏어와 자기의 후계자로 삼을 수는 없다고 했다.

그런데 집사는 어느 날 내가 한꺼번에 두 군데의 투스가 될 수도 있다는 암시를 했다. 황 사부도 이 의견에 자신의 견해를 분명히 했다.

물론, 그렇게 되려면 참을성을 가지고 기다려야 한다고 그 둘은 내게 귀띔했다.

“좋아, 그러면 기다리자. 나는 급할 게 없으니까.”

봄꽃과 가을의 달이 몇 차례 지나갔다. 집사와 황 사부은 시장과 무역을 관리했고 어린 하인 둘과 쌍지 촐마는 자잘한 일을 맡아했다. 이렇게 몇 년이 지나니 마이치 가문의 바보 도련님은 이 땅에서 가장 부자가 되었다. 집사는 치부책을 들고 와 그 소식을 알려주었다.

“내가 우리 아버지보다 더 부자인가요?”

“그럼요.”

“도련님도 아시다시피 아편 값은 이제 많이 떨어졌습니다. 하지만 우리 시장의 번성은 이제 시작입니다.”

그날 나는 타나와 함께 거리로 나갔다. 시장으로 가는 길에 내가 얼마나 부자인가를 알려줬다. 변경으로 온 후 타나는 다른 남자를 찾지 않았다. 나는 이런 상황에 만족했다.

“당신이 정말 투스들 가운데 제일 큰 부자예요?”

“그래.”

“못 믿겠어요! 당신 뒤를 따라다니는 사람들이 어떤 꼴인지 한번 봐요.”

뒤를 돌아보니 나와 제일 가까운 사람들이 따르고 있었다. 타나가 하늘을 보면서 말했다. “하느님, 이 세상이 어떤 사람의 손을 들어줬는지 한번 보세요.” 나는 타나가 기분이 좋을 때 이런 반응을 한다는 걸 알고 있다.

그랬다. 집사는 절름발이, 사부라는 사람은 누런 수염을 달랑 매단 노인이었다. 내 뒤를 졸졸 따르는 어린 하인은 내 곁에 너무 오래 시중을 든 탓인지 하나는 크고 또 하나는 작은 두 얼굴이 무엇을 보든 한 가지 표정뿐이었다. 얼이의 얼굴은 쑥스러움 그 자체였고 쑤오랑쩌랑의 표정은 사나워 보였다. 쑤오랑쩌랑은 이제 세금 거둬들이는 재목으로 자리 잡았고 세금장이들이 입는 복장을 특별하게 맞춰 입고 다녔다. 촐마는 모든 시녀와 주방의 책임자가 되었다. 그녀는 살이 쪘고 이제는 나이가 들어 더 이상 남자가 그리 중요하지 않게 되었다. 그래서 남편인 세공장이를 점점 잊어갔다. 내 시녀로 지냈던 시절도 잊은 것 같았다.

"쌍지 촐마는 왜 아이를 갖지 않지? 당신과 세공장이, 그리고 집사와도 잤잖아요?"

타나는 내가 대답할 수 없는 문제를 궁금해 했다. 그래서 같은 문제를 도로 그녀에게 던졌다.

"당신은 왜 내 아이를 가지지 않지?"

타나의 대답은 내 아이를 가질 가치가 있는지 없는지 모르겠다는 것이었다.

"당신이 정말 바보라면 어떻게 해요? 나더러 바보를 낳으라고요?"

나의 아름다운 아내는 남편이 바보인지 아닌지 아직 확신을 갖지 못한 모양이었다.

"그래, 내가 바보라서 당신의 배는 평생 동안 비어 있을 거야."

"당신이 정말 바보라는 확신이 서면 나는 다른 사람을 찾아가서 딸을 낳을 거예요."

나는 사람이 아이를 갖고 싶으면 갖고, 갖기 싫으면 갖지 않을 수도 있다는 것을 믿지 않았다. 그러자 타나는 인도에서 가져왔다는 분홍색 알약을 보여주었다. 인도에는 원래 신기한 것이 많고 영국 사람은 그 신기한 것들을 퍼뜨렸다. 그래서 어떤 문제가 우리의 이해 범위를 넘으면 인도에서 나왔다고 믿는 것이다. 양귀비가 바로 그 증거였다. 황 사부 말에 의하면 중국 땅의 양귀비도 수백 년 전 영국 사람이 인도를 거쳐 가져왔다는 것이었다. 따라서 우리가 누가 만든 음식인지를 골라서 먹을 수 있는 것처럼 그 분홍색 알약이 아이를 갖고 싶거나 갖고 싶지 않을 때 그렇게 해줄 수 있는 거라고 믿게 됐다.

나와 타나의 관계는 이처럼 적나라했다. 나는 이 솔직함과 진실함을 좋아했고, 타나가 우리 관계를 이런 상황으로 계속 유지하는 것에 대해 감탄하지 않을 수 없었다. 그녀는 이런 일을 다루는 능력을 가지고 있었다. 타나는 어느 순간 말을 해야 하는지도 잘 알고 있었다.

바람이 우리 등 뒤에서 불었고 우리는 꽤 멀리까지 달렸다. 드디어 우리는 언덕 위에 섰다. 들판이 약간 기울어진 채 웅장하게 펼쳐져 있었다. 독수리가 날개를 펴고 까마득한 하늘에 멈춘 채 꼼짝하지 않고 있었다. 이 순간 구체적인 일이 모호한 추상으로 변했다. 뼛속까지 새겨진 고통이건만, 피부를 태울 듯 작렬하는 총알처럼, 피부를 뚫고 들어온 느낌이 치명적 인 위험이었음에도 참 별것 아닌 시시한 일로 변해버렸다.

"우리가 어떤 문제들을 토론한 거지요?"

타나는 슬쩍 내 눈치를 보며 물었다.

눈앞에 보이는 경치가 모든 것을 용납할 수 있게 했기 때문에 심드렁하게 대답했다.

"상관없어."

타나는 하얗고 가지런한 치아를 드러내고 웃었다.

"집에 돌아가면 아까 했던 말들이 또 당신 마음을 아프게 할 거예요."

이 여자는 모르는 게 없구나!

그래, 그런 이야기는 한밤중에 잠을 깼을 때 내 마음을 아프게 했다. 내 심장에 천천히 발작을 일으키는 독약이 되기도 했다. 그러나 지금은 바람이 불고 있다. 하늘의 구름과 땅의 풀들이 모두 끝도 없이 흔들려 심각한 이야기들을 무게감 없이 가벼운 것으로 만들어버리고 있다. 우리가 나눈 많은 이야기는 바람 따라 날려갔고 내 가슴에는 그림자조차 남지 않았다.

갑자기 타나가 말고삐를 조이며 뒤돌아 달려갔다. 이 여자는 오줌이 마려웠던 것이다. 쑤오랑쩌랑이 내 곁으로 다가와 나란히 보조를 맞추었다. 요 몇 년 동안에 그는 목소리가 변했고 목 울대뼈가 올라오며 사나이가 되었다. 그는 먼 산에 눈길을 보내며 말했다. "언젠가는 저 여우를 죽이고 말 겁니다."

세금 걷는 사람들이 입는 갈색 복장이 그의 얼굴을 한층 무겁고 엄숙하게 보이게 했다.

"도련님, 안심하십시오. 정말 싸가지 없이 굴면 저는 도련님을 대신해 타나를 죽일 거예요."

"내 아내를 죽인다면 난 너를 죽이겠지."

그는 입을 다물었다. 주인이 한 말을 귀담아 듣지 않는 것 같았다.

쑤오랑쩌랑은 위험한 놈이었다. 그런 사람은 나 같은 주인이나 만났으니까 중용된 거라고 집사와 사부라고 자처하는 황 사부가 언젠가 말한 적이 있었다. 나 같은 주인은 어떤 주인이지? 나는 그들에게 물었다. 사부는 누런 수염을 만지면서 내 머리부터 발끝까지 훑어본 다음 고개를 끄덕이더니 다시 가로 저었다. 집사 견해로는 쑤오랑쩌랑은 시키는 대로 다 하는 녀석이라 부담 없고 배반할까 봐 의심할 필요도 없다고 말했다.

타나가 돌아왔다.

그날, 나는 아직 드러나지 않은, 그러나 아름다운 미래를 보는 것 같아 말고삐를 높이 잡고 사람들과 들판을 내달렸다. 발굽 소리에 놀란 새들이 날아올랐고 대지는 우리 앞에 납작 엎드렸다. 높은 언덕이 우리 앞으로 다가왔고 언덕 너머는 감탄할 만한 아름다운 경치가 펼쳐져 있었다.

오후에 나는 충칭[重慶]이란 중국 땅에서 온 편지를 받았다. 작은아버지가 보낸 편지였다. 이번에 인도에서 돌아왔는데 우리 가문 출신의 영국 가난뱅이 남작부인의 나머지 혼수를 챙겨주는 것 말고도 빤차안 활불을 중국 땅에서 이곳 티베트로 모시고 온다는 소식이었다. 하지만 스님은 먼 길을 오다가 길에서 객사하고 말았다. 별수 없이 작은아버지는 중국으로 돌아간다고 했다.

작은아버지의 편지는 티베트어와 중국어로 적혀 있었다. 내용은 둘 다 똑같은데 굳이 두 언어로 적는 것은 이렇게 해야 자기 뜻을 더 확실하게 전할 수 있다고 편지에 적었다.

작은아버지는 내가 변경에서 성공해 큰 재산을 모은 것을 알고 있다며 돈을 빌려달라고 했다. 일본은 곧 패망할 것이고 빤차안 활불의 기도도 이루어질 것이며 그것을 위해 지금 모두들 이 세상에서 가장 잔인한 악마를 물리치기 위해 이를 악물고 노력하고 있다고 했다. 전쟁에서 승리하면 작은아버지는 인도로 돌아가 값비싼 보석으로 내 빚을 갚겠노라고도 했다. 또 그때가 되면 자신의 모든 재산은 조카인 나의 것이 될 것이며, 영국부인 앞으로 남겨놓은 재산도 내 앞으로 돌려놓겠다고 했다. 내가 돈을 내는 것은 국가에 공헌하는 일이며 마이치 가문으로서도 대단히 자랑스러운 일이라고 쓰기도 했다.

나는 작은아버지 편지에서 말하는 충칭이라는 곳으로 돈을 나르도록 말을 준비하라고 분부했다.

하지만 황 사부는 번거롭게 그런 방식을 택하지 말라고 했다. 큰 장사를 하면서 돈을 싣고 왕래하는 것은 너무 불편하니 차라리 은행을 하나 열자는 것이었다. 그래서 우리는 은행 하나를 차렸다.

황 사부가 무슨 쪽지를 써주면 하인이 빨간 은행 도장이 찍힌 쪽지를 청두로 들고 가 작은아버지에게 전한다. 그렇게 하면 작은아버지는 중국 어디에서든지 십만 냥을 찾을 수 있었다. 과연 작은아버지는 십만 은돈을 받았다는 답장을 보냈다. 그 뒤로 우리는 중국에 장사하러 갈 때 많은 돈을 싣고 갈 필요가 없었고 중국 사람도 우리 시장에 올 때 무거운 은돈을 갖고 오지 않았다. 우리 은행과 거래하는 그 지방 은행의 쪽지만 오갔다. 이 일을 맨 처음 제안했던 황 사부가 은행의 지배인이 되었다.

사관은 이것이야말로 가장 의미 있는 사건이라고 했다.

"전에 없던 일이라면 모두다 의미가 있는 건가요?"

'의미 있는 일은 그것 스스로 의미를 지니는 겁니다.'

"당신의 그런 말은 내 이런 머리에 아무 의미가 없어요."

나의 사관이 웃었다. 이 몇 년 동안 그의 성격은 갈수록 온화해졌다. 그는 자기가 직접 본 것만 기록했다. 일이 없을 때는 햇볕 속에서 꿀 넣은 술을 천천히 마시곤 했다. 마당에 심어놓은 백양나무가 점점 자라자 그의 자리는 회랑에서 백양나무 그늘 밑으로 옮겨졌다.

그는 지금 바로 그 나무 밑에 앉아 있었다. '도련님, 시간이 정말 느리군요!'

"그래요, 시간이 정말 느리게 지나가요."

내 감탄을 들은 집사가 말했다.

"도련님, 무슨 말씀이십니까? 요즘 시간은 옛날보다 훨씬 빠르게 지나가요. 상상하지도 못했던 일들이 많이 생겼잖아요. 옛날 같으면 이런 일들이 생기려면 적어도 오백 년은 걸렸을 겁니다. 그런데 시간이 느리다니요……."

사관은 집사의 말에 동의했다. 나는 할 말도 없고 할 일도 없어서 술집으로 향했다.

술집 주인은 나와 많이 친해졌다. 그럼에도 나는 아직까지 그의 이름을 몰랐다. 언젠가 그에게 우리는 원수 관계가 아닌 것 같다고 말한 적이 있다. 술집 주인은 그들 형제의 원수는 마이치 투스일 뿐, 변경에서 장사하고 세금 거둬들이며 은행을 운영하는 도련님은 아니라고 말했다.

"나는 언젠가는 투스가 되고 말 거야."

그는 웃었다. "그때는 당신이 우리의 원수가 되겠지요. 그러나 그건 아주 먼 훗날의 일이겠지요."

여기 사람들은 금방 일어날 일을 먼 훗날이라고 말하곤 했다. 나는 시간이 빨라지는 걸 느끼지 못하느냐고 그에게 물었다.

술집 주인은 웃었다.

"쳇, 시간이라? 도련님이 이젠 시간의 문제에도 관심을 갖기 시작했군요."

이렇게 말하는 그의 입 귀퉁이가 비틀어졌다. 이런 상황이면 당연히 그의 얼굴에 술을 뿌려야만 했다. 술집 주인은 멍하니 앉은 채 뭐라고 말을 하려다 입을 닫았다. 머리에 문제가 있어 표현을 못하는 것 같아 보였다. 결국 그는 얼굴에 흘러내리는 술을 닦았다.

"그래요, 시간이 빨라진 것 같아요. 누군가 뒤에서 채찍질하듯이."

빠른 것과 느린 것

변경에서는 세월이 한가롭게 흘러갔다.

요 몇 년 동안 나는 줄곧 같은 방에서 잤다. 매일 아침 눈을 뜨면 똑같은 천장이 보였다. 눈을 뜨지 않아도 천장의 나무판이 하나하나 뚜렷하게 눈앞에 떠올랐다. 창문 밖 대지는 영원히 엎드린 채 그 언덕에 그 산이었다. 수천 번 해가 뜨고 해가 졌다. 매일 나는 똑같은 창문으로 들이치는 아침 햇살에 눈을 떴다. 오랜 시간 내게서 머물던 의문도 더 이상 나를 귀찮게 하지 않았다.

나는 그 일이 일어났던 게 이 년 전인지 삼 년 전인지 기억 못 한다.

그날 아침 타나는 한 손으로 베개를 짚은 채 뭔가 살피는 눈빛으로 나를 뚫어져라 보고 있었다. 내가 잠에서 깨는 것을 보고는 몸을 더욱 굽히고 생각에 잠긴 눈으로 내 눈을 맞췄다. 유방이 내 얼굴에 닿아 있었고 여성 특유의 진한 냄새가 코를 찔렀다. 그녀는 내 눈을 들여다보며 마치 내 신체의 내부를 꿰뚫어보는 것처럼 눈길을 거두지 않았다. 하지만 나는 그녀의 육체에서 풍기는 냄새에만 정신을 빼앗기고 있었다.

그녀와 한 침대에서 그렇게 오랫동안 지냈지만 아침 햇살이 침대를 비출 때 이렇게 매혹적인 향기를 풍기는 줄은 몰랐다. 그녀의 몸은 향수를 안 써도 냄새가 좋았다. 평소에 많은 화장품을 쓰기 때문에 좋은 향기가 나는 것인 줄만 알았다. 그런데 아니었다.

타나의 몸에서 나는 냄새는 다른 여자와는 달리 사람의 머리를 어질어질하게 만들었다. 나는 누가 목을 조르기라도 하는 듯 거친 숨을 내쉬었다. 타나는 웃으며 얼굴에 홍조를 띠었다. 그녀는 한 손을 내 가슴에서 뱀처럼 미끄러뜨리더니 배를 거쳐 나의 뜨겁고 딱딱하게 서 있는 물건을 잡았다. 내 물건이 엄청나게 뜨거운 듯 그녀는 떨리는 목소리로 "아!" 소리를 냈고 타나의 몸도 이내 뜨거워졌다. 그녀는 훌륭한 기수였다. 말을 타듯이 내 몸 위에 올라타더니 말달릴 때처럼 온몸을 앞뒤로 흔들며 나를 먼 하늘 끝까지 데려갔다.

눈앞으로 뭔가가 스쳐 가는데 실제로 있는 경치인지 색깔 있는 환영인지 나는 알 수가 없었다. 다만 사나운 야생마 같이 질러대는 내 소리를 들을 수 있을 뿐이었다.

기수도 말 위에서 큰 소리를 질렀다.

드디어 기수와 말이 다 언덕 아래로 굴러 떨어졌다. 땀이 우리를 한 덩어리로 만들어놓았다. 얼마 후에 땀이 말랐고 벌 몇 마리가 유리창에 부딪혀 붕붕대는 소리가 들렸다.

타나는 입술을 내 얼굴에 붙인 채 말했다. "우리는 당신의 문제를 다 잊었어요."

"나는 내가 누군지도 알고 어디에 있는지도 알아."

타나는 침대에서 벌떡 몸을 일으켜 세웠다. 얼굴과 젖가슴이 아침 햇살에 매혹적으로 드러났다. 그녀는 큰 소리로 물었다. "당신이 누군지 안다고요?"

나는 침대에서 뛰어내려 양탄자에 서서 큰 소리로 대답했다.

"그럼 당신 지금 어디에 있어요?"

"투스가 될 곳에 있다!"

타나도 이불을 걷어차며 뛰어내렸다. 우리는 서로의 알몸을 껴안고 한참이나 양탄자에 누워 있었다. 그날 아침 타나는 이제 아이를 갖지 못하게 하는 약을 먹지 않겠다고 약속했다. 내가 정말 바보면 어떻게 할 거냐고 내가 물었다. 진심이었다.

"겁나지 않아요. 이 세상에 두 곳을 다스리는 투스가 되기를 기다리는 바보는 없거든요."

그동안 줄곧 내 옆에 있는 사람이 나보다 더 똑똑하다고 생각했다. 하물며 아름다운 타나는 더 말해 무엇하랴. 똑똑하다는 말이 한 사람에 대한 최고의 평가라면 나는 그녀가 세상에서 제일 똑똑하다고 서슴없이 말할 수 있다. 하지만 내가 진정으로 말하고 싶은 건 사실 따로 있었다. 시간이 느릿느릿 흘러갈 때 부부가 특별히 멋진 성관계를 갖는 것을 의미하는 것도 아니었다. 비록 내 코에 여전히 여인의 야릇한 체취가 감돌아도 나는 말을 하고 싶었고, 내 입에서 당장에 입을 열려고 해도 그 실체를 짚어내기가 쉽지는 않았지만 그래도 무슨 말인가를 하고 싶었다.

예를 들어보자, 나는 호수에서 백조가 날아오르는 것을 본 적이 있다. 백조들의 목적이란 그냥 날아오르는 것, 하늘까지 날아오르는 것이었다. 그런데 우선 날아보겠다는 백조의 멍청함이 보는 사람의 애가 타도록 물 위에서 죽어라 날개를 퍼덕인다. 죽도록 제 다리를 움직이며 물을 차고 나서야 겨우 허공으로 날아오를 수 있었다.

내가 말하고 싶은 것은 어느 날 내가 이 영토에 시간이 너무도 느리게 흐른다는 점에 주목하게 되었다는 것이다.

나는 다른 사람과 내가 주목한 문제, 아마 이제껏 내가 쉽게 관심을 가지지 않았던 문제를, 이제야 알고 싶어진 그런 문제를 토론하고 싶었던 것이다. 사관과 황 사부, 그리고 절름발이 집사는 모두 좋은 토론상대였다. 사관은 더 말할 것도 없었다. 아마 이런 때 시간은 가속도가 붙어 흘러갈 것이다.

토론 결과 나는 사관의 견해에 동의했다. 그는 시간이 빨라지는 것은 태양이 하늘에서 더 빨리 가기 때문이 아니라고 했다. 해가 뜨고 지는 것으로 시간을 재면 시간은 변함이 없는 것이며, 어떤 사건을 시간으로 계산할 때라야 시간의 속도가 달라진다고 말했다. 사관이 덧붙였다. 사건이 많이 발생할수록 시간은 빨리 지나간다는 것이었다.

시간의 가속도란 개념을 알게 되자 나는 달리는 말 등에 탄 듯 눈앞이 어질어질했다. 나는 마이치 가문에서 양귀비를 심었던 그 해부터 철이 들었고 이제는 정상적인 궤도에서 벗어난 괴상한 일이 연달아 벌어지는 것에 익숙해졌다. 형이 죽고 난 요 몇 년 동안 나는 변경에서 세금을 걷고 은행을 창립했지만 투스의 땅에서는 쥐 죽은 듯 아무 일도 생기지 않았다. 양귀비만 미친 듯 재배했고 우리가 이 땅에 살기 시작한 이래 가장 오래, 가장 광범위한 기근이 지나갔다. 오랫동안 긴장했던 토지는 출산 후의 여인처럼 느슨해져 깊은 혼수에 빠졌고 투스들도 동면하는 곰처럼 각자의 산채에 숨어 좀체 모습을 드러내지 않았다.

변경에 그렇게 많은 사람이 왕래하는데도 나를 보러온 투스는 한 명도 없었다. 생각해보니 여기는 배울 것이 많았는데도 마이치 가문에서 양귀비 심었던 것을 흉내내다 기겁을 한 후 그들은 꽁꽁 숨어 더 이상 내 앞에 얼굴을 내밀 수 없었던 모양이었다.

그러나 그것은 아무렇지도 않았다. 내 아랫사람들은 나의 밝은 미래, 즉 어느 날인가 마이치 가문과 룽꽁 가문 두 군데 투스로 부임하게 될 것을 믿었다. 사람들은 나의 지혜 덕분에 룽꽁 투스의 무남독녀인 딸을 얻었고, 나의 운으로 자객이 내가 아닌 형을 죽였다고 말했다. 나를 가장 기분 좋게 만드는 일은 작은아버지가 항상 편지를 보내온다는 사실이었다. 물론 나는 한 장 또 한 장 은행 진표를 보냈다.

작은아버지는 나에게 사진 두 장을 보내주었다. 한 장은 돌아가신 뻔차

안 활불과 함께 찍은 것이고, 다른 한 장은 국민당 장군들과 함께 찍은 것으로 내가 첫 번째로 돈을 보내자 답장과 함께 보내왔다. 그들은 풀도 없는 평지에 서 있었고 뒤로는 아주 큰 이상한 물건들이 있었다. 황 사부는 그것들이 다름 아닌 비행기라고 말했다. 강철로 만든 새인데 하늘에서 사람머리를 향해 총을 쏠 수 있다고 했다. 나는 십만 냥이면 비행기 몇 대를 살 수 있느냐고 물었고 황 사부 대답은 날개 하나라고 했다. 나는 즉시 십만 냥을 더 보냈다. 중국 하늘에서 나의 강철 날개가 날아가는 것은 생각만 해도 좋았다. 작은아버지는 편지에서 과거의 중국 황제가 우리의 황제였듯이 지금의 중국 정부 역시 우리의 정부라고 했다. 황 사부는 이 전쟁에서 승리를 거두면 중국은 더욱 강해질 거라고 말했다.

작은아버지에게 지금의 내 모습을 보여줄 방법은 없겠느냐고 황 사부에게 물었다.

황 사부는 사진기 한 대를 사면 된다고 말했다. 사진기가 오기를 기다리면서 나는 시간이 느리게 흐른다고 느껴졌다. 하루가 사흘보다도 더 길었다. 드디어 사진기가 도착했다. 황 사부는 사진사도 한 명 오라고 미리 손을 써뒀다. 이렇게 되자 다시 시간이 빨라졌다. 우리는 아무 곳이나, 그리고 틈만 생기면 사진을 찍었다. 모두들 사진에 미쳤다. 사진사는 이곳에 오래 머물고 싶어하지 않았고 그래서 나는 얼이에게 사진 기술을 배우라고 했다. 내가 아끼는 하인 가운데 망나니가 유일한 기술자이니 그가 아니면 누가 배울 수 있겠는가? 사관도 사진을 배우고 싶다고 했지만 나는 허락하지 않았다. 그는 사진도 역사라고 했지만 나는 그렇게 생각하지 않았다. 사진이란 단지 기술일 뿐이어서 붓을 잡고 기록하는 그의 손에는 어울리지 않았다.

내가 사관에게 말했다. 그건 웃기는 일이라고.

그러던 어느 날, 얼이가 이상한 소리를 지르면서 사진사의 암실에서 뛰쳐나왔다. 그의 얼굴은 공포로 일그러졌다.

쑤오랑쩌랑은 혹시 사진사가 그의 엉덩이를 원한 것 아니냐고 물었다. 사진사는 여자에게 관심이 없는 사람이었다. 그래서 사람들은 그가 남자를 좋아하는 사람일 거라고 했다. 어쩌다 보니 얼이가 그에게 찍힌 모양이라고. 이런 사람을 만나면 여자가 원하지 않는데도 남자가 달려들 때처럼 비명을 지르기 때문이다. 하지만 그날 얼이에게 그런 일이 일어난 것은 결코 아니었다. 얼이는 방에서 뛰쳐나오며 외쳤다. "귀신, 귀신이에요. 물에 담근 종이에서 사진사가 나타났어요."

황 사부가 박장대소를 했다. 그것은 귀신이 아니고 필름에 찍힌 사람이 현상된 거라고 했다. 나중에 나도 사진사의 암실로 가보았다. 사람의 그림자가 손전등 빛에 비쳐 종이에 점점 나타나는 순간, 무섭기보다는 좀 이상했지만 그렇다고 기절초풍할 만큼 놀랄 일은 아니었다. 그러나 미래의 망나니는 이번에도 오줌을 저릴 만큼 또 혼비백산했다. 누군가 그를 겁쟁이라고 비웃었지만 꼭 그런 건 아니다. 얼이는 형을 집행할 때는 조금도 두려워하지 않았기 때문이다. 얼이가 사진 기술을 다 배우자 사진사는 떠났다. 얼이는 암실에 들어갈 때면 꼭 한 사람을 더 불러 같이 들어가자고 했다.

사진기가 생긴 뒤로 우리의 시간은 빨라졌다. 나는 첫 번째 사진을 충칭에 계신 작은아버지에게 보냈다.

그 해가 어느 해인지 모르지만 다른 해보다 더 더웠을 때였다. 작은아버지는 편지에서 가을이 되어 날씨가 좀 시원해질 때 한번 다녀가라고 했다. 황 사부는 항일 전쟁에서 곧 승리할 것이고 국가는 통일되고 더 강해질 거라고 했다. 황제가 없던 몇 십 년 이래 우리 같은 소규모 투스들은 의지할 데가 없어졌는데 이런 상황이 곧 끝날 거라는 얘기였다. 집사 말로는 작은아버지가 고관들을 나에게 소개시켜주려는 의도일 거라 했다. 전쟁 때문에 우리와 제일 가까운 곳에 온 것인 만큼 전쟁이 끝나면 떠날 텐데 그렇게 됐을 때 고관들을 만나려면 먼길을 가야 된다는 것이었다. 사관이 정리하기를 사부와 집사, 두 사람의 말을 합친 것이 바로 작은아버지의 뜻이라고 했다. 가을을 기다리는 동안 시간은 다시 느리게 흘렀다. 타나는 사진에 대한 열정이 줄어들지 않았고, 게다가 재봉사와 어울리느라 나를 귀찮게 하지 않았다.

사람들은 도련님이 또 멍청해졌다고 말했다. 내가 멀뚱멀뚱 하늘을 쳐다보는 것을 보고 그러는 것이었다. 하지만 그들은 가을이 오는 것을 내가 제일 먼저 보고 싶고, 첫서리는 어떻게 나무를 황금색 옷으로 갈아입히는지 알고 싶어서 그러는 것임을 알 도리가 없었다. 그때가 되면 나는 출발할 것이기 때문이었다.

마이치 투스가 짤막한 편지 한 통을 보냈다. 우리가 산채를 떠난 후 서로 연락을 주고받은 적이 없었다. 투스는 나더러 변경에서 뭘 하느냐고 물었다. 내가 답장을 보내려는데 모두들 충칭에 작은아버지를 만나러 간다는 사실은 언급할 필요가 없다고 입을 모았다. 사진 얘기만 하면 된다는 것이었다. 아버지의 편지가 짧았으니 내 답장도 길 필요가 없었다.

마이치 투스의 다음 답장이 빨리 왔다. 어머니가 나를 보고 싶어 한다고 했다. 또 그처럼 신기한 물건이 있는데 아들이 어떻게 투스에게 그런 것을 보여줄 생각도 안 하느냐고도 물었다. 타나는 그런 거지 같은 편지는 집어치우라고 악을 썼다. 여전히 모두 다 아는 대로 방자한 여인이었다. 그러나 나는 타나처럼 방자할 수는 없었다. 나는 편지가 끝난 것이 아닌 것을 알기 때문에 계속 읽으라고 분부했다. 투스는 편지에 의미 없는 말을 주절주절 늘어놓았다. 마지막으로 그는 산채에 돌아와서 어머니의 사진을 찍고, 덧붙여서 '온 김에 미래에 관해 토론하자. 나는 정말 늙었다.' 라고 마무리지었다.

투스는 자기가 늙었다고 한 번 느꼈다가 나중에 활력을 다시 회복했다.

그래서 나는 돌아가지 않기로 하고, 얼이에게 사진기를 들고 산채에 다녀오라고 했다.

얼이는 며칠 동안 그들의 사진을 찍었고, 돌아올 무렵 투스는 다시 자기가 늙어서 힘과 지혜가 다 없어졌다고 말했다.

"주인 나으리, 도련님은 주인 나리께서 다시 젊어지실 수 있는지 여쭤보라고 했습니다."

오래지 않아 얼이는 사진 몇 장을 가지고 여전히 겁에 질린 표정으로 돌아왔다.

그는 원망과 분노에 찬 투스의 편지를 내게 전했다. 편지 내용은 이랬다. '네가 이번에 돌아왔으면 마이치 투스의 미래에 대해 잘 의논할 수 있었을 텐데 그러지 못해 아쉽다. 돌아오지 않는 걸 보니까 너는 마이치 가족의 미래에 대해 무관심한 것이지 투스인 내가 무심한 게 아니다.'

같은 날 나는 또 다른 편지를 받았다. 작은아버지가 아닌 중국의 어떤 장군의 편지였다.

나의 작은아버지, 위대한 티베트 족 애국 인사 한 분이 일본 비행기의 폭격을 받아 어떤 강물에 떨어져 실종되었다고 써 있었다(역주 이 강물은 장강, 즉 양자강을 의미한다).

나는 중국 사람도 우리와 비슷하다고 생각했다. 예를 들어서 좋지 않은 일이 생겼을 때 직접 말을 하려면 마음이 안 좋으니 다른 말, 듣기 좋은 말, 신경을 건드리지 않는 말을 신중히 고른다. 그들은 내 작은아버지가 '폭사했다, 죽었다, 시체조차 못 찾았다' 라고 하는 대신 간단한 두 글자 '실종' 이라고 표현했다.

바로 이 두 글자 때문에 나는 고통을 깊게 느끼지 않았는지도 모르겠다. 그래서 하인들에게 말했다. "작은아버지는 자기를 수장시켰어."

"도련님, 너무 상심하지 마십시오."

"어쨌든 우리는 충칭에 갈 필요가 없구나. 작은아버지가 우리한테 누구를 소개시키려고 했는지도 몰라. 하지만 편지를 쓴 장군은 우리를 초청하지 않았어. 나도 더 이상 비행기 살 돈을 주지 않을 거야."

또 시간이 흘렀고 일본이 항복했다.

들리는 말에 키 작은 일본 사람이 배에 올라가 자신들의 실패를 인정했다는 것이었다. 그 다음에 중국 공산당과 국민당이 또 싸움을 시작했다. 그 얘기를 들은 황 사부의 얼굴은 점차 누렇게 변했고 기침을 하면서 수시로 피가 섞인 가래도 뱉어냈다. 그는 자기가 이런 것은 병든 것이 아니고 나라를 사랑해서 그렇다고 말했다. 나는 이런 방법이 정말인지 모르겠지만 작은아버지를 잃은 슬픔은 정말로 진하게 다가왔다. 사진만 봐도 눈물이 뚝뚝 떨어졌다. "작은아버지!" 하며 부르니 창자까지도 뜨거워졌다.

작은아버지는 대답 없이 사진 속에서 돈 많은 사람다운 웃음을 지으며 조용히 서 있었다.

그는 인도로 돌아가지 못했다. 인도에 돌아가면 유서를 고쳐 캘커타에 있는 영국 은행에 맡겨놓은 보석을 전부 내게 물려주겠다고 했었다.

타나는 몇 번인가 그 보석 꿈도 꾸었다고 했다. 그러나 이제는 끝났다. 그 가난한 영국 남작의 부인이 미처 고치지 못한 유서에 근거해 모든 보석들을 받을 것이다.

내 아내는 이것 때문에 좀더 일찍 충칭으로 못 간 것을 깊이 후회하고 있었다.

우리가 서둘러 중국에 작은아버지를 찾아가지 못한 것은 그곳의 더운 날씨가 두려워서였다. 마이치 가문의 조상 중, 난징으로 가던 길에 더위로 지쳐 죽은 사람이 있었다. 그 사건 이후 중국에 황제를 알현하러 가는 투스들은 중국에 갈 일이 있으면 더운 여름을 피해 가을에 출발하고 봄에 돌아왔다.

내가 하고 싶은 말은 작은아버지가 돌아가시고 나서 시간이 다시 빨리 지나갔다는 이야기다. 한 사건이 발생했고 다른 사건이 이어서 발생했다. 시간, 사건 이런 것은 갈수록 빨라지기만 할 뿐 다시 느려지지는 않을 것 같았다.

11

미래에 관하여

겨우내 나는 갈수록 작은아버지를 잃은 슬픔이 깊어지면서 눈물을 흘리고 비탄에 잠겼다.

아버지는 불만이 가득 찬 편지를 계속 보내왔다. 사정 모르는 사람이 보면 바보 아들이 아버지를 낡아빠진 보루 같은 산채에 버려둔 줄 알 것이다. 따지고 보면 아버지가 나를 내쫓은 것인데도…….

나는 아버지의 일에 상관하고 싶지 않았다.

나는 침대에 누워 창문 밖의 하늘을 바라보면서 작은아버지 생각에 눈물을 흘렸다. 그러다 어렴풋이 작은아버지를 보았다. 자신의 영혼이 큰 강물을 따라 넓은 바다로 갔으며 달이 밝은 밤이면 가고 싶은 곳은 어디든

갈 수 있노라고 작은아버지가 말해줬다. 나는 영혼에 비행기처럼 기다란 날개가 달렸느냐고 물었다. 영혼은 날개가 없어도 아무데나 갈 수 있다고 대답하며 내게 너무 슬퍼하지 말라고 했다. 마이치 가문이 생긴 이래 나처럼 즐거운 사람은 없었을 것이라고 했다. 그날부터 슬픔이 내 마음에서 사라졌다.

아름다운 여름이 왔다. 나는 더 이상 작은 아버지를 생각하며 슬픔에 잠기지 않았다. 다만 넓은 바다는 어떻게 생겼는지 그 모습이 궁금했다. 타나는 아이를 갖고 싶어 했다. 이것 때문에 우리는 꽤 많은 노력을 했다.

우리가 갓 한 방에서 지내기 시작했을 때 타나는 바보의 아들을 임신할까 두려워 인도에서 왔다는 분홍색 알약을 먹었다. 지금은 내 아들을 갖지 못할까 봐 두려워하고 있었다. 바로 그것 때문에 우리의 침대 위에서의 생활은 엉망이 되었다. 그녀는 자꾸 내게 치근덕거렸다. 내가 피할수록 그녀는 더 달라붙었다. 그 짓을 할 때마다 그녀의 절박하고 두려움에 젖은 얼굴을 보면 김이 샜다. 하지만 그녀는 뱀처럼 나를 칭칭 감았다. 전보다 나를 더 사랑하기 때문이 아니라 내가 생각만큼 그렇게 멍청한 바보가 아니라는 것을 알았기 때문이었다.

그녀는 어떻게든 내 혈육을 가지려고 했다. 바로 이런 조급함 때문에 그녀의 음부는 바싹 마르다 못해 승려가 고행하는 동굴처럼 거칠고 건조해졌다. 그런 곳에 들어가고 싶은 사람은 아무도 없을 것이다.

오늘 그녀는 나를 또 들판으로 끌고 나갔다. 내 성욕을 불러일으키기 위해 그녀는 배꼽춤을 추며 입었던 옷을 풀밭에 벗어던졌다. 나는 그 짓을 하긴 했지만, 타나의 그곳이 너무 건조해 생명의 이슬을 내뿜기도 전에 빠져나왔다. 내친김에 '당신의 조급함과 인도 알약이 음부를 마르게 했다'고 말해버렸다.

타나는 울면서 되는 대로 옷을 주워 입었다.

예쁜 여자가 옷매무새를 흩뜨린 채 우는 모습은 참 딱해 보였다. 나는 아직도 사타구니가 아프고 얼얼했지만 타나를 위로해야 했다. "타나, 당신 탓이 아니야. 나야, 내가 안 되는 거야. 다른 남자랑 해 보는 게 어때?"

산발한 머리카락이 얼굴을 가리고 있었지만 나는 그녀의 눈이 번뜩 빛나는 것을 보았다.

타나는 멍하니 앉아 있다 나지막하게 중얼거렸다. "멍청이, 마음 아프지도 않아요?"

나는 내 가슴을 만져봤다. 타나가 내 형과 잤을 때의 그런 느낌은 확실히 없어졌다. 휘파람을 불었더니 말 두 마리가 눈앞으로 달려왔다. 우리는 그곳을 떠났다. 음부가 촉촉하고 매끄럽지 못한 여자와 관계하면 수명이 줄어든다는 얘기를 들은 적이 있다. 나는 그것이 사실인지 아닌지 모르지만 타나 때문에 피곤한 것은 사실이었다. 천천히 말을 달리며 타나에게 말했다. "당신, 내 아들 낳아서 뭐 하려고 그래? 우리 부모님을 봐. 자식이 없으면 하시잖아."

"그분들이야 세상 떠나기 전에 자식에게 투스 자리를 빼앗길까봐 두려워서 그런거죠."

우리는 더 이상 아무 말없이 말발굽 소리만 듣고 있었다. 한참 후에 타나는 자기가 다른 남자와 잔 거 때문에 마음이 아프냐고 물었다.

나는 당초 가슴 아팠던 느낌은 이제 없노라고 대답했다.

타나는 가슴 아프게 꽤 오래 울었다. 타나의 흑흑거리는 울음소리는 가늘었고 이 흐느낌 속에서 말은 천천히 발굽을 들어올리고 내렸다. 수많은 벌과 잠자리 떼가 우리 뒤를 따르고 있었다. 타나의 울음소리가 그것들에게 자기들과 같은 소리로 들린 것 같았다.

우리가 시장으로 들어가자 뒤따르던 작은 벌레들은 흩어져 들판의 꽃밭으로 날아갔다.

그랬다. 사람들은 이제 시장을 저자라고 칭했다. 저자는 기다란 골목 하나였다. 겨울까지만 해도 흙으로 지은 가게 몇 개가 전부였다. 여름이 오자 골목 양끝으로 꽤 많은 장막이 쳐졌고 긴 골목이 형성된 것이었다. 긴 거리에는 항상 먼지가 날렸다. 그런데 오늘은 좀 달랐다. 며칠 전에 보슬비가 몇 번 내리더니 흙 길 위에 밥그릇 같은 말발굽이 뚜렷하게 새겨져 있었다. 거리에 있던 사람들은 모두 나를 향해 몸을 굽혔다.

"당신은 이제 나를 사랑하지 않는군요."

마치 자신은 처음부터 나를 줄곧 사랑한 것처럼 타나가 말했다. 그래, 이런 것이 여자다. 여자들은 필요에 따라 사실을 뒤집는다.

나는 밥그릇 모양의 말발굽 자국을 보며 입을 열었다. "아들을 낳고 싶다면서? 나는 당신에게 아들을 줄 수 없어. 바보 아들을 낳게 할 수는 없단 말이야."

잘 보라. 내가 말한 것, 그건 나의 생각이 아니다. 이런 것이 바로 남자다. 하지만 나는 막판에는 다시 바보가 된다. 그래서 다시 말을 이었다. "사람들이 그러는데 아래가 촉촉하지 못한 여자와 같이 자면 수명이 줄어든대."

타나는 놀란 눈으로 나를 보더니 다시 눈가가 젖어들었고 길고 까만 속눈썹이 흠뻑 젖었다. 그녀는 말에게 힘껏 채찍질을 하며 집으로 돌아갔다. 이 순간 내 마음이 또 아팠다.

타나는 나를 방에 못 들어오게 했다. 내가 한참이나 문을 두드리자 참고 있던 그녀가 다른 곳에 가서 자라고 악을 썼다. 집사와 쌍지 촐마는 좀더 달래면 문을 열 것이라고 했다. 나는 그냥 다른 방을 준비하라고 분부했다. 우리는 가난한 사람들이 아니기 때문에 남는 방이나 이불이 없는 것도 아니었다. 내가 쉴 방은 금방 마련됐다. 은 그릇, 양탄자, 침대, 침대 위의 비단이불, 향로, 벽에 그림이 눈 깜빡할 사이에 다 갖춰졌다. 촐마는 내가 당황하는 모습을 보며 짙은 인도 향을 피웠다. 익숙한 향기가 새 물건들의 생소한 냄새를 지웠지만 나는 그래도 어쩔 줄 몰랐다. 촐마는 한숨을 쉬었다. "도련님은 옛날과 똑같군요."

내가 왜 옛날과 달라져야 한단 말인가?

촐마는 아가씨를 한 명 불러오겠다고 말했다. 낯선 방에서 자고 아침에 깰 때 내가 어디에 있는지 모르고 당황하면 가르쳐줄 아가씨라고 했다. 하지만 나는 허락하지 않았다. 도련님이 아침에 평소처럼 어디에 있는지 모를 때 대답해줄 사람이 없으면 어떻게 하느냐고 촐마가 다시 물었다. 나는 촐마에게 나가라고 했다.

"도련님, 이건 아주 중요한 일이에요. 또다시 바보처럼 행동하시면 안 됩니다."

"나는 이제 여자가 필요 없어."

그녀는 방을 나가면서 낮게 중얼거렸다. "세상에, 그 여우같이 예쁜 여자가 도대체 우리 도련님을 어떻게 한 거람?"

촐마는 집사와 황 사부를 불러왔다. 여자는 부르지 않되 어린 하인 둘을 양탄자에 재우며 수시로 시중을 들 수 있도록 하자고 우리는 합의했다. 밤이 되자 황 사부는 염소수염을 훑어 내리며 미소를 지었고 집사는 두 아이에게 겁을 줬다.

"도련님에게 기분 나쁜 일이 생기면 너희 목숨을 보존하기 힘들 것이다."

마치 철없는 아이들에게 이르는 것 같았다. 하지만 그들은 이미 다 컸다. 나는 내가 몇 살인지 모르듯 그들의 나이도 몰랐지만 그 애들이 다 컸다는 것은 알았다. 집사의 당부를 들으면서 쑤오랑쩌랑은 헤헤 웃었고 얼이가 당차게 대들었다. "제가 망나니인데, 어떻게 제가 제 목숨을 가져갈 수 있겠어요?"

집사도 웃으며 대답했다. "내가 직접 할 수도 있어."

쑤오랑쩌랑도 끼어들었다. "그건 마이치 가문의 규칙이 아닌걸요?"

"늙은 얼이도 있잖아."

두 하인은 내가 잠든 후에야 자겠다고 했지만 밤이 되자 둘 다 머리를 떨어뜨린 채 먼저 곯아떨어졌다. 벼락치듯 코고는 소리를 들으면서 나는 다시 내일 아침 일이 걱정되기 시작했다. 나는 누구인가, 지금 어디에 있는가를 몰라 헤맬까봐 심란했다. 두 녀석은 옷도 안 벗은 채 바닥에 엎어져 잠들었고 나도 옷을 벗지 않은 채 침대에 누웠다. 아침에 잠이 깨었을 때 두 아이가 내 앞에서 목청을 돋워 말했다. "도련님, 무슨 문제가 생기면 저희에게 물어보세요!"

그런데 내가 누구인지, 또 지금 어디 있는지를 다 안다. 두 녀석이 크게 실망한 모양이었다.

그날 밤 나는 아버지인 마이치 투스를 꿈에서 보았다.

점심을 먹고 나는 방에 돌아와 다시 잠을 청했다. 막 잠이 들려는데 아래층 계단에서 사람들이 왁자하게 떠드는 소리가 들렸다. 설마 꿈에 나타난 그 사람이 오는 것은 아니겠지 생각하고 있는데 문이 삐걱 하고 열렸다. 문이 열린 곳이 순간 밝아졌다가 투스의 큰 덩치에 가려 다시 어두워졌다. 정말로 꿈에 본 그 분이 온 것이다.

"아버지, 문 앞에서 비켜서세요. 대낮인데 밤처럼 어두워요."

투스는 컬컬한 목소리로 허허 웃으며 다가왔다. 걸음걸이를 보니 살이 많이 쪘다. 그러다 라셔빠 투스처럼 마음대로 걷기도 힘들 것 같았다.

아버지는 걸음이 느렸고 어머니가 먼저 다가와 입술을 내 이마에 댔다. 내 여자는 아랫도리가 말랐는데 어머니는 입술이 말랐다. 굵은 눈물이 뚝뚝 내 얼굴에 떨어졌다.

"엄마는 네가 보고 싶어 죽을 뻔했다."

내 눈도 축축해졌다.

"우리가 온 게 반갑니?"

나는 침대에서 벌떡 일어나 이 여위고 늙은 여자를 벌컥 껴안았다. 늙은 투스는 우리를 떼어놓았다. "얘야, 우리는 피서를 왔단다. 여기는 마이치 가문의 여름궁전이거든."

투스는 내가 다스리고 있는 땅을 자신의 여름 별장이라고 했다. 하인들은 늙은 투스가 나를 다른 곳으로 내쫓으려는 줄 알고 격분했다. 쑤오랑쩌랑은 이 늙은이를 죽이겠다고 악을 썼다. 타나도 남편이 여기를 떠나야 한다면 자기도 친정어머니에게 가겠다고 했다.

자기가 나타나 잔잔한 호수에 파문이 생기는 것을 본 투스는 몹시 기분 좋아했다.

"너는 내 아들이다. 마이치 투스의 미래란 말이다." 이렇게 말하는 것은 내가 마이치 투스의 계승자인 것을 공개적으로 인정한다는 의미였다.

하인들은 이 말을 듣고야 다시 조용해졌다.

나는 계승자가 될 것이지만 딱히 할 일이 없었다. 그래서 술을 마시러 나갔다.

술집주인은 그의 동생이 중국 땅으로 도망가 군대에 들어갔다고 말했다. 그의 동생은 편지에 곧 공산당원을 공격할 거라고 썼다. 술집주인 형제는 떠돌아다니던 시기에 중국 본토는 물론 다른 소수민족이 사는 지방도 많이 돌아다녔다. 두 형제는 적어도 세 가지 언어는 능통하게, 예닐곱 가지 언어는 대충은 알아듣는다고 했다.

"아깝다." 내가 애통한 마음에 목소리를 높였다.

"어떨 때는 그런 생각도 들어요. 당신이 마이치 가문 사람이 아니었다면 우리 형제는 당신 밑에서 일을 했을지도 모른다고요. 동생이 돌아올지 어떨지 모르지만 몰래 숨어서 복수하는 걸 좋아하지 않거든요. 당당하게 사람을 죽이고 싶어서 군대에 들어가 전쟁터에 나가는 거예요. 이제 마이치 투스는 내가 죽일 겁니다."

나는 마이치 투스가 왔다고 알려주었다.

"좋아요. 그를 죽이게 해줘요. 끝을 내야 되겠어요."

이 말을 하는 그의 얼굴에는 비통한 기색이 돌았다.

왜 그런 표정을 짓느냐고 내가 물었다.

"내가 당신 아버지를 죽이면 당신은 나를 죽이겠죠. 그러면 모든 것이 끝장이잖아요."

"내가 당신을 죽이지 않는다면?"

"그러면 내가 당신을 죽일 겁니다. 그때는 당신이 마이치 투스가 되니까요."

술집주인은 투스를 이리로 데려와 술 한 잔 하라고 부탁했다.

"이렇게 서둘러 끝장을 내려고?"

"우선 내 아버지를 죽인 원수를 가까운 데서 잘 보려고 그래요."

하지만 나는 그가 모든 것을 끝내려는 생각이란 걸 알고 있었다.

며칠 후 투스는 부인 둘과 더불어 얼이의 사진기술을 실컷 감상했다. 나는 투스를 모시고 쑤오랑쩌랑이 저자에서 세금 걷는 것을 구경했고, 황 사부가 관리하는 은행에서 사람들이 어떻게 돈을 받는지도 봤다. 그런 다음 우리는 술집에 들어갔다.

술집주인은 투스 앞에 유난히 짙은 색깔이 나는 술을 내놓았다. 나는 이 집에 이런 색깔을 한 술은 없다는 것을 알고 있었다. 나는 죽은 파리를 술잔 속에 넣었다. 이럴 때 투스가 술을 바꿔오라고 하는 것은 당연한 일이다. 술병을 바꿀 때 내가 술을 주인의 발에 뿌리자 그의 장화에서 연기가 피어오르더니 구멍이 뚫렸다.

아버지는 술을 몇 잔 마시고 먼저 돌아갔다.

주인은 발의 상처를 싸쥐고 신음했다. "도련님은 내가 투스를 죽인 후 당신을 바로 죽일까 봐 겁나십니까?"

"내가 당신을 바로 죽일까 봐 걱정하는 거야. 그런 식으로 말하자면 당신에게는 아들도 없는데 그렇게 되면 누가 당신의 원한을 풀어주겠어? 빨리 장가가서 복수할 자식이나 낳게."

그는 웃었다. "그렇다면 끝장을 내는 게 아니잖아요? 나는 끝장을 내려는 거예요. 끝장을 낸단 말입니다."

그는 다시 외쳤다. "우리 형제가 아버지의 잘못 때문에 얼마나 고생했는지 당신이 알아? 내 자식에게는 이런 고통을 당하게 하고 싶지 않아. 그래서 나는 자식을 낳지 않는 거요."

나는 그가 측은했다.

내가 떠날 때 그는 뒤에서 말했다. "도련님이 이렇게 하는 건 내가 투스를 죽인 다음 당신을 죽이라고 강요하는 거나 마찬가집니다."

나는 이 불쌍한 사람이 그냥 해 보는 소리라고 생각했다. 애당초 그의 동생도 원혼이 들어가 있는 자줏빛 옷의 도움이 없었으면 내 형을 죽이지 못했을 것이다. 이런 상황이 벌어진 것은, 옛날 자객은 복수할 때 그렇게 많은 생각을 하지 않았다. 내가 말하려는 것은, 요즘 세상 인심이 많이 변했고 자객조차도 복수방법이 달라졌다는 것을 말하려는 것이었다.

밤에 잠이 들려는데 아버지가 들어왔다. 그는 아들인 내가 오늘 자기의 생명을 구했다고 말했다.

그는 내일 날이 밝으면 부하들을 보내 그 사람을 죽이고 태울 물건이 없더라도 술집을 불질러버리겠다고 했다. 나는 그렇게 할 필요가 없다고 말했다.

아버지는 잠시 생각을 하더니 말했다. "네가 투스 자리를 뺏을 수 있는데도 그렇게 하지 않은 것처럼 말이냐?"

곰곰이 생각해보니 내가 마이치 투스가 되는 것을 방해하는 것은 없었지만 그렇다고 투스에게 퇴위를 강요한 적도 분명히 없었다.

"너의 형이었으면 아마 그렇게 했을 거다."

그러나 형은 이미 피살되었다. 당시 아버지는 실제로 형에게 투스 자리를 물려주고 싶지 않았던 모양이라는 말은 차마 하지 못했고 대신 "저는 어쨌든 아버지의 아들이니까요." 이 소리로 말을 맺었다.

"그래, 네 뜻대로 그 자를 죽이지 않으마. 어쨌든 여기는 너의 땅이니까."

"여기는 아버지의 여름궁전이에요. 제가 여기 있는 게 싫다면 다른 곳으로 갈 수도 있습니다."

아버지는 감동했는지 느닷없이 내 팔을 꽉 잡고 말했다. "얘야, 내가 여기에 왜 왔는지 아느냐? 내가 오래 못 살 거란 걸 안다. 가을이 오면 나와 함께 돌아가자. 내가 죽으면 네가 바로 마이치 투스가 되니까."

내가 뭐라고 말하려고 하자 그는 내 입을 막았다. "투스가 되고 싶지 않다고 말하지 마라. 바보라고 말하지도 마."

아버지와 내가 얘기를 나누는 동안 타나는 바로 옆방에서 노래를 부르고 있었다. 노래 소리는 밤하늘 아래 멀리까지 퍼졌다. 아버지는 노랫소리를 듣다가 갑자기 물었다.

"투스가 되면 넌 뭘 하고 싶으냐?"

나는 머리를 부지런히 돌렸다. 하지만 투스가 되면 무엇을 해야 할지 생각나지 않았다. 내 얼굴에 멍한 표정이 떠올랐을 것이다. 그랬다. 지난날 나는 투스가 되고 싶다는 생각은 했지만 투스가 되고 나서 무엇을 할 것인지 생각한 적은 없었다. 내가 투스가 되면 뭘 얻을 수 있을까를 진지하게 생각해봤다. 돈? 여자? 넓은 영토? 많은 하인? 이런 것들을 나는 이미 다 가졌다. 권력인가? 그래 권력이었다. 그렇다고 내게 권력이 없는 것도 아니다. 그리고 권력을 얻는 것도 더 많은 돈과 여자와 하인, 더 넓은 땅을 얻기 위한 것이라면 나는 그것에 별다른 뜻이 없었다. 그런 의미에서 투스가 되는 것이라면 내게는 아무 의미도 없다. 그런데 이상한 것은 나는 여전히 투스가 되고 싶었다. 투스가 되면 내가 모르는 좋은 점이 반드시 있을 거라고 생각됐다. 그렇지 않다면 왜 내가 투스가 되고 싶겠는가.

"투스가 되어서 좋은 점은 네가 이미 알고 있는 그런 것들이다. 그밖에는 밤에 잠도 못 자고 자기 아들조차도 경계해야 한단다."

"그런 건 두렵지 않아요."

"어째서 그렇지?"

"제게는 아들이 있을 수 없기 때문이지요."

"아들이 없다니? 네가 그걸 어떻게 알아?"

원래는 타나의 음부가 메말라서 아들을 낳을 수 없다는 말을 하려던 것이었는데 나도 모르게 그만 "아버지의 아들이 마지막 투스가기 때문이에요." 하고 말해버렸다.

아버지는 기겁을 했다.

나는 다시 한 번 말했다. "오래지 않아 투스는 없어질 거예요."

그 다음에 나는 더 많은 말을 했는데 무슨 말을 했는지는 기억도 없다. 우리가 사는 곳에서는 신령이 별안간 사람의 몸에 올라붙어 미래를 예언하는 경우가 많다. 이런 귀신은 대개 웡버이시처럼 반역자로 몰려 죽음을 당한 사람의 영혼이다. 몸에서 빠져나온 뒤 딱히 기댈 데가 없어 예언하는 귀신이 되는 것이다. 나는 내가 말하는 건지 내 몸에 붙은 귀신이 말하는 건지 잘 알 수 없었다.

내게 귀신이 붙었다고 생각한 마이치 투스는 갑자기 내 앞에 무릎을 꿇었다.

"예언하시는 분은 어디서 오셨습니까?"

"귀신은 없어요. 아버지의 아들인 제 생각일 뿐이에요."

아버지는 일어나서 무릎에 먼지라도 묻은 듯 탈탈 털었다. 아침에 하인들이 방을 샅샅이 청소했기 때문에 방은 깨끗했다. 나도 맥없이 먼지가 묻지 않은 아버지의 무릎을 털어주었다. 바보가 하는 짓은 이런 경우 효과가 썩 훌륭했다. 투스의 언짢은 얼굴에 다시 웃음이 번졌다. 아버지는 한숨을 쉰 다음 말했다. "네가 바보인지 아닌지 나로서는 가늠할 수 없다만 방금 전 네가 말한 것은 바보가 한 말이라고 생각한다."

나는 결말을 똑똑히 보았다. 서로 기 싸움을 하는 투스들은 이젠 더 이상 보이지 않았다. 투스의 산채가 무너지고 버섯구름 같은 먼지가 피어오른다. 그 먼지는 하늘로 올라갔다가 드디어 흩어져 대지의 어떤 곳에도 흔적을 남기지 않는다.

마이치 투스와 아들은 서로 헛소리를 주고받았다. 사실 아버지는 마음으로는 내 말을 믿었지만, 입으로 괜히 내 말에 어깃장을 놓는 것이었다.

아버지가 또 한 가지를 지거 활불에게 점치던 얘기를 했다. 활불의 점괘에 바로 올해 겨울 자신이 죽는다고 했다는 것이었다.

"늙은 활불에게 다시 점을 치라고 그래요. 어차피 투스들은 없어질 거니까 아버지가 조금만 더 늦게 돌아가시면 굳이 물려줄 필요도 없어요."

아버지는 아주 진지하게 물었다. "네가 보기에는 내가 앞으로 얼마나 더 살 수 있을 것 같으냐?"

"십여 년쯤."

아버지는 한숨을 쉬었다.

"삼 년에서 오 년 정도면 견딜 수 있는데 십 년은 너무 길어."

나는 어쩌면 삼 년에서 오 년 사이에 그 일이 일어날 수도 있다고 생각했다. 얼마나 오래 갈지 모르지만 결국 그날은 오고 말 것이다, 그건 눈에 보이는 것이 아니라 그냥 느낌이었다. 느낌으로 본 미래 세상에는 마이치 투스만이 아니라 모든 투스가 없어졌다.

투스제도가 생기기 전, 이 대지에는 수많은 장로가 있었는데 투스제도가 생긴 후 그 많은 사람이 전부 사라졌다. 그러면 투스가 사라진 뒤에는 또 무엇이 생겨날 것인가? 내게는 아무것도 보이지 않았다. 단지 투스의 산채에서 먼지가 풀썩 일었다가 모든 것이 사라지는 장면이 떠올랐다. 맞다. 모든 것이 사라진다. 먼지 위로 짐승이나 새의 자취 하나 보이지 않았다. 대지를 덮은 먼지는 흐트러진 비단을 펼친 것 같았다.

내 주위 사람들은 모두 자기 일에 몰두하고 있었다. 중국에서 온 사부와 혀를 잘린 사관 두 사람만 넋 놓고 하늘을 올려다보며 눈앞의 광경에는 아랑곳하지 않고 미래만을 생각하고 있었다. 나는 이런 느낌을 두 사람에게 말했다.

사관은 어느 날 모든 것이 사라지는 날이 올 수도 있다고 눈으로 말했다. 그의 눈에는 내 멍한 얼굴과 하늘을 날아가는 구름이 동시에 비치고 있었다.

황 사부는 눈을 감은 채 겁먹은 입을 열었다. "그렇게 빨리요? 내가 생각했던 것보다 더 빠르군." 그는 텅 빈 눈에 몇 가닥 남지도 않은 누르스름한 수염을 만지작거렸다.

사관이 사부에게 말한 건 이랬다. 옛날에 중국이 강했을 때 투스를 여럿 두었는데 나중에 국가가 다시 강력해지면서 투스를 없애버리려 했었다.

그런데 바로 그 무렵 중국이 약해졌기 때문에 투스들이 근 백 년을 이어올 수 있었던 거라고.

사관의 눈빛을 본 황 사부의 멀건 눈이 반짝 빛을 발했다.

"도련님 잠깐만요. 그럼 십 년만 있으면 중국이 강해진다는 거군요?"

"십 년이 안 될 수도 있어요."

"이 노인네가 그때까지 살 수 있을까요. 그런 시대를 볼 수 있을지 궁금하군요."

나는 황 사부의 질문에 대답할 마음이 없었다. 궁금한 것은 오히려 나였다.

"중국이 강해지면 왜 투스가 없어지지?"

황 사부는 지금까지 마이치 가문의 작은 도련님 같은 바보는 없었는데 이런 문제를 묻다니, 이 근방에서 가장 똑똑한 사람도 이 문제는 전혀 모르는 것이라고 했다. 왜냐하면 국가가 뭔지, 민족이 뭔지를 올바르게 알고 싶어 하는 투스가 하나도 없기 때문이라는 것이다. 나는 잠시 생각에 잠겼다. 그의 말이 옳을지도 모른다. 많은 투스와 함께 있을 때 그들이 이런 문제를 갖고 토론하는 것은 한 번도 본 적이 없었다.

우리는 투스란 단지 산 속의 왕이라고만 알고 있었다.

황 사부가 다시 설명했다. 완전하고 강력한 나라에는 오직 한 사람의 왕이 있을 뿐이고, 그 왕은 다른 사람들이 스스로를 왕이라고 자칭하는 것을 절대로 허용하지 않는다. 하물며 어디 붙었는지도 모를 작은 나라에서 왕이라고 칭하는 걸 누가 허용하겠느냐고 했다. 그러면서 덧붙였다. "하지만 도련님은 변화를 걱정하지 않아도 됩니다. 이미 투스의 시대를 사는 게 아니니까요."

나는 그의 말을 믿지 않았다. 나는 투스의 시대를 살고 있으며, 내 주변에는 투스들만 있다. 게다가 나는 마이치 투스의 자리를 기다리고 있기 때문이었다.

더 중요한 것은 내 눈앞에 나타난 것은 투스가 사라진 장면뿐이고 그 이후의 미래는 보이지 않았다는 점이다.

누구라도 자기가 분명하게 보지 못한 불확실한 미래에 마음 쓸 사람은 하나도 없다.

그들은 늙었다

실제로 많은 사람이 투스들에게 미래가 없다는 나의 말을 믿고 있었다.

예언이 내 입에서 나왔기 때문에 그런 것이 아니라 사관과 황 사부도 내 말이 옳다고 생각하기 때문이었다. 이렇게 해서 모두들 내 말을 의심 없이 믿게 됐다.

가장 굳게 믿고 있는 사람은 아버지인 마이치 투스였다.

그는 믿지 않는 척하고 있지만 집사 말에 따르면 늙은 투스는 신비스러운 예언을 철석같이 믿는다고 했다. 아닌 게 아니라 어느 날 아버지는 내게 말했다. "내가 깨달은 게 있다. 안 그렇다면 하늘이 왜 너를 이 세상으로 내려보냈겠느냐. 너는 바보가 아니라 신선이야."

이런 일이 벌어지는 동안 아버지는 한숨만 쉬었다. 사람이란 정말로 이상한 존재여서 아버지는 투스가 가진 모든 것이 나중에 다 먼지가 될 거라는 사실을 분명히 믿고 있으면서도 지존의 자리에 최후까지 앉아 있지 못하는 것을 깊이 한스러워했다. 그는 넋 놓고 나를 바라보며 중얼거렸다.

"내가 어떻게 너 같은 아들을 낳았을까?"

이것은 내가 대답하기 어려운 문제였다. 그래서 왜 나를 바보로 낳았느냐고 반문했다. 고귀한 존재지만 너무나 늙어버린 아버지는 내 얼굴에 대고 소리를 질렀다. "어째서 너는 현재는 못 보고 미래만 볼 수 있는 거냐?"

바보 아들을 낳아준 투스부인의 아름답고 매력 있던 얼굴도 늙어 시들었다. 하지만 너무도 빠르게 늙어가는 투스에 비하면 훨씬 젊어 보였다. 그녀는 늙은 남편에게 말했다. "지금도 당신에게 닦달만 당하는데 미래를 보지 않으면 그럼 뭘 봐요?"

"존경하는 투스님, 내일 부인과 하인들, 그리고 용맹한 병사들을 데리고 당신의 보루로 돌아가십시오." 이렇게 간청하는 내 목소리가 귓가를 울렸다.

여기는 투스의 여름궁전이 아니라 어렴풋하게 보이는 미래에 속하는 곳이라고 말했다. 장래 이 땅의 모든 산채가 없어질 때 여기는 새로운 곳이 될 것이며, 투스가 없는 시대가 되면 지금보다 커지고 아름다워질 것이라고 말했다.

아버지는 멍하니 앉아 있기만 했다.

물론 나는 그에게 지금 즉시 가라고는 하지 않았다.

나는 아버지와의 마지막 모임을 갖기 위해 이웃의 다른 투스들에게 급히 초청장을 보냈다. 나는 이 모임을 '투스들 최후의 만찬' 이라고 칭했다. 초청장에도 그렇게 썼다. '모든 투스께서 이곳으로 와 마지막 만찬에 참석해주시면 감사하겠습니다.'

말하기에 뭣하지만 '마지막' 이라는 단어에서 위협을 느낀 투스는 아무도 없었다. 그들은 초청장을 받자마자 이곳을 향해 출발했다.

제일 먼저 도착한 사람은 나의 장모였다. 여전히 젊은 그녀 뒤에는 전과 다름없이 네 명이나 되는 아름다운 시녀가 허리 한 쪽에 긴 칼을, 다른 한 쪽에는 권총을 꽂은 채 따라왔다. 나는 깍듯하게 장모의 발밑에 양탄자를 깔아주었고 롱꽁 투스의 딸도 친정어머니에게 환영인사 하러 내려오도록 했다. 롱꽁 투스는 말에서 내려 거푸 딸의 이름을 부르더니 나는 제대로 쳐다보지도 않은 채 타나를 따라 위층으로 올라갔다. 잠시 후 위층에서 내 아내의 애끓는 울음소리가 들렸다. 마이치 투스는 너무나 화가 치밀어 내 장모를 죽이라고 막말까지 했다. "네가 롱꽁의 투스가 될 거야. 어떤 힘도 너를 막을 수는 없어."

나를 막는 것은 내 자신이라고 아버지에게 강변했다.

그는 한숨을 길게 쉬더니 내가 마이치 투스가 되는 것만 안다고 했다. 그렇게도 오랜 시간을 멍청하게 앉아서 마이치의 영지를 더 확장시킬 생각은 하지 않은 채, 황량한 변경에 저잣거리나 만들고 투스시대의 변화함은 모른 척하고 있는 거냐며 오금을 박았다.

식사시간이 될 때쯤 위층의 울음소리가 그쳤다. 여 투스는 내려올 생각이 없는 모양이었고 나는 촐마더러 위층에 푸짐한 음식을 가져다주라고 분부했다. 사흘 만에 위층에서 여 투스의 전언이 내려왔다. 자기의 말을 잘 보살피라는 것이었다. 그 이야기를 전한 사람은 눈이 맑고 이가 유난히 하얀 시녀였는데 자기 주인의 말은 굉장히 많은 돈을 들여 몽골지방에서 사온 것이라고 했다.

나는 햇빛에 앉아 실눈을 뜨고 태양을 가늠하면서 그 몽골 말을 끌고 오라고 분부했다.

어린 하인 둘은 내 의도를 알아차렸다. 몇 번의 총소리와 함께 여자 투스의 몽골 말은 피를 뿜으며 나뒹굴었다. 총의 탄창 부분에서 튀어나온 탄피가 떨그럭 소리를 내며 아래층계단으로 굴렀다. 집사는 말 가격의 두 배나 되는 은돈을 들고 여 투스에게 갔다.

여 투스의 말을 전했던 그 시녀는 기절초풍을 했다. 쑤오랑쩌랑은 그녀의 손을 잡고 만지작거리더니 말했다. "내가 당신의 방자한 주인을 죽이면 도련님은 틀림없이 당신을 나에게 줄 거야."

시녀는 분노에 가득 찬 눈으로 쑤오랑쩌랑을 째려봤다.

나는 그 시녀에게 말했다. "쑤오랑쩌랑이 너를 원한다면 그건 네게 가장 큰복이다."

시녀는 다리에 힘이 풀린 모양이었다. 곧바로 내 앞에 무릎을 꿇고 무너졌다.

나는 그만 돌아가라고 했다. 그런 후 시녀의 등 뒤로 모든 사람들이 다 들을 수 있도록 고함쳤다. "네 주인에게 걱정하지 말라고 그래. 돌아갈 때는 더 좋은 말을 탈 수 있을 거라고!"

미리 계획했던 행동은 아니지만 효과는 좋았다.

저녁 식사 때가 되자 여 투스는 타나와 함께 내려와 밥을 먹었다. 여전히 나와는 얘기하려고 하지 않았지만 아버지나 어머니와는 많은 얘기를 나누었다. 타나는 줄곧 내 눈치를 살피고 있었다. 처음에는 살그머니 훔쳐보더니 나중에는 대담하게 내게 눈을 마주쳤다. 그녀의 눈빛은 겉으로는 도발하는 듯했지만 깊은 두려움이 숨어 있었다.

식사가 끝나자 여 투스는 손을 흔들어 쑤오랑쩌랑이 점찍었던 그 시녀를 데리고 들어오게 했다. 하인들이 이미 그녀를 채찍질한 뒤였다. 여 투스는 화사한 미소를 띤 얼굴을 내게 돌리고 말했다. "이 계집애가 내 뜻을 잘못 전했어. 지금 이 애를 죽일 걸세."

"그 애가 장모님의 어떤 말씀을 잘못 전했는지 모르겠군요. 말먹이를 주라는 분부를 전했거든요. 설마 그 비싼 말을 굶겨 죽이라고 전하신 건 아니겠지요?"

내 말에 여 투스는 이를 갈면서 뒤에 있는 세 시녀에게 말을 전했던 계집애를 당장 끌고 나가 죽이라고 했다.

내 세금 징수원인 쑤오랑쩌랑이 뛰어 들어와 내 앞에 무릎을 꿇었다. 내가 일어나서 말하라고 했지만 듣지 않았다. "도련님은 제 뜻을 아십니다."

나는 장모에게 말했다.

"이 아가씨는 내 세금 징수원의 약혼녀예요."

여 투스는 싸늘하게 웃었다. "세금 징수원? 그게 무슨 벼슬이지?"

이어서 도대체 이곳에는 이해할 수도, 좋아할 수도 없는 일이 너무 많다고 덧붙였다.

나는 여기의 일, 새롭게 창조되는 이 세계가 모든 사람의 환심을 살 필요는 없다고 말했다.

"무슨 개똥 벼슬인지 모르겠지만 어쨌든 그것도 하나의 벼슬이라고 해두지." 그러고는 잠자리를 같이했던 마이치 투스에게 말머리를 돌렸다. "당신의 아들은 규칙도 모르는군요. 이 계집애는 시녀고 노예거든요."

이 말은 마이치 투스를 난감하게 만들었다.

이 여 투스는 줄곧 나와 맞서고 있었다. 나는 투스들이 마지막으로 한곳에 모이도록 그녀 역시 초청한 것인데 여 투스는 앙심을 품고 내게 대드는 것이었다. 요 몇 년 동안 투스들은 근심걱정 없이 다리 뻗고 편히 잤다. 좋은 시대가 막 시작되는 줄 알고 있었던 모양이었다. 지금 나는 우리가 보태준 보리로 기근을 견디고 자리를 근근이 보전했던 이 여 투스를 괴롭힐 것이었다.

나는 여 투스에게 내 옆에 있는 사람들을 보라고 했다. 투스의 딸로 고귀하게 태어난 타나를 빼고는 모두 다 하인으로 태어났다고 말했다. 나는 시녀들의 우두머리인 쌍지 촐마, 망나니 겸 사진사인 얼이, 그리고 마부의 딸을 불러와서 그들의 출신을 다 소개했다. 그들은 여자 투스 앞에서 상류층 사람처럼 품위 있는 미소를 머금었다. 이런 모습은 여 투스의 기를 꺾기에 충분했다. 여 투스가 시녀에게 물었다. "너, 정말 이 사람을 원하느냐?"

시녀는 고개를 끄덕였다.

여 투스는 다시 말했다. “내가 너의 모든 죄를 용서해준다면……?”

그 시녀는 쑤오랑쩌랑의 등 뒤로 간 다음 여 투스의 말을 가로챘다. “전 아무 죄도 없어요.”

얼이가 들고 있던 사진기를 들어올렸다. 먼저 꽤 큰 소리가 들렸고 이어서 눈이 멀 듯한 빛이 번쩍였다. 이것은 나의 장모를 기겁하게 만들었다. 파랗게 질린 얼굴이 사진기에 찍혔다. 사진을 찍히고 나자 여 투스는 내일 돌아가겠노라고 했다.

다른 투스도 곧 여기 올 거라고 말하자 그녀는 마이치 투스를 바라보았다.

“나는 여기 오면 당신과 좋은 얘기를 나눌 수 있을 줄 알았는데, 당신은 너무 늙었고 정신도 흐려졌군요. 하지만 다른 투스들도 온다면 기다렸다 같이 놀지요. 뭐.” 마치 모든 투스가 자기와 친하다는 말투였다.

높은 자리에 있는 투스들은 알고 보면 몹시 외로운 사람들이었다.

은덩이가 있으면 잠이 들어도 누군가가 빼앗아가는 꿈을 꾸곤 한다. 여자가 많이 있지만 뒤로 갈수록 고분고분했던 여자가 드세어지고, 맘에 꼭 차지 않았던 여인이 살찐 육체를 들이대며 만족시켜줄 것을 강요한다. 시간이 흘러 투스들이 늙어버리면 남자로서 자신만만하던 그 부위가 더 이상은 일어날 힘을 잃고 만다. 기름 낀 살덩어리에 둘러싸인 마이치 투스는 자기와 쾌락을 누렸던 룽꽁 투스를 어이없는 눈으로 멍하니 바라봤다.

그들은 모두 늙었다.

밤이 찾아들었다.

여 투스는 아침보다 훨씬 늙어 보였다. 내 어머니와 아버지도 마찬가지였다. 더 중요한 것은 아침이면 그나마 화장을 잘해서 웬만큼은 활기가 있는데 오후가 되어 얼굴에 먼지가 묻고 나이에서 오는 지친 기색까지 더해져 그들의 참모습이 더 분명하게 드러난다.

마이치와 룽꽁 투스는 다른 투스들이 조금이라도 일찍 오기를 바랐다. 하인들은 위층 햇살이 드는 방향에 푹신한 방석을 깔았다. 두 투스는 방석에 앉아 먼 곳을 하염없이 바라보고만 있었다. 투스 부인은 자기 방에서 아편을 피우면서 고향인 중국 땅에서는 너무나 많은 사람이 이 멍청한 짓을 하느라 가산을 탕진하지만 마이치 가문은 아편 따위로 거덜나서 거리로 나앉을 일은 없으니 이 행복을 잘 누려야 된다고 했다. 나는 황 사부에게 어머니와 얘기 좀 나누라고 부탁했다. 피차 중국 사람인 그들이 고향말로 고향 얘기를 나누는 것도 좋을 거라는 생각에서였다.

날씨가 온화한 정오쯤에는 강가에서 바람이 불었다.

바람은 바로 마이치 투스의 여름별장 쪽으로 불어왔다. 하인들은 일어나 몸으로 바람을 막았다. 매일 손님들의 말이 도착했다. 이제는 거의 모든 투스가 왔다. 물론 라셔빠 투스도 왔다. 우리와 친척이라고 우기던 그는 큰 기근이 일어났던 몇 년 동안 내가 세운 지 얼마 안 되는 시장에서 꽤 오래 살았다. 모든 투스들 가운데서 그는 장사를 제일 잘했다.

그의 일행을 태운 기마대가 지평선에 나타날 때 모든 투스들이 위층에서 내려왔다. 나는 손님용 붉은 양탄자가 벌써 더럽혀진 것을 보자 새로 깔라고 지시했다. 라셔빠 투스는 정오를 넘겨서야 시장 입구의 나무다리에 모습을 드러냈다. 더욱 뚱뚱해졌다. 모든 사람이 먼저 본 것은 말 등에 실린 커다란 짐 보따리였다. 말이 우리 앞으로 가까이 다가오자 보따리 같은 몸과 챙 넓은 모자 사이에서 온화한 얼굴이 나타났다.

이 땅에서 사는 대다수 투스가 그의 앞에 서 있었지만 그는 모자만 흔들었다. 따지고 보면 내게 토지를 많이 뺏겼는데도 그는 말에서 내리자마자 나를 꽉 껴안았다. 우리는 이마를 대고, 얼굴을 맞대고, 코끝을 비볐다. 모두들 라셔빠가 울 듯한 목소리로 "아, 내 친구, 내 친구!"라고 하는 것을 들었다.

라셔빠는 이제 자기 혼자서는 위층으로 올라가지 못했다.

황 사부가 가지고 있는 멋진 의자에 하인들이 라셔빠 투스를 앉힌 후 위층으로 들고 올라갔다. 의자에 앉아서도 그는 내 손을 잡고 놓지 않았다.

"보시게나, 허리에 힘이 있어서 말 등에 앉을 수 있고, 손에도 힘이 있으니 이렇게 내 친구를 잡을 수 있네."

내가 하고 싶은 말은, 이 투스가 모든 투스들의 본보기라는 것이다.

마지막으로 온 투스는 다른 투스들이 잘 모르는 젊은이로, 새로 투스 자리에 오른 왕뻐였다. 그는 남쪽 변경에서 출발해 커다란 원을 그리는 형태로 길을 잡았기 때문에 남보다 오래 걸렸다. 제일 가까운 길은 마이치 투스의 영지를 가로질러 오는 것이었는데 그는 차마 용기를 내지 못했다. 이 말에 마이치 투스는 껄껄 웃었지만 그 너털웃음은 바로 심한 기침으로 이어졌다. 왕뻐는 마이치 투스를 모른 척했다. 그는 마이치 투스가 죽은 왕뻐 투스의 상대일 뿐 자기의 적수는 아니라고 여겼다.

그는 나에게 말했다. "우리는 뭔가 통할 거라고 믿어요."

나는 술 한 잔을 따라줬다. 계속하라는 의미였다.

"우리, 서로에 대한 원한은 땅에 묻고 가슴에는 묻지 맙시다."

집사는 도련님에게 뭐 부탁할 일이 있느냐고 농담을 했다.

젊은 왕뻐 투스는 웃으면서 자신도 장사할 수 있게 시장에 한 자리만 내달라고 했다. 마이치 투스는 나를 향해 머리를 연거푸 저었지만 나는 왕뻐의 요구를 들어주었다. 그는 세금을 제때 내겠노라고 했다. "그렇게 많은 돈은 필요 없소, 중국이 아직도 일본하고 싸운다면 작은아버지에게 비행기 사드릴 돈이 필요했겠지요. 하지만 중국이 일본을 이겼는데 그렇게 많은 돈을 어디에 쓰게요?"

누군가가 반박했다. "중국에서는 지금 자기들끼리 싸우고 있잖소?"

"황 사부 말로는 이번이 중국의 마지막 전쟁이랍니다."

투스들은 황 사부에게 공산당이 이길 것인지 아니면 국민당이 이길 것인지를 물었다.

"어느 쪽이 이기든지 전쟁이 끝나면 투스들은 오늘과 같은 모습으로 살 수는 없을 겁니다. 스스로 지고한 존재인 왕이라고 할 수 없을 거란 말이지요."

투스들이 다시 물었다. "이렇게 많은 왕들이 연합하면 중국의 왕 하나쯤 못 이길까요?"

황 사부가 낄낄 웃으면서 같은 한족인 어머니에게 말머리를 돌렸다. "부인, 들으셨지요? 이 사람들이 지금 무슨 잠꼬대를 하는지, 원."

이 말을 듣고 투스들은 분노했다. 여 투스는 벌떡 일어나 칼을 빼들더니 나의 사부를 죽이겠다고 날뛰었다. 다른 투스들이 황급히 그녀를 막았다. 여 투스는 큰 소리를 질렀다.

"투스들 가운데 남자는 없소? 이런 제길, 남자들이 다 죽었네, 다 죽었어!"

투스들

투스들은 날마다 모여 잡담이나 하며 시간을 보냈다.

어느 날 집사가 이 사람들을 초청한 이유가 뭐냐고 느닷없이 물었다.

나는 그제야 이 문제를 생각했다.

그렇다. 내가 왜 이 사람들을 불러온 것일까. 투스들이 죽기 전 친구나 적과 만나게 해주려고 그런 건가? 사람들이 바보는 호인이라고 하는데, 세상에, 내가 그렇게 좋은 사람이던가? 더군다나 이 바보는 경우에 따라서는 총명한 사람도 못 하는 일을 척척 해내는데, 이런 내가 좋은 사람이라고 믿어줄 사람이 있기나 할 것인가? 아마 없을 것이다. 어쨌든 나로서는 이 사람들을 왜 불러들였는지 도대체 해답을 구해내지 못 했다.

생각이 막혔기 때문에 다른 사람들에게 물어봤다. 질문을 받은 사람들은 서로 다른 말을 늘어놓았다.

타나는 싸늘하게 웃으면서 룽꽁 가문의 두 여인 앞에서 자기를 과시하려고 그런 것이라고 했다.

그녀의 대답은 틀렸다.

황 사부에게 물었더니 되레 내게 질문을 던졌다. "도련님은 내가 왜 이 지경으로 몰락한 줄 아시오? 다른 사람과 마찬가지로 스스로를 똑똑한 사람이라고 생각했기 때문이오. 그렇지 않았다면 이 지경에 이르지는 않았을 겁니다." 내 질문이 그의 상처를 건드린 모양이었다. 그는 우아하고 유식한 말로 마음을 드러냈다. 집이 있어도 돌아가지 못하고, 나라가 있어도 헌신하지 못한다고. 황 사부도 자신의 미래를 예측을 하고 있었다. 앞으로 중국에서 어떤 색깔을 띠는 사람(역주 공산당의 붉은색과 국민당의 흰색을 의미함)이 이기든 자기가 낄 자리는 없다고 했다. 그가 한 말은 이것 한 마디였다. "내가 맡을 역할이 없소."

그는 흰색 국민당과 붉은색 공산당이 서로 싸우는 것에 반대했지만 그들은 기어코 전쟁을 벌였다. 공산당이 이긴다면 그는 국민당 편이라 할 일이 없고, 국민당이 이긴다면 자기가 그들을 위해 아무 일도 못했기 때문에 할 일이 없을 거라고 말했다. 나는 황 사부가 이토록 상심할 줄은 몰랐다. 나는 우리 작은아버지가 살아 있었을 때 공산당 편이었는지 아니면 국민당 편을 들었는지를 물었다.

"그분은 국민당원이었지요."

“좋아요. 그럼 나도 국민당 편을 들 거예요.”

“도리로 따지면 옳지만 판단을 잘못하는 건 아닐지 걱정됩니다.” 황 사부가 이 말을 할 때 내 등에서 냉기가 훑고 지나갔다. 빛나는 태양이 내리쬐고 있는데 내가 남 앞에서 떨 수는 없었다.

“한쪽만 좋아해서는 안 됩니다. 나야 늙었으니 편들기에 잘못이 있어도 상관없지만 도련님은 젊어요. 사업이 이제 피어나고 있는 시기니까 조심해야 합니다.”

그러나 내 주장은 확고했다. 작은아버지를 좋아했으니 당연히 그의 편을 들어야 했다.

나는 사관을 찾았다. 그는 무언가를 열심히 쓰고 있었다. 내 문제를 듣자 천천히 고개를 쳐들었고 그의 눈 속에 실린 이야기를 읽을 수 있었다. 그는 신비주의자여서 구체적인 답을 내놓지는 않는다는 걸 나는 잘 안다. 과연 그의 눈에서 한마디만 떠올랐다.

‘운명은 해석할 수 없는 것입니다.’

쑤오랑쩌랑은 내가 자기에게는 질문하지 않는 것이 못마땅했는지 제발로 찾아와 말했다.

“도련님, 투스들을 불러와서 전부 다 죽이려는 건 아니셨지요?”

나는 아주 단호하게 대답했다. “아니.”

그는 다시 물었다. “도련님, 그런 계획이 정말로 없었나요?”

나는 역시 “아니”라고 대답을 하면서도 조금은 망설였다. 쑤오랑쩌랑이 끝까지 물었으면 나는 투스들을 모두 죽이라고 했을 것이다. 그러나 다행히 콧방귀만 뀌고 더 이상 묻지 않았다.

쑤오랑쩌랑은 부아가 치미는지 세금 걷는 제 부하들에게 고래고래 악을 썼다. 내 세금 징수원은 성격이 거칠고 급했다. 그는 늘 사람을 죽이고 싶어 했고 그래서 자기의 좋은 친구 얼이가 사람을 죽일 수 있는 망나니인 것을 무척 부러워했다. 언젠가 얼이만 망나니로 태어났으며 누구는 '뭐는 해도 되고 뭐는 하면 안 되는' 건 엄청나게 불공평하다고 투덜거린 적이 있었다. 그래서 누군가 도련님이 투스의 아들로 태어난 것도 불공평하냐고 물었더니 감히 더는 뭐라고 지껄이지 못했다. 집사가 쑤오랑쩌랑을 죽이라고 건의를 한 적이 있었다. 나는 그 아이의 충성스러움을 믿었으므로 허락하지 않았다. 오늘의 일은 그의 충성심을 또 한 번 증명한 셈이다. 코를 빠뜨리고 자리를 뜨는 것을 보자 나는 정말로 투스 한 사람을 데려다가 사람 죽이고 싶어 하는 쑤오랑쩌랑의 욕망을 만족시켜주고 싶은 생각도 들었다.

이런 일이 있고 난 후 나는 왜 투스들을 초청했는지 다시 묻지 않았다.

그날, 나는 투스들과 함께 술을 마시고 있었다. 모든 투스들이 나와 건배하면서 마이치 투스와 룽꽁 투스를 제외시켰다. 술이 두어 순배 돌고, 투스들이 내게 술을 권하지 않았고 그래서 나는 직접 따라 마셨다. 나와 제일 친숙한 라셔빠 투스와 왕뻐 투스는 내게 이제 취했으니까 더 이상 마시지 말라고 했다.

"말리지 마. 내 아들은 취하건 취하지 않건 똑같으니까."

아버지가 그렇게 말한 것은 자기야말로 이곳의 주인이라는 사실을 보여주려는 것이었다. 그러나 그것은 자신의 생각일 뿐이지 다른 사람들의 생각은 아니었다. 오직 롱꽁 투스만이 아버지에게 찬성하는 미소를 지어 보였다.

사실 그 두 투스는 많이 마셨다. "저 사람의 아들은 바보이고 내 딸은 세상에 둘도 없이 예쁜 여자야. 그런데 저 바보는 내 딸과 사이좋게 지낼 줄도 모르지요. 다들 말해보세요. 마이치 아들이 바보인 게 맞지요?"

여 투스는 술잔으로 자기 얼굴을 가리고 젊은 왕뻐 투스에게 말했다. "내 딸을 당신에게 보낼까? 어때?"

롱꽁 투스는 왕뻐 투스의 손을 꽉 잡으며 다시 말했다. "당신, 내 딸을 봤어요?"

"이것 봐요. 물론 봤어요. 과연 기막히게 예쁘더군요."

"그럼 왜 내 딸을 원하지 않는 거요? 걔를 차지하고 싶으면 그렇게 하고 그게 아니라면 그냥 같이 노는 건 어때요?"

여 투스는 한 눈으로는 왕뻐 투스를, 다른 한 눈으로는 마이치 투스를 살폈다. 말투가 몹시 음탕하게 들렸다. "내가 남자 좋아하는 건 다들 알고 있을 텐데 내 딸도 나를 닮았지요."

나의 새로운 친구인 왕뻐 투스의 말투가 변했다. "제발 놔줘요. 내 친구가 보고 있거든요."

나는 양탄자에서 어떤 시녀의 다리를 베고 누워 하늘을 올려다보고 있었다. 새로운 친구가 나를 배반할 거라는 생각이 들었다. 더 이상 마음이 쓰리지도 않았고 오히려 일이 여기서 시시하게 그치면 어쩌나 걱정도 됐다. 나는 무슨 사건이든 일어나기를 바라고 있었다. 이렇게 많은 투스들이 모였으니 어떤 일이라도 생겨야 될 텐데…….

왕뻐 투스의 호흡은 무겁고 긴장되어 있었다.

좋아! 나는 마음속에서 말했다. 어이, 새로운 친구, 나를 배반해 보게!

하느님도 내 소원을 들어주려는가 보았다. 안 그렇다면 타나가 느닷없이 회랑에 나타나 노래를 부르기 시작했을까. 그녀의 은은한 노랫소리는 흰 구름 도는 푸른 하늘가로 가벼운 새처럼 날아갔다. 사람을 향해 노래를 부르는 건지 아니면 들판에게 노래를 불러주는 건지 모르겠지만 얼굴에는 무언가를 홀리려는 표정이 어렸다. 타나는 존재 자체가 유혹이었다. 어떤 철학자가 '이런 여자는 꿀 같은 독약이니 피해야 한다' 고 했다. 물론 그 말은 그 철학자처럼 마음이 건전한 사람에게나 해당되는 것이다. 나 자신은 절대로 그만한 그릇이 못 된다. 아무것도 두려울 게 없는 나는 과연 심연에 빠질 사람, 달콤한 독약을 삼킬 사람이 있을지 생각해보았다. 나는 왕뻐 투스를 훔쳐봤다. 그 얼굴에는 꿀 같은 독약과 끝 모를 심연 앞에서 벌벌 떨고 있는 사람의 공포가 서려 있었다.

지금 왕뻐 투스를 쥐고 흔드는 사람은 다름 아닌 나의 장모였다.

"노래 부르고 있는 게 바로 내 고운 딸이지. 하지만 이 바보 멍청이는 내 딸과 한 침대에서 자지도 않는다오."

나는 타나의 샘이 이미 말라버렸다고 말하려다가 입을 다물었다.

왕뻐 투스가 중얼거렸다. "세상에, 내 친구가 어떻게 된 거지?"

"당신 친구? 나는 꿀릴 것 없이 당당한 당신이 어떻게 저 바보를 친구로 삼았는지 이해가 안 가요. 그 사람은 투스가 아니고 바보거든."

여 투스의 목소리는 젊은 여자같이 애교가 넘쳤다. 그래서 그런지 그 여자가 무슨 말을 하건 목소리만은 설득력을 띠고 있었다. 게다가 그 내용이 사람을 홀릴 만한 것이라면야.

"내가 죽으면 이 자리는 내 딸의 남편이 이어받게 돼요. 그러니 이 바보가 롱꽁 투스가 된다는 걸 생각하면 밤새 눈 한 번 못 붙여요. 잠을 못 자니 빨리 늙지요. 내 얼굴이 주름투성이예요. 이젠 남자들이 눈길도 안 줘요. 하지만 당신은 떠오르는 태양처럼 젊은 남자니 내 딸과 잘해봐요."

나는 그들이 무슨 얘기를 하는지 계속 듣고 싶었는데 따뜻한 햇살 때문에 그만 잠이 들었다. 잠에서 깨어났을 때는 벌써 오후가 되어 있었다.

여 투스는 나를 보면서 차갑게 웃었다. "우리 투스들은 당신의 손님 아니던가? 그런데 잠이나 자?"

나는 미안하다는 말을 할 생각이었는데. "어째서 장모님 영지로 안 가는 거지요? 거기서 당신 앞에서 자는 사람이 있으면 죽여버려요." 이렇게 엇나가고 말았다.

"이 머저리가 장모에게 말하는 꼴 좀 봐요. 제 아내가 얼마나 예쁜 줄도 모르는 데다 장모에게 공손해야 된다는 기본도 모르고 말야."

그 여자는 선동가처럼 투스들에게 떠들었다. "날 보고 돌아가라고 그러네요. 난 안 돌아갑니다. 난 초청을 받았고 여러분도 전부 초청 받았지요. 그런데 무슨 일이 있었나요? 아무 일없이 이 넓은 대지를 다스리는 투스를 불러 모은 것은 커다란 죄 아닌가요?"

여 투스가 고래고래 악을 쓰자 술 취해 정신을 놓았던 투스들이 하나둘 머리를 들었다.

왕빠 투스는 외면한 채 감히 나와 시선을 마주치지 못했다.

"난 별로 할 일도 없소. 아마 다른 투스들도 다 마찬가지일걸."

라셔빠 투스의 말에 다른 투스들이 웃으며 이구동성으로 말했다.

"당신은 투스 자격이 없소. 그 자리에 더 적당한 사람에게 하루라도 빨리 양위하는 게 나을 거요."

여 투스의 말에 라셔빠 투스는 별다른 반응을 보이지 않은 채 웃으면서 말했다.

"투스가 된 후로 나는 아무 일도 안 했소. 당신들이라고 특별히 머리를 쓴 것도 없잖아요? 땅은 조상들이 정해놓은 거고 농사는 백성들이 짓고 가을이면 세금을 제 발로 가져와. 이런 규칙조차도 옛날 투스들이 정해놓은 거요, 뭐든지 다 정해놓았지. 그러니 오늘의 투스들은 할 일이 없어."

그러자 누군가 반대 의견을 내놓았는데, 마이치 투스가 양귀비를 심은 것은 새로운 일이라고 했다.

라셔빠 투스는 두툼한 목덜미를 내저었다. "아, 아편 말인가? 그건 나쁜 거지."

그는 내게도 고개를 흔들며 반복했다. "정말일세. 아편은 좋은 게 아니야."

이번에는 여 투스에게 말을 돌렸다. "아편 때문에 우리는 좋은 것을 많이 잃었소."

여 투스가 이상하다는 듯 반문했다. "난 아무것도 잃은 것이 없는데요?"

라서빠 투스는 껄껄 웃었다. "나는 땅을 잃었고, 당신은 딸을 잃었지요."

"그 애는 시집간 거예요."

"됐소. 여자 투스에게 제일 좋은 무기는 미모라는 건 누구나 다 알지."

롱꽁 투스는 한숨을 쉬고 말을 그쳤다.

라서빠 투스가 계속했다. "아무튼 나는 당신들처럼 머리 한 번 썼다가 많은 걸 잃었소. 그 결과로 백성들은 수도 없이 굶어 죽었고 땅도 엄청나게 많이 잃어버렸단 말이오."

내가 나섰다. "나는 당신들이 지난 일을 왈가왈부하는 걸 바라지 않아요. 여기서 뭘 할 건지를 알고 싶을 뿐입니다."

투스들은 자기들이 뭘 할 것인지 의논하도록 나가달라고 했다. 나도 그들에게 맡기는 것이 낫겠다는 생각이 들었다. 대신 "조심하세요. 투스들은 갈수록 판단착오를 일으키기 쉬우니까요." 이 말을 마친 후 사관을 데리고 거리로 나갔다. 시장으로 향하면서 나는 그동안 일어났던 일들을 사관에게 알려주었다. 기록할 만한 가치가 있다는 생각에서였다.

사관도 내 생각에 동의했다. 그는 눈으로 말했다.

'처음 이 땅에 투스가 생기고 그들이 내렸던 결정은 다 정확한 것이었지요. 하지만 지금 돌이켜보면 틀렸다고 할 수는 없어도 최소한 의미 있는 것은 절대 아닙니다.'

나는 가능한 한 거리에서 오래 머물다 돌아갔다. 투스들은 아직 아무 결정도 내리지 못하고 있었다. 더러는 뭔가 일을 하고 싶어 했지만 또 다른 무리는 어떤 것도 할 생각이 없노라고 했다. 뭔가를 하고 싶다는 사람도 생각은 제각각이었다. 아무것도 안 하겠다는 투스들이 말했다. "집에서도 할 일이 없소. 그런데 여기는 참 번화하니 좀더 놀다가 갈 생각이오."

오직 왕뻐 투스만은 무슨 일인가를 하기로 작정했다. 그의 온화하고 진지한 눈에 흥분한 빛이 번득였다.

나는 사람을 보내 극단을 불러오라 하고 무대도 세우게 했다.

그리고 풀밭에 장막을 치고, 장막 앞에다 기관총, 자동소총 등을 나란히 놓게 했다. 흥미가 생기면 누구나 실컷 사격을 할 수도 있었다.

그러나 나는 이 사람들이 여기서 뭘 하려는지 알 수가 없었다.

그 문제로 아무리 머리를 굴려봤자 답이 안 나오기에 더 이상 생각하지 않기로 마음먹었다.

나의 아름다운 아내가 또 간드러진 목소리로 노래를 부르기 시작했다.

매독

초대한 투스들은 별 재미가 없다고 내게 타박했다.

나는 재미란 찾는 게 아니고 때가 되면 저절로 생기는 거라고 말해주고 싶었다. 필요한 것은 기다리는 것이며 사람은 기다릴 줄 알아야 한다고도 말해주고 싶었지만 결국 아무 말도 하지 않았다.

드디어 내가 보낸 사람이 극단을 데리고 도착했다.

나는 이 낯선 사람들 이야기를 하려 한다. 그들은 티베트족도 아니고 그렇다고 한족도 아니었다. 극단의 배우들은 전부 처녀들이었는데 별의별 민족이 다 섞여 있었다. 내가 엄청나게 큰 무대를 세워줬는데 겨우 사흘이 지나자 더 이상 공연할 것이 없다는 것이었다. 쉬츠(역주 중국산 강아지의 한 종류, 원래는 스쯔)에게 아가씨들의 치마 밑에서 꽃을 물고 나오게 하는 공연도 있었지만 사흘이 지나자 그것도 시들했다. 극단 책임자가 입을 열었다. 시대가 불안해 자기와 아가씨들은 더 이상 갈 데가 없는데 평화로운 이곳에서 살 수 있느냐고 했다. 나는 그 여자의 요구를 거절하지 않았다. 우선은 그 여자들이 살 장막을 치게 하면서 한편으로는 저잣거리의 다른 한쪽에 흙집을 지으라고 명령했다. 극단의 여 주인은 직접 공사를 감독했다. 열흘도 채 되지 않아 집의 모양새가 갖춰졌다. 집은 아주 컸다. 아래층은 대청이고 폭넓은 계단을 따라 올라가면 긴 복도가 있으며 그 복도의 양쪽으로 작은 방이 죽 이어져 있었다.

아가씨들은 온종일 밖에서 은방울 굴러가는 것 같은 웃음을 거리에 흘렸다. 그녀들이 입은 옷은 몸을 가리는 게 아니었는지 이곳저곳 맨살이 드러났다. 나는 극단 대표에게 아가씨들의 옷을 좀 만들어주겠다고 말했다. 이 늙은 여자는 깔깔대며 웃었다. "세상에, 난 아직도 꿈속에 있는 이곳이 정말 좋아. 세상물정이라고는 하나도 모르는 멍청한 당신도 정말 좋고요."

그때 우리는 큰방에서 두런두런 얘기하고 있었다. 그런데 이 늙은 여자가 갑자기 내게 달려들어 입을 맞췄다. 다른 곳도 아니고 내 입술에 말이다! 나는 불에 데인 듯이 벌떡 일어났다.

아가씨들이 박장대소했다. 그 가운데 눈썹이 짙고 눈이 큼직한 아가씨는 아예 내 품으로 쓰러졌다.

주인이 그 아가씨더러 나가라고 하면서 내게 저 여자는 깨끗하지 않다고 말했다. 내 보기에는 피부가 뽀얗고 밖으로 살짝 드러난 배꼽도 분홍색이었는데 이렇게 깔끔한 여자가 깨끗하지 않다면 도대체 뭐가 깨끗하다는 말인지 알 수가 없었다. 그 아가씨는 바로 떠나지 않고 팔로 내 목을 감더니 두툼한 입술을 내 입술에 붙였다. 나는 숨이 막혀서 죽을 뻔했다.

극단 대표는 자기가 깨끗하다고 생각되는 아가씨를 내게 보냈다. 그 아가씨가 내 앞에 오자 다른 여자들이 낄낄 웃었다. 늙은 여자가 내 주머니에 손을 넣어 돈을 꺼내더니, "화대를 내셔야 해요. 내 아가씨들은 다 몸값이 있거든요."

그러면서 내 주머니에서 은돈 열 개를 꺼내더니 다섯 개는 다시 주머니에 넣고, 네 개는 금을 새겨넣은 주홍색 상자에 넣었다. 나머지 한 개를 주위의 아가씨들에게 주었다. "내가 한 턱 낼게. 나가서 사탕이나 사먹어라."

아가씨들은 큰 소리로 웃으면서 벌 떼처럼 흩어졌다.

늙은 여자는 돈궤 열쇠를 허리에 꿰차며 말했다. "지금 아래층에 바닥 장식을 하고 있거든요. 난 거기에나 가봐야겠어요. 흡족하시면 나중에 이 아이에게 화장품 값이나 좀 내려주세요."

지은 지 얼마 안 되는 방에서는 술 냄새 같은 소나무 향이 풍겼고 품에 안긴 여자도 사람의 마음을 흔들어놨다.

나의 물건이 곧 일어서기 시작했지만 몸은 그날의 날씨처럼 나른했다.

아가씨는 아주 능숙하게 내 옷을 벗기더니 그냥 누워있으라고 했다. 나는 그냥 누운 채 그 아가씨가 하는 대로 맡겨뒀다. 과연 그 여자는 능란했다. 나는 꼼짝도 안 했고 몸은 아주 편했다. 일이 끝난 뒤 우리 둘은 벌거벗은 채 누워서 이야기를 나누었다. 그때서야 나는 그 아가씨들이 연극하는 사람이 아니고 몸 파는 사람들이라는 것을 알게 됐다. 아가씨들이 여기 온 후 나는 첫 손님이 되었다. 나는 마음은 있는데 기운이 딸리는 늙은 투스에게도 무슨 수가 있겠느냐고 그녀에게 물었더니 물론 있다고 대답했다. '좋다, 그 늙은이들은 모두 부자니까 오늘부터 그들과 거래를 하라.' 고 나는 귀띔해줬다.

밤에 투스들은 돈을 주고 여자를 샀다.

그 다음날 다시 모였을 때 그들은 평소보다 활기가 넘쳐 보였다. 어떤 투스는 우리 티베트 아가씨들한테는 왜 그런 솜씨가 없는지 모르겠다고 투덜거리기까지 했다.

여 투스는 독수공방해서인지 눈가가 시퍼렇게 되어 내 아버지에게 퍼부었다. "마이치 가문을 보세요. 큰아들은 아편을 가져왔고 바보 아들은 이상한 여자들을 데리고 왔어요."

"그럼 당신은 뭐 가져온 거 없어? 당신도 우리에게 뭘 줘야 하는 거 아닌가?."

"난 여자마다 다르다는 말 따위는 안 믿어요."

롱꽁 투스의 말에 모든 투스들이 소리를 질렀다.

"닥쳐요! 여자마다 다 다른 거요."

오직 왕뻐 투스만 아무 말도 하지 않았다. 위층에서 노래를 부르는 여자는 볼 수는 있지만 다가갈 수가 없었다. 그런데 커튼 속에 있는 아가씨들은 예쁜 데다가 테크닉도 그만이다.

이렇게 며칠이 흐른 다음에야 투스들은 굉장히 중요한 깨달음을 얻었다.

"마이치 도련님이 우리에게 이 기막힌 아가씨들을 맛보게 하려고 우리를 불러왔구나."

황 사부는 그런 아가씨들을 기생이라고 하고 커다란 그 집은 기생집이라고 부른다는 것을 알려줬다.

어느 날 기생집 여주인이 내게 말했다. "도련님에게는 아가씨 둘이 따로 있습니다. 다른 아가씨들한테는 손대면 안 돼요."

"왜 안 돼?"

"그 아가씨들은 깨끗하지 않아요. 병이 있거든요."

"병이라니?"

"남자의 그것을 곪아서 떨어지게 하는 병이지요."

나는 그것이 어떻게 곪아 떨어질 수 있는지 이해가 가지 않았다. 여주인은 아가씨 둘을 불러와 치마를 들어올렸다. 세상에, 한 아가씨의 그곳은 문이 다 헐어 동굴이 되어버렸고, 다른 아가씨의 그곳은 버섯처럼 생긴 데다 죽은 소가 썩는 냄새를 풍겼다.

그날 밤, 사람의 몸이 그런 꼴이 될 수 있다는 걸 생각하니 도무지 여자 생각이 나지 않았다. 나는 혼자 집에만 틀어박혀 있는데 투스들은 또 기생집으로 갔다. 나는 잠이 오지 않아 황 사부를 찾아가서 함께 차를 마셨다. 나는 그 기생들의 병이 어떤 건지 물었다.

"매독입니다."

"매독?"

황 사부는 긴장한 표정이었다. "도련님, 물론 아편은 내가 가져왔지요. 하지만 매독은 내가 가져온 게 아닙니다." 그러더니 "세상에, 이런 나쁜 병까지도 있다면 여기에 없는 게 대체 뭐란 말입니까?" 이렇게 한탄했다.

"투스들은 하나도 무섭지 않은가 봐요. 기생집을 다 지어줬더니 늙은이들은 아예 거기 눌어붙었네."

아가씨들은 기생집 위층에 각기 자기 방을 갖고 있었다. 아래층의 대청엔 밤이면 불이 환하게 켜졌다. 위층에서는 아가씨들 몸에서 향기가 흘렀고 아래층에서는 술과 고기 그리고 완두콩 삶은 냄새가 풍겼다. 대청의 가운데에서는 황금빛 나팔이 수동 축음기에 기대 하루 종일 노래를 흘려보냈다.

황 사부가 체념한 듯 말했다. "내버려두세요. 투스들의 시대는 이미 지났어요. 매독에 걸리면서 행복을 누리라고 하지요, 뭐. 우리는 우리 일에나 신경 씁시다."

황 사부는 매독에 관한 얘기를 사흘이나 늘어놓았다. 얘기를 다 듣고 나는 장난기 섞어 한마디 했다. "적어도 사흘은 밥 생각이 없겠군."

황 사부는 다시 혼잣말로 중얼거렸다. "사람에게는 돈이 지독하지만 아편보다는 못해요. 그리고 아편은 매독보다는 덜합니다. 그런데 지금 중요한 건 그게 아닙니다."

"그럼 뭐가 중요한데요?"

황 사부의 목소리가 높아졌다. "그 사람들이 왔어요!"

"그 사람들이라뇨?"

"그래요, 그 사람들이 왔어요!"

도대체 누가 왔느냐고 물었더니 황 사부는 중국 사람이라고 했다. 나는 웃었다. 그의 어투로 보면 마치 내가 중국 사람을 한 번도 본 적이 없다는 것 같았다. 내 어머니나 황 사부 자신은 중국 사람이 아닌 듯이 말이다. 사실 우리 시장에 있는 수많은 점포의 장사꾼은 또 중국 사람 아닌가, 기생집에 있는 수많은 아가씨도 전부 중국 사람이다. 그의 말을 듣고 있으면 나라는 사람은 애초에 중국 사람은 본 적이 없는 것으로 치부됐다. 내가 바로 중국 여자의 아들이란 말이다!

그의 말투가 대단히 엄숙했다. "내 말은, 색깔 있는 중국 사람이 왔다는 겁니다."

이번에는 금방 알아들었다. 색깔을 갖지 않은 중국 사람이 여기 오는 경우는 장사해서 돈을 좀 버는 장사꾼이거나 아니면 황 사부처럼 목숨을 보전하려는 사람 정도였다. 하지만 색깔을 가지고 있는 사람은 달랐다. 그들은 우리 영토를 자기들의 색깔로 물들이려는 것이었다. 하얀 국민당원이나 붉은 공산당원들은 전쟁에서 승리하면 가는 곳마다 자기가 숭배하는 색깔로 물들인다고 들었다.

그들이 자신들의 땅에서 어지럽게 맞붙어 싸운다는 것을 알고 있었다. 중국에서 상인들이 올 때마다 항상 신문을 가져왔다. 나의 사부는 영특한 사람이어서 아편만큼이나 신문을 좋아했다. 신문을 못 보면 그는 안절부절못했고 신문을 읽으면서 한숨을 치쉬고 내리쉬었다. 신문을 읽은 후면 언제나 "갈수록 심각해. 싸울수록 심각하단 말이야." 하고 말했다.

전에 어떤 성의 참의원이었을 때 황 사부는 공산당이 밀리는 것을 우려했다. 그런데 지금은 그들이 승리할 기미가 확실한 데도 기뻐하는 기색이 없었다. 뒤숭숭한 가운데 이곳 백성들 사이에 중국 사람이 곧 올 거라는 소문이 퍼졌다. 사관의 해석은 이랬다. 백성들이 믿는 일은 결국 일어나고 만다. 또 듣기에 말도 안 되는 소리 같은 것도 그렇게 많은 사람이 똑같이 얘기한다는 것은, 백성들이 그들의 바람을 하늘에 닿도록 마음을 하나로 모으는 의지라는 것이었다.

황 사부 말이 그 사람들은 서로의 허리를 단단하게 묶어서 함부로 손을 뺄 수 없게 한다고 했다. 그런데 지금 그런 그들이 이곳으로 왔다는 것이다.

"그 사람들이 나를 만나자고 해요?"

황 사부가 웃었다. 나처럼 말하는 것이 바로 주인의 관념이라는 것이다.

"그래요? 오라고 해요. 우리가 어떤 색깔을 좋아하게 될지 봅시다."

사부는 계속 웃었다. "도련님은 여인네가 옷 해 입을 비단 고르는 것처럼 말하는군요." 그러면서 말하길 그 사람들은 살짝 와 자기만 만나려고 할 뿐 누구도 만나려들지 않을 거라고 했다. 그들은 자기들이 색깔을 가진 중국 사람이라는 사실을 남에게 알리고 싶어 하지 않는다는 것이었다.

나는 사부에게 그건 또 어떻게 아느냐고 물었다.

"난 당신의 사부잖아요. 내가 꼭 알아야 될 일 아닌가요?" 이 말투에 나는 불쾌해졌다. 그는 내 안색이 변한 것을 보더니 말투를 바꿨다.

"도련님, 잊으셨어요? 당신의 사부도 옛날에는 색깔을 가진 사람이었어요. 그래서 척 보면 안단 말입니다."

"그런데 그 사람들은 여기서 뭘 하려고 하는 거죠?"

사부는 내게 돌아가 쉬라고 하면서, 그 사람들은 지금 무슨 일을 하려는 건 아니라고 했다. 혹시 그 사람들이 무슨 일인가를 하더라도 우리가 허락하는 일만을 할 것이며 시장에서 장사하는 어떤 사람들보다도 더 조심스럽게 행동할 것이라고 했다. 그냥 와서 보려고, 다만 살펴보려고만 한다는 것이었다.

나는 돌아가서 쉬었다.

잠자리에 눕자 매독이 생각났다. 또 그 사람들 생각도 떠올랐다. 그 생각을 하자 내일 거리에 나가서 색깔을 가진 중국 사람을 찾아봐야겠다는 마음이 들었다.

다음날 나는 늦게 일어났다. 뭔가 잃어버린 것처럼 마음이 허전했다. 무엇을 잃어버린 걸까? 모르겠다. 그래도 난 뭔가를 잃어버렸다. 나는 하인들에게 오늘 뭔가가 없다고 했고 그들은 내 몸에 달려 있는 장신구와 방에 있는 값진 물품을 꼼꼼히 살폈다. 그리고는 아무것도 잃어버린 것은 없다고 했다.

쑤오랑쩌랑이 "부인이 오늘은 노래를 안 하시네요." 이렇게 입을 떼자 하인들 모두가 "매일 위층에서 노래를 불렀는데 오늘은 부르지 않았어요." 라고 입을 모았다.

그랬다. 매일 태양이 떠오르면 타나는 위층 난간 뒤에서 노래를 불렀다. 사실 예전과 비교해 나는 시간에 속도감이 느껴졌고 더구나 갈수록 빨라진다는 것을 절감했다. 그동안 얼마나 많은 일들이 일어났던가. 투스들이 왔고, 매독이 퍼졌으며 색깔을 지닌 중국 사람들이 왔다. 오직 내 아내가 젊은 왕뻐 투스를 유혹하려고 노래를 부를 때만 시간이 천천히 흘러 감당하기 난처한 흐름의 속도를 느꼈다.

오늘, 그 여자가 노래를 멈췄고 그 때문에 나는 시간이 다시 빨리 흘러, 그럴 때 느껴지는 어지럼증에 쌓였다.

투스들은 아직 기생집에서 돌아오지 않았다. 내가 하인들을 데리고 밖으로 나갈 때, 기생집으로 가서 무기를 휘두를 수 없는 여 투스가 험한 눈빛으로 나를 노려보고 있었다.

주위는 쥐 죽은 듯이 조용했지만 내 가슴은 말 타고 질주할 때 귓가를 스치는 바람소리처럼 퉁탕거렸다. 투스들은 기생집에서 나와 우리 쪽으로 다가오고 있었다. 숙소로 돌아가 잠을 자기 위해 돌아오는 것이다. 거리에 새로 지은 큰집에서는 시간이 뒤집힌 채 흘렀다. 그들은 노랫소리 속에서, 술과 고기 냄새 속에서 온밤을 미치도록 놀다가 이제 잠을 자려고 느릿느릿 걸어오고 있었다. 맥 빠진 그들의 모습을 보고 나는 무슨 일이 곧 일어날 것이라고 생각했다.

조금 후 나는 전날 황 사부가 해줬던 말, 즉 뭔가를 할 사람이 거리 쪽으로 가고 있다는 생각이 들었다. 나는 여기에 온 색깔 지닌 중국 사람의 뒤를 살그머니 따라가 볼 계획이었다.

내가 시장 통 가까운 다리에 올라섰을 때 기생집에서 나온 투스들과 맞닥뜨렸다. 꽤 많은 투스의 코가 빨개진 것을 보니 매독에 걸린 것이 틀림

없다는 생각이 들었다.

나는 웃었다.

자기들이 안고 뒹굴던 여자들 몸에 무엇이 있는지 모르는 그들을 비웃었다.

12

색깔 지닌 사람들

거리에서 나는 새로 온 중국 사람들을 봤지만 누가 색깔을 지닌 건지는 알아낼 수가 없었다. 다만 새로 연 가게 두 군데서 티베트 전통복을 사 입은 사람이 사실은 중국 사람이라는 것을 알았을 뿐이었다. 단골 술집의 주인은 거리에서 뭘 찾느냐고 내게 물었다. 나는 색깔 지닌 사람을 찾는다고 말했다.

"그런 사람들이 색깔을 얼굴에 칠하고 다니겠어요? 그들의 색깔은 마음속에 있는 거예요."

"그럼 난 그들을 못 알아보겠군."

결국 나는 앉아서 마시기 시작했다. 이럴 때 술집주인의 동생이 오면 마이치 투스를 죽이고 복수도 할 수 있을 거라며 내가 너스레를 떨었다.

"원한을 꼭 풀어야만 한다면 지금이 제일 좋은 시기란 말이야."

술집주인은 한숨을 쉬며 자기 동생이 어디로 갔는지 모른다고 했다.

"그럼 당신은 앞으로 어떻게 할 거요?"

"동생이 이미 죽었거나 복수를 하고 싶지 않다고 하면 내가 해야죠. 이것은 우리 형제가 정한 규칙이었거든요."

그들의 규칙 가운데 하나는 나를 오싹하게 만들었다. 그들이 복수하기 전에 마이치 투스가 죽는다면 다음의 투스, 다름 아닌 내가 순서에 따라 자동적으로 그들의 목표가 되는데 이럴 경우, 살아 있는 진정한 마이치 투스를 죽여야 비로소 그들의 복수가 완성된다는 것이었다.

그 순간 가슴이 철렁했다. 그러면서 하인들에게 술집주인 형제를 도와 마이치 투스를 죽여버리라는 명령을 내리고도 싶었다. 술집주인이 픽 웃었다. "친구, 당신 정말로 바보로군. 어째 나와 내 동생을 죽이면 그만이란 생각은 못 하는 거요?"

그래, 내 머릿속에는 그런 방법이 들어 있지 않았다.

"그렇게 당신이 태평하니 언제 내가 당신을 죽일지." 주인이 나를 배웅하며 덧붙였다. "도련님, 할 일이 많을 테니 돌아가세요. 가서 당신 일 하시란 말이오."

여기서 꼭 짚고 넘어갈 말은, 바로 그때 기생집 여주인이 나를 초대했다는 일이다. 꽤 멀리 떨어진 곳에서 아가씨들의 웃음소리, 축음기에서 쿵작쿵작 울리는 음악 소리, 그리고 고기와 완두콩 삶는 냄새가 내게 달려들었다. 나는 아래층의 대청에 앉았다. 먹고 싶은 것도 없었고 내 품에 안긴 아가씨에게 손을 대고 싶지도 않았다. 공기에 매독 냄새가 섞인 것 같았다. 나는 깨끗하지 못한 아가씨를 품에 안은 채 투스들이 여기서 우스운 짓 했던 얘기를 늘어놓는 여주인의 수다를 들었다. 아가씨들은 자기에게 수작 걸던 투스들의 짓거리를 옮기며 골빈 듯 낄낄 웃었지만 내게는 하나도 재미가 없었다.

나는 여주인에게 색깔 지닌 중국 사람들 얘기를 물었더니 주인은 웃으면서, "색깔이 있든 없든, 빨간색이든 하얀색이든 여기 오면 다 똑같아요." 이러면서 바닥에 침을 탁 뱉고 말을 이었다. "쳇! 남자들은 다 똑같애, 도련님 빼고는."

"도련님은 어떤데?"

그녀는 이쑤시개로 이빨 사이에 낀 고기를 빼내 바닥으로 튕겼다.

"도련님은 바보 같으면서도 바보가 아닌 사람, 글쎄… 음… 잘 모르겠어요."

어떤 색깔을 가진 사람이건 다 보았다는 말투였다. 흥! 매독이나 뿌리는 여자가, 꼴에.

나는 그 음탕한 큰집에서 나온 다음 침을 '칵' 뱉었다.

쓸쓸한 회오리바람 한 줄기가 아주 먼 곳에서 불어와 밝은 햇빛 아래 거리의 먼지, 종이, 마른 풀을 공중으로 휩쓸어 올리면서 깃발이 휘날리는 것 같은 소리를 냈다. 사람들은 회오리바람을 피하면서 침을 뱉었다. 회오리바람 속에는 도깨비가 있다고 한다. 사람의 침이 제일 독해서 도깨비도 피한다고도 했다. 그런데 회오리바람은 갈수록 세졌다. 결국 기생집에서 아가씨 몇 명이 뛰어나와 회오리바람을 향해 치마를 걷고 사타구니 밑의 매독 꽃을 보여주자 회오리바람은 땅바닥으로 푹 고꾸라지면서 이내 스러졌다. 내 마음은 허전했다. 색깔이 있는 한족 사람을 못 찾아서 그런 거라고 생각했다. 안 그랬다면 텅 빈 마음을 금방 채울 수 있었을 것이다.

회오리바람이 어디로 사라졌는지 찾고 있을 때 하인들이 달려왔다.

내 아내가 달아났다. 그 여자는 왕뻐 투스와 함께 달아났다는 것이었다.

쑤오랑쩌랑은 내 명령도 없이 부하들을 데리고 그들을 쫓아 말을 달렸다. 기마대는 회오리바람처럼 튀어나갔다. 그들은 남쪽으로 사흘이나 쫓아갔건만 왕뻐 투스와 내 아내의 그림자도 보지 못했다. 쑤오랑쩌랑은 빈손으로 돌아와 마당에 형을 집행할 기둥을 세우게 하더니 얼이에게 자신을 거기에 묶어달라고 했다. 나는 슬프지 않았지만 침대에 누워서 일어나지 못했다. 눈을 감으면 타나의 그 아름다운 얼굴이 떠올랐다.

그때 아래층에서 채찍이 공기를 찢는 날카로운 소리가 났다. 타나라고 불렸던 시녀가 이 틈을 타 다시 모습을 드러냈다. 수년 간 그 애는 시녀들 사이에 있었고 나와는 점점 멀어졌다. 지금 그녀는 다시 모기처럼 앵앵거리며 내 침대 주위를 빙빙 돌았다. 그녀는 너무 슬퍼하지 말라고 위로하면서 타나라는 이름을 끝없이 저주했다. 나는 이렇게 많은 악독한 말을 내뱉는, 이 손발이 작은 여자의 주둥이를 후려갈기고 싶었지만 차마 손을 들지는 않았다.

"꺼져! 안 그러면 신발 만드는 애꾸눈 하인에게 시집보낼 거야."

그녀는 무릎을 꿇고 말했다. "도련님, 제발요. 전 노예를 낳고 싶지 않아요."

"그럼 나가!"

"저를 다른 남자에게 가라고 하지 마세요. 저는 도련님의 여자예요. 도련님이 저를 버렸다 해도 도련님의 여자란 것을 항상 명심하고 있어요."

그녀의 말에 가슴이 뜨끔했다. 내가 뭐라고 말하려고 할 때 그녀는 문을 닫고 다시 시녀들 가운데로 물러나갔다.

아래층에서는 채찍질당하던 쑤오랑쩌랑이 드디어 울부짖기 시작했다.

그 소리에 힘이 나서 아래층으로 내려가 얼이에게 멈추라고 했다.

이것이 얼이로서는 첫 번째 형 집행이었다. 그런데 나를 위한 집행대상이 쑤오랑쩌랑이 될 거라고는 한 번도 생각하지 못했을 것이다. 밧줄이 풀리자 쑤오랑쩌랑은 땅으로 푹 고꾸라졌다. 투스들이 둥그렇게 둘러서 마이치 가문 망나니의 뛰어난 채찍질을 감상하고 있었다. 롱꽁 투스는 무슨 말을 하고 싶은 모양이었는데 내 안색과 얼이 손에 들린 채찍을 보자 꿀꺽 말을 삼켰다. 마이치 투스도 마찬가지였다. 지금 모든 투스들 가운데 라서 빠만이 진정한 내 친구였다. 그가 뭐라고 말을 하려고 했지만 나는 그의 말을 막았다. 말해봐야 소용없기 때문이었다. 나는 투스들에게 말했다.

"당신들은 내가 왜 초청했는지 물었지요? 여기 와서 롱꽁 집 여자가 나를 어떻게 배반하는지 보라는 거였어요. 떠나고 싶은 사람은 이제 떠나도 됩니다. 당신들은 이미 내 선물도 받았으니까."

그들은 두 손을 벌려 보이면서 아무 선물도 못 받았다고 했다. 내가 준

선물이 매독이란 것을 그들이 알리 없었다.

투스들은 떠날 준비를 했다. 그리고 앞 다퉈 이 마음 상한 주인과 잇따라 작별했다.

라서빠 투스가 말했다. "문제는 바로 그 어미야. 어미라는 사람이 자기 딸에게 왕뻐 투스를 홀리라고 했지. 그 여자를 용서하지 마시오."

투스들이 하나 둘 떠나는데 뜻밖에도 타나가 돌아왔다. 그녀는 말 등에서 휘청거리며 돌아왔다. 내 아내의 얼굴색은 큰불이 난 후의 잿빛이었다. 타나는 침착하게 입을 열었다. "보세요. 나는 죽을 때까지 당신의 여자예요. 난 돌아왔어요."

죽은 마이치의 큰아들과 잤을 때도 이랬다. 나는 뭐라고 할 생각이었는데 도대체 입이 떨어지지 않았다. 나는 눈을 부릅뜨고 그녀가 내 앞을 지나 위층으로 올라가는 모습을 봤다. 투스들의 눈이 모두 내게 쏠렸는데 나는 타나가 아무렇지도 않은 듯 위층 계단을 밟는 것을 바라보고만 있었다. 이런 때 타나의 어머니는 절대로 얼굴을 내밀어서는 안 된다. 하지만 이 노파는 자기의 아리따운 딸을 맞이하러 나왔다. 롱꽁 투스는 자기 딸의 아름다운 얼굴에서 빛이 모두 사라진 것을 보았다. 큰불이 모든 것을 태워 버린 듯한 얼굴이었다. 내 가슴도 쓰라렸다. 타나는 고개를 들어 어머니를 보자 계단에 주저앉아 비통하게 울기 시작했다.

처음에 여자 투스의 얼굴에는 비참하고 부끄러운 표정이 서렸다. 그러나 곧 굽혔던 허리를 천천히 세우더니 사람들의 시선이 쏠려 있는 가운데 눈에 넣어도 아프지 않을 딸에게 매몰차게 침을 뱉더니 한 손을 허리에 짚은 채 층계를 내려왔다. 내 앞에 선 롱꽁 투스는, "저 무능하고 쓸모없는 계집은 더 이상 롱꽁의 딸이 아닐세! 이 멍청이, 올라가서 계집애를 달래. 그만 울라고 말하란 말이야. 난 가야겠네!" 이렇게 씹어뱉었다.

그 여자의 논리는 참 이상했다. 그 한마디로 눈앞에 벌어진 모든 일이 자신과는 아무 상관없다고 생각하는 모양이었다. 나는 이건 뭔가 잘못됐다는 생각이 들었지만 도대체 어디가 잘못되었는지는 분명하게 가려낼 수가 없었다.

아버지는 위층에서 그 여자를 그냥 놔주지 말라고 고래고래 소리질렀다. 마이치 투스는 헐떡거리면서 내려와 나에게 소리를 질렀다.

"저 여자 말대로 한다면 너는 롱꽁 투스가 되지 못한다! 앞으로 넌 절대 롱꽁 투스가 되지 못한다는 말이야!"

그의 아들이 얼떨떨한 얼굴로 물었다. "앞으로요? 나는 앞으로 마이치 투스가 될 텐데 뭐 하러 롱꽁 투스까지 해요?"

투스들은 박장대소했다.

아버지는 화가 나서 기절할 것 같았다. 하인들의 부축이 없었으면 그는 바닥에 쓰러졌을 것이다. 투스부인도 위층에서 내려오더니 아들에게 악을 썼다. "먼저 롱꽁 투스가 되고 난 뒤 마이치 투스가 되면 되잖아!"

여 투스는 웃는 얼굴로 우리 어머니를 물어뜯었다. "당신의 늙은 남편이 나보다 더 오래 살 수 있을 것 같아요?"

여 투스는 다시 한 번 딸에게 있는 힘껏 침을 뱉고는 방으로 들어가 짐을 챙겼다.

투스들도 뿔뿔이 흩어졌다. 어떤 사람은 바로 떠나고 어떤 사람은 기생집에 가서 마지막 밤을 보내려고 했다.

바람은 바로 며칠 전 노래를 실어내듯 타나의 울음소리를 실어왔다.

사관은 내게 눈으로 말했다. '연극은 곧 끝날 겁니다.'

황 사부는 방에서 골머리를 앓고 있었다. 사부는 하얀색 국민당이 공산당을 공격하는 것에 반대했기 때문에 벼슬을 잃긴 했지만 하얀 국민당이 전쟁에서 이기기를 바랐다. 국민당원들이 오면 그래도 살 길이 있는데 공산당원들은 어떤 짓을 저지를지 모른다고 말했다. 나는 국민당을 위해 비행기 살 돈을 낸 적이 있기 때문에 사부와 의견이 일치됐다. 중국 사람이 와야 한다면 국민당 사람이 오는 게 더 낫다는 것이었다.

타나는 왕뻐 투스의 정욕의 불길에서 맹렬히 한바탕 뒹군 다음 다시 버림받았다.

누군가 갖고 싶어 하는 물건은 나 역시 갖고 싶고, 누구도 갖고 싶어 하지 않는 물건은 나 역시 심드렁하다. 여자도 마찬가지다. 비록 세상에서 제일 예쁜 여자라 하더라도, 그 예쁜 여자를 다시는 못 보게 되더라도 마찬가지란 말이다.

여자여, 그대 혼자 그 방에서 천천히 늙어가거라.

룽꽁 투스가 고별하러 왔다. "당신 딸은 데리고 가지 않을 건가요?"

"아니, 안 데려갈 거요!"

"왕뻐 투스는 당신 딸을 버렸어요."

"그 애는 자네 부인자리가 먼저였지."

"타나는 자기 방에서 시들다 서서히 죽어갈 거예요."

이때 집사가 끼어들었다. "롱꽁 투스님이 하려는 말을 먼저 들으시죠."

여 투스는 여전히 염치없이 말했다.

"투스들 앞에서 약속해 줘. 영지로 돌아가는 동안 나를 죽이지 않겠다고." 모든 사람이 이 말을 들었다. 쑤오랑쩌랑, 얼이, 그리고 어머니는 그따위 약속은 하지 말라는 뜻으로 고개를 힘껏 내저었다. 그러나 투스들은 그 요구를 들어주라고 했다. 롱꽁 투스가 무사히 돌아갈 수만 있다면 그들 자신에게도 아무 위험이 없을 것이기 때문이었다. 나는 별수 없이 여 투스에게 대답했다. "좋아요. 안심하고 돌아가세요."

롱꽁 투스가 멀어져가자 나는 다시 손님들에게 말했다. "당신들도 안심하고 가십시오."

또 하루가 지나갔고 손님들은 모두 떠났다.

마이치 투스가 부인과 함께 맨 마지막에 떠났다. 헤어질 때 어머니 눈이 빨개졌다. 하지만 우리 부자는 피차 할말이 없었다. 어머니는 말 위에서 허리를 굽혀 내 이마에 입 맞추며 속삭였다. "아들아, 조금만 참아라. 난 네가 투스가 되는 걸 꼭 보고 말 거야."

나는 이미 늦었다고, 시간이 갈수록 빨라진다고 말하려 했지만 입이 떨어지지 않았다. 다만 "어머니, 보고 싶을 거예요."라고 했을 뿐이다.

어머니의 눈에서 눈물이 흘러내렸다.

그녀는 말고삐를 흔들며 길에 올랐다. 줄지어 가는 일행의 소리가 귓가에 분명하게 들리지는 않았지만, 어머니의 말이 따각따각 내는 발굽소리는 내 심장을 짓밟는 것 같았다. 나는 어머니가 탄 말의 고삐를 잡아 세웠다. "엄마, 색깔 가진 중국 사람이 왔어요."

어머니는 말을 멈추고 한참 서 있다가 끝내 아무 말도 하지 않고 다시 채찍을 들었다.

바보 아들이 다시 뛰어나가자 어머니는 허리를 깊이 수그렸다. 나는 어머니에게 마이치 투스는 매독에 전염됐으니까 두 번 다시 동침하지 말라고 얘기했다. 그녀는 내가 말하는 것이 무슨 의미인지 알고 있는 모양이었다. 투스들의 영지에는 아직 그런 것이 없었지만, 어머니는 그 고약한 것이 있는 지방에서 왔기 때문이었다.

어머니가 떠난 뒤 집사가 물었다.

"도련님, 왜 투스 자리에 관한 얘기를 안 꺼내셨습니까?"

황 사부가 쓸데없는 소리 그만두라는 듯 말했다. "시간이 얼마 안 남았어."

쑤오랑쩌랑은 자기가 룽꽁 투스를 죽일 수 있게 허락해달라고 조르면서도 내가 허락하지 않을 것을 이미 알고 있었다. 이 녀석의 최종 목적은 왕뻐 투스를 죽이라는 명령을 듣는 것이었다. 결국 나는 어쩔 수 없이 그놈의 소원을 들어줬다. 그 대신 왕뻐 투스가 아직 길에 있으면 죽이고 이미 그의 산채에 들어갔다면 그냥 돌아오라는 조건을 붙였다. 만약 산채에까지 들어가 그를 죽인다면 얼이에게 목숨을 뺏으라고 할 거라는 엄포를 놓았다.

그는 두 말 않고 권총 두 자루를 들고 잽싸게 떠났다. 말을 타고 가면서 고개 한 번 돌리지 않았다. 오히려 내가 그 녀석이 안 보일 때까지 계속 바라보고 있었다.

그 녀석이 떠난 다음 나는 하루 또 하루 이렇게 시간을 세기 시작했다. 다시 말해서 나의 날짜란 쏘오랑쩌랑이 떠난 날부터 계산되는 것이었다. 떠난 지 열흘째가 되자 그의 세무원 자리를 대신하겠다는 놈이 나타났다. 나는 얼이에게 그놈에게 정신이 번쩍 들도록 채찍질하라고 명령했다. 쏘오랑쩌랑의 밑에 있던 그놈이 입었던 갈색 제복도 이참에 벗겨버렸다. 집사에게 명단을 뒤져보라고 했는데 뜻밖에도 그놈은 자유민이었다. 나는 그놈을 노예로 만들었다. 쏘오랑쩌랑이 무사히 돌아온다면 그놈 대신 자유민이 될 것이었다. 나는 투스가 아니기 때문에 자유민과 노예의 숫자를 결정할 수는 없다. 하지만 이 경우 둘의 자리만 바꾸면 되니까 아버지가 안다 해도 별 말씀 없을 거라고 생각했다.

열 이틀째 되던 날, 쌍지 촐마의 세공장이 남편이 왔다. 그의 아내는 목장 근처의 동명이인인 아가씨를 찾으러가고 없었다. 내가 오랫동안 타나에게 눈길 한 번 안 주었기 때문이었다. 내 옆에는 타나가 둘 있는데 하나는 나를 배반했고 또 다른 타나는 눈곱만큼도 매력이 없었다.

세공장이는 이곳에서 일하고 싶다고 했다. 나는 그를 필요로 하지 않노라고 대답했다.

이런 일에 있어서 집사는 내 뜻을 잘 이해하고 있었다. 그는 세공장이에게 말했다. "쌍지 촐마는 여기 있는 모든 여자의 우두머리야. 더 이상 당신과는 안 어울려."

세공장이는 자기의 아내를 사랑한다고 외쳤다.

"돌아가라. 투스가 혹시 너의 소원을 들어주겠다고 하면 자유민의 신분을 달라고 해."

세공장이는 처음부터 내게 간곡히 부탁할 수도 있었다. 그가 집사와 얘기를 나누고 있을 때 나는 그 곁에 앉아 있었다. 그런데 그는 얼굴에 장인의 자부심을 지닌 웃음을 띠며 말했다. "투스님은 제게 새로운 신분을 주실 겁니다."

말을 마친 그는 세공 도구를 담은 보따리를 어깨에 메고 나가다 다시 돌아와서 말했다.

"도련님, 제가 다시 돌아오면 은그릇 만들어 바칠 때 공임을 주십시오."

그 말은 다시 돌아왔을 때 촐마도 자유민이 되어 함께 살도록 해달라는 의미였다.

"좋아, 두 배로 주지."

세공장이는 몸을 돌렸다. 그의 뒷모습에서 고독과 고통을 보았다. 촐마를 위해 자유민의 신분을 내놓았던 것을 나는 기억해냈다. 점점 멀어지는 뒷모습을 보며 그가 내 하녀였던 촐마에게 눈독을 들였다 데려갔을 때 입안에 괴던 씁쓸함과 가슴의 쓰라림이 되살아났다. 이번에 또다시 촐마를 얻기 위해 다시 한 번 자유민의 신분을 놓고 거래를 요구한 것이었다. 그의 앞길을 생각하니 절망감이 몰려왔다.

세공장이의 이번 행동은 아무 희망도 없는 것이었다. 그러나 사람은 모두 마찬가지라서 은 세공장이도, 투스도, 그리고 노예조차도 바라는 뭔가가 있지만 이렇게 희망 없는 일을 직접 묻는 경우는 드물었다. 사관 웡버이시 입장에서 말하자면 어떤 일도 의미가 없겠지만 그나마 조금이라도 편안한 곳을 찾아 명상하고 고행해야 하는 것이 인간이라는 것이다.

그가 떠난 후 나는 얼이에게 빠른 말을 타고 가 그를 데려오라고 했다. 세공장이는 망나니가 자기 뒤를 쫓자 당황했다. 곧 죽을 거라는 생각 때문에 줄곧 식은땀을 훔쳐냈다. 얼이는 그를 기생집으로 데려갔다. 귀를 찢는 음악 속에서 고기 굽는 냄새와 완두콩 삶는 냄새에 거의 기절했다. 아가씨들은 그를 부축해 위층으로 데려갔다. 그는 침대에서 밥을 두 사발이나 먹어치웠다. 아가씨 배 위에 올라타 힘을 쓰면서도 트림을 계속했다. 솔직히 그는 너무 많이 먹었다.

촐마는 온천 옆 목장에서 빈손으로 돌아왔다. 같은 이름을 가진 아가씨는 먼 곳으로 시집가고 없었다. 나는 과거의 시녀와 마주 앉았지만 둘 다 말을 안 했다. 조금 후 옛날이 그리우냐며 속삭이듯 물었지만 나는 아무 말도 하고 싶지 않았다. 그녀는 한숨을 내쉬며 나는 참 마음 좋은 주인이라고 치켜세웠다. 세공장이가 왔다는 얘기를 해주자 다시 한숨을 쉬었다. 그녀도 세공장이를 사랑하고 있다는 것을 나도 안다. 하지만 지금은 여기서 하녀 책임자로 있으며 내가 투스가 되면 노예 신분에서 바로 벗어날 수 있다. 이 점을 분명히 알고 있기 때문에 촐마는 침묵을 지키고 있는 것이다.

세공장이가 지금 트림을 하면서 기생과 그 짓을 하고 있다는 얘기를 얼이가 전하자 쌍지 촐마는 눈물을 흘렸다. "도련님, 그 사람을 즐겁게 해주셔서 고맙습니다."

기생집 여주인은 세공장이를 계속 잡아뒀다. "이런, 마침 은 그릇이 많이 필요했는데 잘됐네."

기생집에 갔다 온 사람들은 그곳에 정교한 은그릇이 많아졌다고 입을 모았다. 촐마는 또 눈물을 훔쳐냈다. 그녀는 집사와 동침하지 않으면서 세공장이를 보러 가지도 않았다. 이것은 세공장이와의 사랑이 끝났음을 의미하는 것이었다.

쑤오랑쩌랑은 떠난 지 거의 한 달이 지났는데도 감감무소식이었다. 그날 나는 남쪽으로 난 길을 바라보고 있었다. 타나의 뒤를 타나가 따라가고 있었다. 즉, 투스의 딸 뒤에 마부의 딸, 내 아내 뒤에 내 시녀가 따라가고 있었다. 내게 충실하지 않은 아내는 금방 아편을 피우고 와서인지 얼굴이 해쓱했지만 눈만은 반짝였다. 한 줄기 바람이 그녀의 몸을 흔들었다. 나는 손을 뻗어 부축했다. 그 손은 얼음처럼 차가웠다. 찬바람 속에서 한 평생 살아온 사람 같았다. "당신의 자객은 못 돌아올 거예요."

타나는 허공을 보며 말했다. 나는 어떤 일도 마음에 두지 않는다. 그런 사람은 바보가 아니고 똑똑한 사람이다. 그런데 타나는 내게 지난 일을 떠올리게 하고 있다. 나는 그녀를 내버려두고 아래층으로 혼자 내려갔다. 바람이 높은 곳에서 불어와 난간에 서 있는 그녀의 옷깃을 심하게 흔들었다. 사람도 날려버릴 듯했다. 이렇게 예쁜 여자가 바람 따라 하늘로 올라간다면 누구도 이상하게 생각하지 않을 것이었다. 그러나 그녀는 날아가지 않고 여전히 외롭게 거기 서 있었다.

나는 타나가 옥으로 빚은 조각이 되어 달빛 아래서 반짝거리는 꿈을 꾸었다.

아침에 일어나니 서리가 내렸다. 올해 최초의 서리였다. 얼마 안 있어 겨울이 올 것이다.

쑤오랑쩌랑이 드디어 돌아왔다. 그는 손 하나와 권총 한 자루를 잃었다.

쑤오랑쩌랑이 쫓아갔을 때 왕뻐 투스는 이미 자기 산채에 들어가 있었다. 쑤오랑쩌랑은 나와의 약속을 지키기 위해 그가 산채 밖으로 나올 때까지 계속 기다렸다. 그러나 왕뻐 투스는 아무 곳에도 가지 않고 산채에만 있었다. 얼마 후 그는 왕뻐 투스가 이상한 병에 걸려 못 일어난다는 사실을 알게 되었다. 기생집에서 전염된 매독으로 인해 그 부위가 짓무르게 된 것이었다.

이 사실을 안 쑤오랑쩌랑은 어깨를 으쓱거리며 왕뻐 투스의 산채에 들어간 뒤 총을 꺼내 하늘을 향해 쏘았다. 하지만 곧 왕뻐 투스의 부하들에게 잡혔다. 그들은 그의 손을 잘라버렸다. 얼마 후 왕뻐 투스가 쑤오랑쩌랑을 보기 위해 방에서 나왔다. 환자답지 않게 얼굴의 혈색은 좋아 보였다. 그러나 사타구니 사이에 무엇이 끼인 것처럼 발걸음을 성큼성큼 내딛지 못하고 어기적거렸다. 쑤오랑쩌랑은 땅에 떨어진, 잘려진 채 색깔이 검게 변한 자기의 손을 앞에 놓고도 웃음을 참지 못했다. 왕뻐 투스도 웃었다. 웃는 그의 얼굴이 창백해졌다.

"그래, 여자, 여자가 나를 어떻게 만들었는지 봤지?"

"우리 주인은 그런 말을 들으면 웃으실 거요."

"돌아가서 내 말을 그대로 전해라."

"나는 놓아달라고 구걸하고 싶지는 않소."

왕뻐 투스는 그에게 편지 한 통을 내밀었다.

"나를 죽이러 왔다고 생각하지 말고 편지를 전하러 온 걸로 생각해라."

이렇게 쏘오랑쩌랑은 왕뻐 투스의 편지를 가지고 돌아왔다. 돌아오기 전에 왕뻐 투스는 쏘오랑쩌랑의 잘려진 손을 위해 작은 무덤을 만들어주었다. 쏘오랑쩌랑도 직접 가서 보았다.

왕뻐 투스는 편지에 '여자, 여자, 당신의 여자가 나를 망쳤다.' 고 썼다. 그는 내가 세운 시장의 기생집 여자가 자기 몸을 망쳤고, 내 아내는 자기의 영혼을 망쳤다고 썼다.

그는 또 다른 투스들도 이 시장을 저주한다고 적었다.

그들은 이 시장이 그들의 몸을 병들고 썩게 한다고 여겼다. 살아 있는 사람이 썩어가는 것을 보았는가? 사람은 죽고 난 후에, 영혼이 떠난 후에야 썩기 시작하는 것이다. 그러나 지금 그들은 살아 있는데도 남성의 가장 중요한 부위, 쾌감을 느끼는 바로 그 부위가 썩어가고 있었다.

나는 이 시장이 저주를 받을 만한 곳이냐고 사관에게 물었다. 돌아온 대답은 모든 사람의 몸이 다 썩는 것은 아니라는 거였다. 그는 이 시장과 어울리지 않는 사람만이 썩는다고 말했다.

과거 승려였고 지금은 사관인 웡버이시는 뭔가가 썩는 곳에서는 또한 새로운 것도 자라는 법이라고 말해줬다.

변소

붉은 공산당이 국민당을 이겼다.

패전한 국민당원은 이곳으로 몰려왔다.

처음에 그들은 우리를 무시했다. 총을 들이대고 식량과 고기를 달라고 했다. 나는 처음에 그들의 요구를 다 들어주었다. 그들은 배부르게 먹고 나더니 이번에는 술과 여자를 달라고 했다. 이 두 가지는 시장에 가면 모두 있는 것이었다. 그러나 그들은 돈이 없었다. 그들은 다시 은돈을 달라고 했다. 그때는 우리도 모두 무장을 하고 있었다. 그들은 어쩔 수 없이 총을 나의 은돈과 바꾸고, 은돈을 다시 술과 아가씨로 바꿨다.

그들은 매독이 뿌려지는 기생집으로 몰려갔다. 이 떠들썩한 사람들은 항상 눈밭에 커다란 발자국을 남겼다. 그들이 오고 나서는 비루먹은 개조차도 자기의 꽃 모양 발자국을 남길 만한 깨끗한 눈밭을 찾지 못했다. 황 사부는 여우 가죽 외투를 걸치며 말했다.

"그 사람들은 너무 추워서 잠도 못 자는 거야."

나도 그렇게 생각했다. 그들은 바람이 들이치는 장막에서 생활했다. 황 사부가 매일 한숨을 쉬었기 때문에 눈이 내리는 날이면 나는 술이나 음식을 가져다줄 수밖에 없었다.

그 사람들은 기생집에 가면서도 매독에 신경을 쓰는 사람은 하나도 없었다. 나는 그들에게 매독을 전문적으로 치료하는 약이 있는 것을 알아냈다. 한 군관에게 물었더니 그는 나에게 그런 약을 좀 가져다줬다. 하지만 내게는 그런 병이 없었다. 내가 가면 주인 여자는 언제나 깨끗한 아가씨들을 주었다.

나는 그 약을 둘로 나눠 하나는 타나에게 주었다. 그녀는 왕뻐 투스에게서 이 병을 얻었다. 나는 사람을 시켜 아버지에게도 이 약을 보냈다. 나는 아버지가 침대에서 썩어가는 것을 바라지 않는다는 심정을 알려주고 싶었다. 아버지는 그 일에 깊이 감동을 받았다. 그는 편지에서 산채의 겨울이 아주 쓸쓸하다고 썼다. 편지는 다시 나를 부르고 있었다.

'아들아, 돌아와라. 변경에서처럼 새해를 재미있게 지낼 수 있도록 해주렴.'

나는 주변 사람들에게 돌아가고 싶으냐고 물었다. 다들 돌아가고 싶다고 했다. 한 손을 잃은 쑤오랑쩌랑은 특히 자기 어머니를 보고 싶어 했다.

나는 얼이에게 망나니 아버지가 보고 싶으냐고 물었다. 그는 고개를 젓다가 끄덕였다.

"좋아, 나도 투스와 어머니가 보고 싶다."

출발하기로 했던 그날 눈이 몹시 쏟아졌다. 전에 없던 큰 눈이었다. 눈꽃이 떼를 지은 새처럼 빽빽하게 하늘에서 대지로 쏟아져 내렸나. 점심 때쯤 내린 엄청난 눈은 국민당원들의 장막을 눌러 쓰러뜨렸다. 그들은 어깨를 으쓱하면서 총을 안고는 우리의 따뜻한 큰집으로 찾아왔다. 이번에는 그들을 못 들어오게 할 수 없었다. 어차피 얼어 죽을 바에야 총질을 할 것이었다.

나는 손짓을 했다. 하인들은 총을 거두고 그 사람들을 들어오게 했다. 몇몇 병사는 더 이상 견디지 못해 얼굴을 눈밭에 파묻은 채 그 자리에서 쓰러졌다. 쓰러진 사람 중에 몇 명은 살렸지만 다 살리지는 못했다. 나는 병사들에게 먹을 것을 주라고 촐마에게 분부했다.

이 순간 모든 사람은 길을 떠날 수 없음을 알았다. 나도 마찬가지 생각이었다. 그래서 병사들이 건물의 한쪽에 살고 우리는 건물의 다른 한쪽에 살게 되었다. 건물의 지하에는 그동안 모아놓은 은돈과 보석이 가득했다. 우리가 가면 이런 재물이 다른 사람, 이 국민당원들의 손에 들어가게 될 것이었다.

다행히 우리는 불청객들과 별 다툼 없이 지낼 수 있었다. 큰 모자를 쓴 군관은 맞은편의 회랑에 서서 나에게 미소를 짓고, 병사들은 몸을 굽혀 하인처럼 나를 주인님이라고 불렀다. 나는 그들에게 식량, 고기, 기름, 소금을 제공했다. 술과 기생은 스스로 해결했다.

모두들 안전거리를 유지하고 싶어 했다. 적당한 거리를 사이에 두고 미소를 짓거나 인사를 보낼 뿐 지나치게 가까이 다가가지 않았다. 거리를 유지하는 것은 서로 잘 모르는 사람들이 같이 지내는 데 필수적인 것이었다. 그러나 한 곳만 예외였다. 거리가 존재하지 않는 곳, 그곳은 바로 변소였다. 우리는 긴 옷을 입으니까 변소에 가도 드러나는 부위가 없는데, 짧은 옷을 입은 한족 사람들은 추운 겨울에도 알궁둥이를 치켜들고 일을 보았다. 한족 병사들은 그들의 흰 궁둥이 때문에 우리에게 비웃음을 당했다.

변소의 위치부터 얘기하자. 황 사부는 이 건물이 한자의 모양과 똑같다고 했다. 그는 사관의 공책에서 종이를 한 장 찢어내더니 그 위에 한자를 썼다. 그 한자는 凹처럼 생겼다. 열려 있는 쪽이 시장을 향해 있는데, 우리는 왼쪽, 한족 사람은 오른쪽에서 살았다. 이 한자의 뒷부분이 바로 변소의 위치였다.

변소는 가운데에 있었다. 그래서 그 해 겨울에는 변소가 양쪽 사람이 만나는 징소가 됐다. 중국 병사들은 담벼락 밖에 달려 있는 작은 나무 방에서 궁둥이를 치켜들고 볼일을 보았다. 겨울의 찬바람이 아무 장애도 없이 아래에서 그들의 궁둥이로 불어오니 그들은 부들부들 떨었다. 내 하인들은 고집스럽게 그들의 진저리를 우리에 대한 공포로 이해하고 있었다. 나는 중국 사람들이 변소에서 부들부들 떠는 것은 찬바람과 높이에 대한 공포 때문이라고 하인들에게 말했다. 하지만 황 사부는 굳이 그런 말을 할 필요가 없다고 했다.

“저 사람들이 약하다고 믿게 하는 것도 당신에게 나쁠 건 없어.”

그래서 나는 하인들이 변소에서 상대방을 비웃는 것을 내버려두었다. 내가 쓰는 변소는 따로 있었다. 그 변소를 가려면 먼저 방 하나를 지나가야 했다. 그 방의 놋쇠 화로에서는 숯불이 활활 타올랐다. 내가 들어가면 향로에서 향기로운 연기가 피어올랐다. 나이가 그리 많지 않은 할멈 두 명이 매일 그 일을 맡아 했다. 변소에서 나오면 할멈들은 나를 난로 옆에 앉혀 몸을 따뜻하게 하면서 머리부터 발끝까지 향으로 그을려주었다.

나는 패잔병 가운데 제일 높은 군관에게 이 변소를 쓰라고 했다. 그리고 얼마 되지 않아 나와 그 군관은 변소에서 만났다. 나는 그에게 난로 옆에 앉으라고 했다. 두 할멈이 향을 피웠고, 향기가 방을 가득 채울 때까지 나는 할 말을 찾지 못하고 있었다. 군관이 먼저 입을 열었다. 곧 다시 전투가 일어날 것이니 자신의 하얀 한족과 힘을 합치자고 했다. 빨간 한족이 오면 투스를 없앨 것이고, 나처럼 돈과 총이 있는 부자도 없애버릴 거라고 말하기도 했다.

“우리 연합해서 같이 그들과 싸웁시다.”

군관은 간절한 표정으로 내 손을 잡았다. 그가 생사존망에 관련된 절박한 문제를 의논하고 있다는 것은 알았지만 내 궁둥이는 더 이상 참지 못했다. 나는 그의 손을 뿌리치고 변소로 뛰어 들어갔다. 이때 마침 바람이 아래로부터 위로 불었다. 군관은 비단 수건으로 코를 가렸지만 내게서 나온 악취는 그의 코를 찔렀다. 똥을 누고 다시 방에 들어가니 두 명의 할멈이 향을 피워 내 몸에 쏘였다. 군관은 마치 내 몸에서 줄곧 이런 악취가 나기라도 한 듯 혐오스러운 표정을 지었다. 조금 전까지만 해도 나는 그와 같은 사람이었는데 똥을 누고 온 사이에 상황이 달라졌다. 나는 갑자기 악취를 풍기는 남쪽 오랑캐가 되어버렸다. 그러니 군관이 어떻게 나에게 중대한 문제를 얘기할 수 있겠는가? 군관이 돌아간 후에 나는 황 사부에게 말했다.

"제기랄, 한족 사람들끼리 마음대로 싸우라고 그래."

황 사부는 긴 한숨을 쉬었다. 그는 내가 국민당원과 연합하기를 기대하고 있었다.

"나도 도련님과 헤어져야 될 것 같소."

"가세요. 당신은 그 빌어먹을 한족 사람을 자꾸 잊지 못하는데, 가고 싶으면 가세요."

드디어 봄이 찾아왔다. 하인들은 중국병사들이 이젠 변소에서 떨지 않는다고 말했다. 바람이 따뜻해지기도 했고 공중에 달려 있는 변소에서 일을 보는 것에 익숙해지기도 했을 것이다.

그러던 어느 날 나는 제일 높은 군관과 또다시 변소에서 부딪혔다. 나는 할말이 없었는데 그가 먼저 입을 열었다. "봄이 왔네요."

"그래요, 봄이 왔어요."

그 뒤에 다시 할말이 없었다.

봄이 오자 빨간 한족의 자동차와 대포가 투스들의 영지로 들어오기 시작했다. 투스들 중에 어떤 사람은 그들과 싸우기로 하고, 어떤 사람은 투항하기로 했다. 내 친구 라셔빠 투스는 투항하기로 했다. 그가 보낸 사신은 해방군의 군복과 무슨 사령관으로 임명한다는 내용의 임명장을 가지고 왔다. 룽꽁 투스는 모아놓은 돈으로 총과 대포를 샀다. 공산당원과 한바탕 싸움을 벌일 거라는 소식이 들려왔다. 제일 재미있는 것은 왕뻐 투스였다. 그는 빨간 한족과 하얀 한족이 뭔지도 몰랐다. 다만 전쟁이 일어나면 절대로 마이치 가문의 사람과 같은 편에 서지는 않겠다고 말했다. 내가 공산당에게 저항하면 그는 투항하고, 내가 투항하면 그가 저항하겠다는 것이었다.

하지만 우리는 아무런 결정도 못 내리고 있었다. 집사와 황 사부는 국민당원과 마지막으로 상의를 좀 하자고 주장했다.

"연합을 하려면 마음을 굳게 먹고 하는 게 좋아요. 하지만 연합하지 않으려면 그들을 내보내야 될 겁니다."

이제 날씨도 따뜻해졌으니 그들도 우리 건물에서 순순히 나갈 거라고 황 사부가 말했다.

"이번에는 변소에서 상의하면 안 돼요."

집사의 말에 모두들 웃었다. 집사는 아주 진지하게, 중국 사람의 엉덩이에서 나온 것들은 악취가 없느냐고 황 사부에게 물었다. 사부는 악취가 있다고 말했다. 그렇다면 중국 사람의 똥 냄새가 독하냐 아니면 티베트 사람의 똥 냄새가 더 지독하냐고 물었다. 이것은 대답하기 어려운 문제였다. 황 사부는 집사의 물음을 농담으로 여겼다.

"도련님에게 물어보시지. 중국 사람과 같이 변소에 있었으니까."

나는 국민당원과 연합 문제에 대해 협상하기로 했는데 또 다른 사건이 생겨 이 모든 것을 물거품으로 만들었다. 그날 밤 나는 혀 없는 사관과 등불 밑에 앉아 있었다. 우리는 아무 말도 못했다. 지금 직면한 문제는 이미 사관의 지식 범위도 넘어섰기 때문이었다. 하지만 나는 중대한 일이 일어날 때면 그를 불러오는 것에 이미 익숙했다. 등불의 심지가 타는 소리가 나도록 사관의 눈빛은 막연하고 당혹스러워 보였다. 이때 쑤오랑쩌랑이 야릇하고도 득의양양한 표정을 지으며 들어왔다. 그를 따라 들어온 바람이 불꽃을 흔들었다.

그는 목소리를 높여 말했다. "드디어 잡혔어요!"

요즘 그는 항상 타나를 주의하라고 말했다. 그 여자는 내 집에 살고, 내 음식을 먹고, 내 옷을 입는 것 외에 나하고는 아무 상관도 없다고 말했지만 쑤오랑쩌랑은 그것도 나와 상관있는 것이라고 했다. 하인의 식견으로 보자면, 누군가에게 무엇을 준다면 그 사람과 관계가 있다는 것이었다. 빨간 한족이 곧 올 텐데도 그는 줄곧 그 여자만 지켜보고 있었다.

쑤오랑쩌랑은 왕뻐 투스를 죽이지 못한 것을 부끄러워했다. 이번에 그는 드디어 타나의 꼬투리를 잡는 데 성공했다. 그는 하얀 한족 군관 한 명이 타나의 방에서 나오는 것을 보고는 부하들을 데리고 가 그 사람의 허리에 꽂혀 있는 권총을 뺏었다. 얼이한테는 그 군관을 아래층의 사형 집행 기둥에 묶으라고 했다. 그는 나를 문 밖으로 끌고 갔는데 아래층의 상황은 잘 보이지 않았다. 망나니의 채찍이 공기를 찢는 소리, 그리고 채찍질을 당하는 사람의 울부짖는 소리만이 들렸다. 주위의 개들도 미친 듯이 따라서 짖기 시작했다.

타나는 또 남자와 들러붙었다.

달이 떠오르고, 개가 짖는 소리는 달빛 속으로 울려 퍼졌다.

포성

국민당 군대가 떠났다.

그들은 한밤중에 아무런 말도 없이 대오를 집합하더니 가버렸다.

아침에 일어나 보니 남아 있는 사람이라곤 가슴에 중국 사람의 짧은 검이 꽂힌 채 기둥에 묶여 있던 그 군관뿐이었다. 머물던 방을 깨끗하게 청소하고 떠난 것을 보니 떠날 때의 상황이 그리 다급하지 않은 것을 알 수 있었다.

황 사부도 그들을 따라 가버렸다. 그의 방에는 신문이 깔끔하게 접혀 있고, 그 위에는 내게 보내는 편지가 놓여 있었다. 편지는 한자로 씌어 있어 알아볼 수 있는 사람이 없었다. 향로 안의 재도 아직 식지 않았다.

충실하지 못한 내 아내도 그들을 따라 도망쳤다. 타나는 지저분하게 떠났다. 자기의 이불, 침대의 휘장, 그리고 수놓인 비단이 모두 산산조각으로 찢겨 있었다. 문과 창문도 크게 열려 있었다. 바람이 불어오면 비단 조각들은 방안에서 나비처럼 휘날렸다. 바람이 가라앉자 그것들은 다시 바닥에 떨어지며 한 여자의 원한을 지닌 조각이 되었다.

쑤오랑쩌랑은 쫓아가자고 악을 썼다. 집사는 머리를 흔들면서 어느 방향으로 쫓아가야 되느냐고 물었다. 쑤오랑쩌랑은 충성스런 사람이지만 그런 때는 참으로 멍청해 보였다. 마음이 울적해진 나는 발로 그를 차면서 꺼져 버리라고 했다. 그는 내게 충성스런 웃음을 보이더니 허리에서 칼을 꺼내 모든 사람들을 향해 흔들었다. 어느 순간 그는 아래로 뛰어내려 말에 올라타 건조한 봄의 대지에 한 줄기의 먼지만 남기고 멀리 달려갔다.

"내버려두시죠."

집사가 한숨을 쉬었다. 누런 먼지가 공중에서 사라지는 것을 보니 갑자기 서글픈 생각이 들었다.

"돌아올 수 있을까?"

얼이의 눈에서는 눈물이 솟아올랐다.

"도련님, 저도 같이 가면 안 될까요?"

"죽지 않는다면 돌아올 거야."

집사는 걱정하지 말라고 했다. 나는 사관에게 쑤오랑쩌랑이 돌아오겠느냐고 물었다. 그는 고개를 설레설레 저으면서 그 애는 주인을 위해 죽기로 마음먹었노라고 했다. 그날 나는 위층에서 서성이며 쑤오랑쩌랑에게 자유민의 신분을 일찍 못 준 것을 후회하고 있었다.

얼마 후 옛날의 시녀 촐마가 와서 내 손을 잡고는 자기의 이마를 내 이마에 댔다.

"도련님은 좋은 분이에요. 쑤오랑쩌랑은 도련님의 노예라서 그 천한 년을 죽이러 간 거고요."

나는 눈물을 흘렸다.

촐마는 머리를 내 가슴에 대고 울음을 터뜨렸다.

"도련님은 정말 좋은 사람이에요. 도련님 시중을 중간에 그만두었던 걸 용서해주세요."

나는 고개를 들어 하늘을 쳐다보았다. 해는 유난히 밝았다. 바보의 마음에 이렇게 촉촉한 느낌이 찾아든 것은 오래간만이었다. 나는 촐마, 내 첫 번째의 여자에게 말했다.

"가라. 세공장이를 찾아 와. 너희에게 자유민의 신분을 주마."

촐마가 픽 웃었다.

"바보, 마이치 투스께서는 아직 도련님에게 투스가 되라고 하지 않으셨어요."

촐마의 눈물이 다시 흘러나왔다.

"도련님, 세공장이는 공산당원들을 찾으러 갔어요."

나는 얼이에게 산채에 가서 마이치 투스의 상황이 어떤지 살펴보고 오라고 분부했다. 얼이는 처음으로 쑥스러운 표정을 드러내지 않고 말했다.

"가봐야 무슨 소용이 있어요? 중국 공산당원이 금방 닥칠 텐데요. 도련님에게 자리를 물려줘도 이젠 아무 소용이 없어요."

"소용 있어. 나는 모든 하인에게 자유민의 신분을 줄 거야."

이 말이 나오자 노예 신분을 가진 하인들은 즉시 위층 아래층에서 분주하게 움직이기 시작했다. 어떤 사람은 얼이에게 식량을 준비하게 하고 어떤 사람은 무기를 챙겼으며 어떤 사람은 말을 끌어와 안장을 놓았다. 그렇게 되니 얼이는 가고 싶지 않아도 가야만 했다. 가난한 사람을 위해 싸운다는 빨간 한족은 아직 오지도 않았는데 그들은 이미 해방된 모양이었다. 얼이를 보내고 나서 집사가 말했다.

"이렇게 하면 빨간 한족이 와도 할 일이 없겠어요."

빨간 한족은 아직 오지 않았다. 그들이 어떤 모습인지 똑똑히 아는 사람은 없었지만, 아무도 그들을 이길 수 없을 거라는 건 모두들 알고 있었다. 싸울 준비를 하는 투스들도 멸망하기 전 최후의 몸부림을 치려는 것뿐이었다. 그러나 나는 아직 결정하지 못하고 있었다. 집사는 좀 초조해졌다. 나는 초조할 것 없고, 나중에 때가 되면 결정을 내리게 되어 있다고 말했다. 집사는 웃었다.

"그래요. 저는 맨 날 초조해했는데 마지막에 가서는 역시 도련님이 옳았어요."

나는 두 명의 어린 노예가 돌아온 후 결정하기로 했다. 그래서 매일 술을 마시고 잘 수밖에 없었다.

어느 날 밤에 나는 발밑에 무엇이 있는 것 같아서 잠에서 깼다. 키 작은 시녀 타나가 내 발밑에서 울고 있었다. 예전에 그녀는 입술로 내 몸 구석

구석을 핥아 내가 짐승처럼 소리를 지르도록 즐겁게 해주었다. 하지만 지금 나는 그녀에게 관심을 잃은 지 오래 됐다. 나는 그냥 거기 누워서 나랑 얘기나 하자고 했다.

"얼이가 돌아오면 너는 자유민이 될 거야."

그 소리에 흐느낌을 멈추었다.

"그때 네게 푸짐한 혼수품을 주마."

마부의 딸은 다시 울기 시작했다.

"그만 울어라."

"부인은 보석함을 두고 가셨어요."

"그 보석함도 이제 네 것이다."

그녀는 울음을 그치더니 아주 비굴하게 내 발에 입을 맞췄다. 오랫동안 같은 이름을 가진 주인의 뒤를 따라다니더니 나쁜 점만 배운 것 같았다. 여자는 독약이라는 속담이 있는데 그러면 이 마부의 딸 몸에도 독약이 묻었을까. 내가 이런저런 생각을 하는 동안 그녀는 내 발 밑에서 태평하게 코를 골며 잠이 들었다.

아침에 일어나니 그녀는 이미 보이지 않았다. 그 여자는 무슨 일을 해도 소리를 내지 않았다. 바로 그때부터 나는 타나라고 불렀던 그 마부의 딸을 보지 못했다. 나중에 알게 됐는데, 그녀는 갈 데가 없어서 보석함을 안고 위층 방에 숨어 있었다. 그녀에 비하면 국민당원을 따라 도망간 타나가 오히려 고귀한 여자라고 할 수 있다.

나는 투스의 딸과 마부의 딸이 다르다는 것을 인정했다. 그 둘은 같은 이름과 같은 남자를 가졌지만 긴박한 갈림길에서의 선택은 달랐다. 투스의 딸은 귀중한 보석을 버렸고, 마부의 딸은 그 보석함을 껴안고 절대로 놓지 않았다. 마부의 딸은 일찍부터 위층 방에 꽤 많은 음식과 물을 준비해 놓았었다. 그녀가 보석 욕심을 갖게 된 것은 하루 이틀 전이 아니었다.

얼마 후 우리는 꽈르릉 하는 대포 소리를 들었다. 봄날의 천둥과 같은 소리가 북쪽 룽꽁 투스의 변경에서 들려왔다. 빨간 한족이 산을 뚫어 길을 만드는 소리였다. 국민당원과 룽꽁 투스의 연합 군대가 공산당원들과 맞붙었다고 말하는 사람도 있었다.

그때 쑤오랑쩌랑이 돌아왔다. 충성스런 그는 다시 실패를 맛보았다. 이번에는 손을 잃은 것이 아니라 목숨을 잃었다. 그의 가슴은 휴대용 기관총에 맞아 벌집처럼 되었다. 국민당원은 내 어린 노예, 내 세무원을 총살한 후 얼굴을 하늘로 향하게 해서 타고 온 말 등에 묶어보냈다. 돌아오는 길에 육식 날짐승이 그의 얼굴을 엉망진창으로 만들었다.

많은 사람이 그 모습을 보고 울었다. 나는 국민당원과 룽꽁 투스가 이렇게 한 것을 알고 빨간 한족이 오면 손을 들어 투항하겠다고 생각했다.

쑤오랑쩌랑이 매장된 뒤 동쪽에서, 즉 마이치 투스가 있는 쪽에서 길을 만드는지 싸우는지 대포 소리가 들려왔다. 대포는 동쪽과 북쪽에서 봄의 천둥처럼 꽈르릉 울렸다. 날씨가 아주 맑았고 하늘에는 별들이 가득 달려 있어 보석이 잔뜩 박힌 비단처럼 반짝거렸다.

마이치 집의 원수, 술집 주인이 나를 보러 왔다. 그는 술 단지를 안고 하인의 통고도 없이 곧바로 내 방으로 들어왔다. 나는 하늘의 별을 보다가 하인에게 창문을 닫으라고 했다. 하인은 등불을 켰다. 술집 주인의 빨간 코에서 끈적끈적한 것이 흘러나왔다.

"너도 매독에 걸렸냐?"

그는 웃었다.

"도련님, 걱정하지 마십시오. 내 동생에게 이 병을 치료하는 약이 있답니다."

"동생? 그 겁쟁이 자객 말이야? 도망쳤다면서?"

"돌아왔어요."

술집주인은 냉정하게 말했다.

"마이치 투스를 죽였나? 죽였다면 우리 두 집안의 원한이 이젠 끝났잖아?"

이때 그의 동생이 갑자기 큰 소리로 웃으면서 들어와 나를 깜짝 놀라게 했다.

"때가 어느 때인데, 우리 두 집안의 일이 무슨 의미가 있겠습니까?"

나는 때가 무슨 때인지도 모르고, 그렇게 의미가 컸던 두 집안의 일이 왜 갑자기 의미가 없어졌는지도 몰랐다. 옛 자객은 다시 크게 웃었다.

"난 당신의 아버지를 죽이고 싶지 않고 당신도 죽이고 싶지 않아요."

그의 형은 변죽을 울리는 것을 싫어했다.

"그럼, 넌 왜 돌아왔어?"

그는 모든 것을 털어놓았다. 그는 도망쳤을 때 국민당원의 부대에 들어갔다가 공산당원에게 잡혀 이번에는 공산당의 병사가 되었다. 그는 자기를 티베트 공산당원이라고 자칭했다. 빨간색은 티베트 사람들이 쓰는 색 중에 가장 드물지만 들불처럼 투스들의 영지를 다 태워버릴 수 있다고 자랑스럽게 말했다. 그는 정탐을 온 것이었다. 그는 내 앞으로 바싹 다가섰다.

"우리 두 집안의 원한이야 뭐 별 의미가 있겠어요? 우리 부대가 오면 당신 같은 투스들에게 총결산을 할 텐데."

그는 다시 소리를 질렀다.

"지금은 총결산을 할 때라고!"

이때 집사가 들어와서 굽실거렸다.

"하지만 우리 도련님은 투스가 아니요."

"투스가 아니라고? 그는 투스들의 투스인 걸요!"

이 티베트 공산당원의 행동은 안하무인이었다. 이제 공산당원에게 의탁하려는 사람은 하나도 없어졌다. 하지만 공산당원에게 저항하면 좋은 결과가 없다는 것은 모두 다 알고 있었다. 공산당원에게 저항하던 모든 부대가 무너졌고 참패한 투스들은 패잔병을 데리고 서쪽으로 이동했다. 웡버이시가 속해 있던, 가장 순결하다고 주장한 교파의 영지였다. 투스들은 옛날부터 신선의 영지인 서쪽보다는 동쪽을 마음에 두고 있었는데, 지금으로서는 모두 서쪽으로 갈 수밖에 없었다. 하지만 투스들은 서쪽의 성지가 그들을 도와줄 수 있으리라고는 믿지 않았다.

"우리도 당신이 왔던 그 지방으로 도망가야 될 것 같아요."

내 말을 들은 사관의 눈이 반짝 빛났다.

'좀더 일찍 갔어야 되는 곳인데 당신들은 자꾸 동쪽으로만 갔어요.'

"당신의 신령이 우리를 용서할까요?"

'당신들은 이미 벌을 받았어요. 앞으로 지거 활불의 엉터리 불법 같은 것만 신봉하지 않으면 용서해줄지도 모르지요.'

집사가 놀랍다는 얼굴로 말했다. "세상에, 당신은 아직도 고집불통 승려인 채로 남아 있었군. 그렇게 오래 같이 지냈는데도 좋은 사관이 되지 못하고 말이요."

'아니. 난 좋은 사관이에요. 모든 일을 다 기록해놓았거든요. 후세 사람들은 내가 여기 온 후부터 지금까지 투스의 영지에서 어떤 일이 있었는지 알 수 있을 겁니다.'

사관은 자기가 쓴 것들을 두 권씩 만들어 한 부는 동굴에 숨겨 놓고 한 부는 자기 몸에 지녔다.

'내 시체를 발견한 사람이 글을 아는 사람이었으면 좋겠다.'

그것이 그가 마지막으로 쓴 글이다.

내가 투스는 아니지만 어쨌든 서쪽으로 도망가기로 했다.

북쪽 룽꽁 투스의 영지에서 울리던 대포 소리는 갈수록 잦아들었다. 그러나 동남쪽 마이치 투스의 영지에서는 대포 소리가 점점 치열해졌다. 마이치 투스와 부인이 저항하는 거라고 말하는 사람도 있고 국민당원이 저항하는 거라는 사람도 있었다. 어쨌든 중국 사람 때문에 싸우는 거였다.

우리는 안개가 엷게 낀 아침에 이 거리를 떠났다. 집사는 떠나기 전에 불을 지르려고 했지만 내가 말렸다. 살펴보니 모두들 불을 지르려는 눈치였다. 시장, 은행, 가게, 창고, 지나가는 가난한 사람들에게 음식을 나눠주던 배식소, 벽이 울긋불긋한 기생집을 다 태워버리려고 했다. 그것들은 바보인 내가 세워놓은 것이니까 없앨 권리도 당연히 나에게 있었다. 그러나 나는 불 지르라는 지시를 하지 않았다. 나는 눈을 감은 채 횃불을 버리라고 분부했다. 땅에 떨어진 횃불에서 연기가 피어올라 내 눈에서 눈물이 났다.

집사는 그 빨간 티베트 사람을 죽이자고 건의했다. 나는 허락했다. 바로 그 사람 때문에 나는 공산당원의 적이 된 거였다. 말을 탄 몇 사람이 시장으로 뛰어들어갔다. 쟁쟁한 총소리가 안개 속에서 울렸다. 언덕에 올라 말고삐를 잡고 내가 건설한 시장을 다시 한 번 보려고 했는데 안개가 모든 것을 가렸다. 총소리는 한참을 울렸고 말 몇 마리가 다시 안개 속에서 뛰어나왔다. 그들은 그 티베트 공산당원을 찾아내지 못했다.

나는 말을 재촉해 출발했다. 뒤에서 여자들의 울음소리가 들려왔다. 하녀들이 눈물을 흘리며 촐마의 뒤를 따라 걷고 있었다. 그녀들은 우리가 도망친다는 사실을 모르는 것처럼 알록달록한 명절 옷을 입고 있었다. 시녀인 타나만 행렬에 끼지 않았다. 촐마 말에 따르면 타나는 그 귀중한 보석함을 안고 내려오지 않으려 한다고 말했다.

서쪽으로 가는 길은 먼저 남쪽 산으로 들어갔다가 다시 구불구불한 산골짜기를 따라 가야 했다. 산골짜기는 우리를 설산 밑으로 데려다 줄 것이었다. 그곳까지 가야만 서쪽으로 가는 길이 나왔다. 그 길은 원래 순례자들이 다녔는데 지금은 피난하는 사람들의 어지러운 발자국 소리로 뒤덮였다.

우리는 마이치 투스와 라서빠 투스의 변경으로 가고 있었다. 동남쪽의 치열한 총소리가 갈수록 가까워졌다. 늙은 나의 아버지가 정말 공산당원에게 대항하고 있는 모양이었다. 총소리를 듣자 나는 오랜만에 따뜻한 혈육의 정이 솟아오르는 것을 느꼈다. 꽤 오랫동안 나는 아버지도 어머니도 별로 사랑하지 않는다고 생각했는데 이제야 비로소 내가 그들을 여전히 사랑하고 있다는 것을 깨달았다. 그분들을 포화 속에 버려두고 혼자 서쪽으로 도망갈 수는 없었다.

나는 사관, 집사, 그리고 여자들을 그 자리에 남겨둔 채 병사들을 데리고 산채로 갔다. 산 입구에 서서 짙푸른 산골짜기에 남아 있는 사람들을 돌아다보니 여자들이 손을 흔들고 있었다. 나는 더럭 겁이 났다. 어쩌면 이번이 그들을 마지막으로 보는 것일지도 몰랐다.

동쪽으로 가는 데 사흘이나 걸렸다. 공산당원은 이미 마이치 투스의 산채 앞까지 와 있었다. 산기슭 숲에서 빨간 깃발이 나부끼고 있었다. 그들의 기관총은 큰길을 막아버렸다. 나는 부하들을 데리고 밤중에 먼 길을 돌아 산채로 들어갔다. 산채 안에는 곳곳에 총을 멘 사람들이 있었는데 티베트 사람도 있고, 국민당원도 있었다. 어정거리며 걷는 사람은 살아 있고, 누워 있는 사람은 죽어 있었다. 그들은 열흘간이나 계속해서 싸우고 있었다.

투스의 방에 뛰어 들어가자 아버지가 바로 눈앞에 보였다. 마이치 투스는 그리 많이 늙지는 않았다. 머리와 수염이 새하얗게 됐지만 눈에서는 광기가 빛났다. 그는 나를 꽉 잡았다. 그 손에서 강력한 힘이 느껴졌다. 나는 바보인 데다 머리가 좀 둔하지만 이곳으로 오는 사흘 동안 부자가 상봉하는 광경을 여러 번 상상했다. 눈물이 서로의 얼굴과 가슴을 적실 줄 알았는데 그건 아니었다. 아버지는 밝은 어조로 말했다.

“봐라, 누가 왔는지 아느냐? 내 바보 아들이 돌아왔다!”

나는 있는 대로 음성을 높이고 말했다.

“저는 아버지와 어머니를 모시러 왔어요.”

그러나 아버지는 이제 늙은 데다 곧 죽을 것이기 때문에 어디에도 가고 싶지 않다고 했다. 평범하게 죽는 줄 알았는데 뜻밖에도 이렇게 좋은 때를 만났다고 말하면서, 투스는 이렇게 요란하게 죽어야 재미있다고 했다.

“그런데 어쩌지? 내 바보 아들이 투스가 못 되겠네.”

그는 내 어깨를 툭 쳤다.

“나야말로 마지막 투스다!”

아버지는 내게 크게 소리를 질렀다.

아버지의 목소리를 들은 어머니가 웃음을 띠며 방으로 들어왔다. 그녀는 내 머리를 품에 안고 흔들면서 귓가에 말했다.

“내 아들을 다시 볼 수 있을 줄 몰랐다.”

눈물이 내 귀와 목에 떨어졌다. 그녀는 투스와 함께 죽겠다고 분명하게 말했다.

그날 밤에 공산당군대는 공격을 하지 않았다. 아버지는 밤낮을 가리지 않고 쉴 새 없이 싸웠노라고 했다.

“그런데 이 빨갱이들이 오늘은 공격을 안 하네. 우리 부자가 만난 걸 알았나 보지?”

아버지는 국민당 군관 두 명을 불러 함께 술판을 벌였다. 아버지는 그들이 참 용감한 사나이라고 칭찬했다. 용감한 두 사람은 꽤 쓸만해 보였다.

우리는 계속 술을 마셨다. 달이 없는 밤이었다. 먼 곳에서 공산당원이 큼지막한 모닥불을 피웠다. 불꽃은 그들의 깃발처럼 산뜻하게 펄럭였다. 내가 그 모닥불들을 보러 나갔을 때 어린 얼이가 나타났다. 얼굴을 보자 늙은 망나니가 이미 죽었다는 것을 알 수 있었다. 그러나 자기 아버지 얘기는 하지 않고 다만 쑤오랑쩌랑이 돌아왔느냐고만 물었다.

"돌아오긴 했는데 가슴에 큰 총 구멍이 나 있었어."

"그럴 줄 알았어요."

그는 안타까운 표정을 지으며 작은 목소리로 말했다.

"망나니는 이제 쓸데가 없어요. 저도 죽을 거예요."

그런 다음 귀신처럼 갑자기 사라졌다.

한밤중, 달이 떴다. 한 군관이 총검에다 백기를 꽂고 달빛을 밟아 공산당원의 진지로 걸어갔다. 그때 상대방의 기관총이 울렸다. 그는 땅에 엎드렸다가 총소리가 멈추자 다시 일어나 백기를 들고 계속 걸어갔다. 기관총이 다시 드르륵 소리를 내면서 먼지를 일으켰다. 그러다 손에 들린 백기를 본 공산당원은 사격을 멈추었다.

그는 새벽에 돌아왔다. 산채 안에 있는 사람 가운데 저항할 생각이 없는 사람은 다 나갈 수 있도록 허락받았다는 말을 전했다. 이 용감한 사람은 상대방이 인의仁義의 군대라고 감격하면서 그런 사람들과 서로 다른 사상을 믿는 게 안타깝다고 탄식하기도 했다.

먼저 나간 것은 병사들이었다. 그들은 두 손을 높이 쳐들고 상대방의 진지로 갔다. 투스 밑에 있으면 죽을 거라고 생각한 자들은 다 서쪽을 향해 떠났다.

아버지는 내게도 떠나라고 했다. 나는 어머니를 쳐다봤다. 그녀에게는 떠날 생각이 없었다. 어머니가 떠나지 않는다면 나도 떠날 수 없는 것이다. 산채에 남아 있는 사람들은 오늘이 살아 있는 마지막 밤이란 것을 다 들 알고 있었다. 모든 사람이 술을 마시기 시작했다. 봄이 찾아오는 밤이었다. 촉촉한 바람이 공기에 묻어 있는 화약 냄새를 희미하게 만들었다.

지하 창고에서 뭔가가 삭은 듯한 달콤한 냄새가 올라와서 잠들지 못하는 사람들 주위를 맴돌았다. 중국군관은 무슨 냄새인지 몰라서 콧방울을 들썩거리며 탐욕스럽게 들이마셨다. 그 냄새는 창고 안에 있는 보리, 은돈, 아편이 섞여서 내는 것이었다. 사람을 편하게 하는 몽환적인 냄새 속에서 나는 잠이 들었다. 나는 계속 꿈을 꾸었다. 조각조각 나기는 했지만 내가 일생 동안 경험했던 일들이 모두 꿈속에 나타났다.

해가 눈부시도록 떠올랐을 때가 되어서야 깨어났다. 눈을 뜨면서 나는 어렸을 때 지내던 방의 바로 그 침대에서 일어나는 자신을 발견했다. 바로 여기서, 그 눈 내린 아침에 나는 처음으로 쌍지 촐마라고 불리는 시녀의 품에 손을 넣었었다. 바로 여기서, 그 눈 내린 아침에 화미새가 창문 밖에서 지저귀고, 한 시녀의 몸이 바보의 머리에 자그마한 지혜를 불러일으켰다. 내 기억은 바로 그 아침, 그 방, 그 침대로부터 시작되었다. 그 해에 나는 열세 살이었다. 내 생명은 바로 열세 살이 되던 그 해부터 시작되었다. 지금 나는 몇 살인지 몰랐다.

방안에는 나 혼자 있었다.

나는 거울을 보았다. 벌써 내 이마에도 주름이 많이 생겼다. 어머니가 오래 전의 그 아침처럼 이 방에 앉아 있었으면 나는 바보 아들의 나이가 대체 얼마나 되었는지 물어보았을 것이다. 서른? 마흔? 아니면 오십? 긴 세월이 눈 깜빡하는 사이에 지나가버렸다.

나는 창문으로 다가갔다. 밖에는 짙은 안개가 퍼져 있었고 새가 재잘대는 소리가 쟁쟁했다. 모든 것이 아득했다. 마치 시간이 흘러간 적이 없거나 아니면 아주 오래 전에 멈춘 것 같았다.

그러다 갑자기 화미새와 종달새 그리고 곤줄박이가 꽥꽥대는 소리가 들렸다. 새들은 숲에서, 잔디밭에서 부산하게 파닥였다. 하늘을 빙빙 돌다 울부짖으면서 땅으로 내려오다가 다시 날개를 치며 먼 곳으로 날아갔다. 조용하지만 위험이 다가오고 있다는 것을 모두들 느꼈다. 산채 안에 남은 사람들이 총을 집어 들고 뛰기 시작했다. 총을 쏠 수 있는 창문이란 창문은 모두 다 병사들이 차지했다.

어머니만이 긴장하지도 급하지도 않은 듯 하인을 시켜 흙으로 빚은 난로에 차를 데우게 하고 아편 덩이를 만들라고 분부한 다음 우유로 세수하고 온몸에 향수를 뿌리고 나서 자줏빛 긴 비단 옷을 입고 침대에 누웠다.

"아들아, 앉아 있어라. 바보처럼 서 있지 말고."

나는 앉았다. 총을 쥐고 있는 손이 땀에 젖었다.

"엄마는 아버지에게 이미 작별했어."

나는 아무 말도 않고 멍청하게 앉아 있었다. 흙으로 빚은 난로에 올려놓은 차가 펄펄 끓었다. 어머니가 다시 말했다. "아들아, 넌 내 출신을 알고 있니?"

나는 안다고 말했다. 그녀는 한숨을 쉬었다.

"오늘 죽을 사람 가운데 내 일생이 제일 가치가 있구나."

어머니는 원래 중국 사람이었는데 지금은 완전히 티베트 사람이 되었다고 말했다. 머리부터 발끝까지 티베트 냄새를 갖게 되었노라고도 했다. 무엇보다 천한 신분에서 상류층 사람이 된 것이 가장 만족스럽다고 했다. 어머니는 내게 허리를 굽히라고 하더니 내 귓가에 입을 대고 속삭였다.

"나는 천한 여자에서 투스의 부인, 품위 있는 여인으로 변했어."

어머니는 마음속에 오래 숨겨놓았던 비밀을 털어놓았다. 그녀는 기생이었다고 했다. 기생 얘기가 나오자 울긋불긋하게 꾸민 큰 집, 축음기에서 나오는 노랫소리, 구운 고기, 콩 삶는 후끈한 냄새가 떠올랐다. 투스부인의 몸에는 이런 냄새가 없었다.

어머니는 주전자에 술을 데우라고 하더니 따뜻한 술과 함께 아편 덩이를 여러 개 삼켰다. 그런 다음 다시 술을 데우라고 했다. 술이 데워지는 사이 다시 허리를 굽혀 내 이마에 입술을 가볍게 대고 말했다.

"이젠 내가 낳은 아들이 바보인지 아닌지 신경 쓰지 않아도 되겠다."

이어서 또 다시 몇 개나 되는 아편을 삼키더니 화려한 평상에 누우며 중얼거렸다.

"옛날에는 아편을 피우려고 해도 돈이 없어 걱정했는데 마이치 가문에 오고 나서는 그런 건 신경 쓰지 않았어. 이젠 여한이 없다."

말을 마치고 눈을 감더니 잠 속으로 빠져들었다. 시녀는 나를 문 밖으로 밀어냈다. 내가 다시 돌아보려고 하는 순간 날카로운 소리가 아침의 고요를 깨뜨렸다.

상대방은 며칠 동안 계속 공격해왔고, 죽는 게 두려운 사람들은 모두 피신하게 했기 때문에 이만하면 그들이 관용을 베풀었다고 할 수 있다. 하지만 이제는 더 이상 여유를 주지 않고 대포를 앞세워 공격하기 시작했다. 나는 전쟁을 하면 칼을 사용하는 줄 알았다. 그런데 사람들의 조급함이 이런 방식을 참지 못했는지 대포를 쏘는 것이었다.

첫 번째 포탄이 산채 앞 광장에 떨어졌다. 꽈르릉 소리와 함께 거대한 구덩이가 만들어졌다. 사형을 집행하는 말뚝도 산산조각이 난 채 들판으로 날아갔다. 두 번째 포탄은 산채 뒤에 떨어졌다. 그 뒤 상대방은 잠시 멈추었다. 아버지는 내게 손을 흔들었다. 나는 포연 속을 달려가 어머니가 술과 아편을 먹었다고 알렸다.

"이 바보야, 너의 어머니는 자살한 거야."

아버지는 눈물을 흘리지 않고 멋쩍게 웃기만 했다. 그는 약간 쉰 목소리로 말했다. "됐다, 그 여자 이제는 옷 더럽힐까 봐 신경 쓸 필요가 없겠구나."

국민당 군관은 총을 버리고 바닥에 앉았다. 나는 그가 겁이 나 그러는 줄 알았다. 그 사람은 상대방이 대포를 쏠 것이며 세 번째 포탄은 틀림없이 우리 머리에 떨어질 거라고 말했다. 우리 병사 대부분은 총만 움켜쥐고 있었다.

하늘에서 다시 포탄 소리가 났다. 이번에는 한 발이 아니었다. 수많은 포탄이 날카로운 소리를 내며 마이치 투스의 산채로 날아왔다. 포탄이 떨어지자 우리 산채는 폭음 속에서 흔들리기 시작했다. 폭발 소리가 끊임없이 나더니 불꽃, 연기, 먼지가 눈앞의 모든 것을 가렸다. 나는 사람이 죽기 전 아무것도 볼 수 없으리라고 생각한 적이 없었다. 사실 우리는 죽음 직전 이 세상에 있는 것 어느 하나 볼 수 없는 것이다. 포탄의 맹렬한 폭발소리 가운데 마이치 투스의 산채, 거대한 석조 건물이 마침내 무너지고 말았다. 우리는 산채와 더불어 어딘가로 날아갔다. 사람이 날아가는 느낌은 참 묘했다.

티끌이 머무는 곳

마이치 가문의 바보 아들인 나는 하늘에 올라간 것이라고 생각했다. 안 그렇다면 그렇게 많은 별이 어떻게 내 눈앞에 어른거릴 수 있겠는가? 하지만 무거운 몸이 내가 아직 살아 있다는 걸 알게 했다. 나는 부서진 돌 더미에서 일어났다. 날리는 먼지에 숨이 막혔다.

나는 폐허에서 허리를 굽히고 크게 기침을 했다. 기침 소리는 들판으로 사라졌다. 전에는 어떤 소리를 내더라도 산채의 높은 벽에 막혀 메아리로 돌아왔는데 이번에는 소리가 금방 사라져버렸다. 나는 귀를 기울였다. 아무 소리도 없었다. 대포를 쏘는 사람도 떠난 것 같았다. 마이치의 가족, 투항하지 않은 사람들은 모두 폐허에 묻혔다. 그들은 포화가 만든 무덤 안에 잠들어 아무 소리도 기척도 없었다.

나는 별빛 아래서 서쪽으로 걸어가기 시작했다. 얼마 가지 않아 무엇인가에 걸려 넘어졌다. 일어서는데 싸늘한 총신이 내 머리에 닿았다. 나는 내 입으로 "핑!" 소리를 냈다. 눈앞이 캄캄해지면서 다시 한 번 죽음의 문턱으로 갔다.

날이 밝을 때 나는 깨어났다. 마이치 투스의 셋째 부인, 양종이 내 옆에서 울고 있었다. 양종은 내가 눈을 뜨는 것을 보고 울면서 말했다.

"투스와 부인이 다 돌아가셨어요."

이때 새로운 날의 찬란하게 붉은 해가 동쪽에서 떠올랐다. 양종과 나는 중국 해방군의 숙영지 쪽으로 더듬어 갔다. 공산당원은 마이치 가족을 두 명이나 체포하자 신이 났다. 그들은 우리에게 약을 먹이고 주사도 놓아줬다. 또 티베트 공산당원을 찾아내 우리와 얘기를 나눠보라는 배려도 해줬다. 그들은 마이치 산채를 향해 맹렬하게 대포를 쏘면서 한편으로는 우리를 따스하게 대접해줬다. 티베트 공산당원은 우리에게 뭐라고 끊임없이 지껄였지만 나는 아무 말도 하고 싶지 않았다. 그러다 이 자가 뜻밖으로 내 귀가 솔깃해지는 말을 했다. 마지막으로 정부의 정책에 따라 내가 인민의 정부에 의지하기만 하면 마이치 투스 자리를 계승할 수 있다는 것이었다. 계속 이야기를 듣고만 있다가 나는 갑자기 입을 열었다. "공산당은 투스들을 없애 버리려는 것이 아니었나요?"

그는 웃었다. "없앨 때 없애더라도 그 전까지는 계속 할 수 있지요."

이 티베트 공산당원은 말을 많이 했다. 그 가운데는 내가 알아듣는 부분도 있고 모르는 부분도 있었다. 모든 말을 한마디로 종합하면, 앞으로는 투스가 되더라도 별로 힘이 없다는 것이었다. 나는 그 말이 맞느냐고 물었다. 그는 입을 쩍 벌리며 웃었다.

"드디어 알아들었군."

그들은 우리를 데리고 곧 어딘가로 출발했다. 공산당원은 말 등에서 대포를 내리고 나와 양종을 부축해서 태웠다. 긴 행렬은 줄을 지어 서쪽으로 갔다. 산 입구를 넘어갔을 때 나는 고개를 돌려 내가 태어나고 자란 곳인 마이치 투스의 산채를 보았다. 높은 산채가 사라져버린 것 말고 전투의 흔적이라곤 거의 보이지 않았다. 봄이 과수원과 넓은 밀밭을 푸르게 물들이고 있었다. 그 녹색 가운데에서 우리 산채는 거대한 돌 더미가 되어 있었다.

눈앞의 경치를 보면서 나는 눈물을 글썽였다. 회오리바람 한 줄기가 돌 더미에서 휘릭 일어나서 먼지를 날리며 폐허 위를 빙빙 돌았다. 투스들이 통치했던 골짜기에서 이런 회오리바람은 언제든 볼 수 있는 것이었다. 그러나 나는 오늘의 이것은 아버지와 어머니의 영혼이 하늘로 올라가는 것이라고 생각했다.

회오리바람은 갈수록 높이 올라가다가 아주 높은 곳에서 흩어졌다. 그 안에 보이지 않는 어떤 것은 천국으로 올라가고, 보이는 먼지는 공중에서 다시 떨어져 자잘한 돌 틈을 막았다. 적막한 햇빛만이 폐허 위를 맴돌았다. 이때 나는 마음속에서 내 가족을 불렀다. "아버지! 어머니!"

나는 "얼이!" 하고 망나니도 불렀다.

내 가슴은 전에 없던 아픔을 느꼈다.

산을 넘자 멀리서 하얀 장막이 펄럭이고 있었다. 산골짜기에 남겨두었던 내 백성들이 아직 거기서 기다리고 있었다. 고통에 잠긴 내 마음이 조금은 위로가 되었다. 그때 빨간 한족을 본 그들 중 누군가가 총을 쏘았다. 내 앞에 있던 공산당 군인 둘이 바로 고꾸라졌다. 피가 등으로 새어나왔다. 한 사람이 계속해서 총을 쏘고 있었다. 총소리는 깊숙한 산골짜기를 외롭게 울렸다. 나는 멍청하게 서 있기만 했다.

총은 집사가 쏜 것이었다. 그는 총을 들고 쓰러진 나무 위에 서 있었다. 그의 자세는 영웅 같았지만 얼굴표정은 아주 막막해 보였다. 내가 가까이 가기 전에 그는 누군가의 총 개머리판에 맞아 쓰러진 뒤 단단하게 묶였다.

나는 말을 타고 장막 옆을 지나갔다. 백성들 얼굴 하나하나가 내 말의 앞을 스쳐갔다. 사람들은 나를 맥 놓고 바라보고만 있다가 내가 지나간 후 울음을 터뜨렸다. 얼마 안 되어 산골짜기는 구슬픈 울음소리로 가득 찼다.

인민해방군들은 이 울음 소리를 듣자 기분이 몹시 언짢았다. 그들은 가난한 사람들을 위해 싸우는 부대였기 때문에 가는 곳마다 많은 사람들에게서 환대를 받았다. 하늘 아래 사는 사람들은 대부분 가난했고, 가난한 사람이라면 자기 부대가 나타날 때 환호해야 했다. 그러나 여기는 달랐다. 이 노예들은 우매한 입을 벌려 그들의 주인을 위해 통곡했다.

우리는 계속 변경으로 나아갔다. 이틀 후에 시장이 다시 눈앞에 보였다. 그 좁고 긴 거리는 평소에 항상 먼지가 날렸는데 지금은 그 곁에 흘러가는 시냇물과 마찬가지로 잔잔했다. 행렬은 거리를 지났다. 매독을 뿌리던 기생집은 전에 없이 조용했다. 거리를 향한 창문에는 분홍색 커튼이 쳐 있었다.

공산당원 가운데 몇 몇 직위 높은 군관이 나의 보루로 들어갔다. 그들은 위층에서 시장 전체를 바라보았다. 그들은 나더러 새로운 생각을 많이 해내는 사람이며 이런 사람은 시대를 잘 따라간다고 냅다 치켜세웠다. 나는 그들에게 내가 곧 죽을 것이라고 말했다.

그들은 나와 같은 사람은 시대를 따라갈 수 있다고 했다. 그러나 나는 죽음과 시대를 따라가는 것은 아무 상관도 없는 것이라고 생각했다.

그들은 내가 빨간 한족의 좋은 친구가 될 것이라고 말했다. 그들은 내가 세운 시장처럼 아름다운 건축을 하고 싶어 했다. 제일 높은 군관이 내 어깨를 툭툭 치면서 말했다.

"물론, 아편과 기생집은 없애야 됩니다. 당신의 시장도 개조해야 하고, 당신도 개조를 받아야 해요."

나는 웃었다.

군관은 내 손을 잡고 힘껏 흔들었다.

"당신은 마이치 투스가 될 겁니다. 앞으로 혁명이 더 발전해 투스가 없어지더라도 우리 좋은 친구가 됩시다."

하지만 나는 그때까지 살지 못한다. 나는 마이치 투스의 정령이 회오리바람으로 변해서 하늘로 올라가고, 남은 먼지는 다시 떨어져 대지로 돌아가는 것을 보았다. 나의 시간도 다가왔다. 나는 평생 동안 바보로 살았다. 그러나 지금 나는 바보도 아니고 똑똑한 사람도 아니며, 투스 제도가 끝날 무렵에 이 기이한 땅을 돌아다닌 외로운 사람이었을 뿐이라는 것을 알았다.

그래, 하늘은 나를 보게 하고, 듣게 하고, 경험하게 하고, 때로는 초연히 있게도 했다. 하늘은 바로 이런 목적으로 나를 바보처럼 보이게 만든 것이다.

사관은 자기 방에서 맹렬히 뭔가를 기록하고 있었다. 아래층에 있는 보리수는 혀 없는 사관이 직접 심은 것인데, 지금 벌써 이층 건물의 높이만큼 컸다. 나는 다시 돌아오면 아마도 이 나무만 알아볼 수 있을 거라고 생각했었다.

북쪽에서 롱꽁 투스의 부대가 완전히 소멸되었다는 소식이 들려왔다.

이 소식은 내 마음에 아무런 동요도 일으키지 않았다. 그 이전에 마이치 투스도 똑같이 연기처럼 사라졌기 때문이었다. 어느 날, 공산당원들은 모든 투스들의 소식을 한꺼번에 전해주면서 라서빠 투스가 어떻게 되었는지 맞춰보라고 말했다.

"내 친구는 투항했을 겁니다."

"맞아요." 친절한 공산당원이 말했다. "그는 다른 투스들의 좋은 본보기예요."

그러나 내가 한 말은 라서빠 투스의 투항은 당연하다는 의미였다. 그는 자기가 투스 중에서도 제일 약하다는 걸 잘 알고 있었다. 그 해 내게 무릎을 꿇었던 그가 투항한 것은 이상한 일이 아니었다.

투항한 사람은 그만이 아니었다. 왕뻐 투스도 곧바로 투항을 했다. 그런데 웃기는 것은, 이 틈을 타서 마이치 투스를 포함한 다른 투스들의 땅을 모두 점거했다는 것이었다. 그는 투스 제도가 영원히 존재할 줄 알고 있었다.

그 소식을 듣자 웃음을 참을 수가 없었다. "차라리 타나를 뺏어가는 게 더 낫겠다."

공산당원도 같은 생각을 갖고 있었다.

"세상에서 제일 예쁘다는 그 타나 말입니까?"

보라, 내 아내의 이름이 얼마나 잘 알려졌는지 순진한 공산당원도 그녀의 이름을 들었지 않은가.

"그렇소, 그 예쁜 여자가 바로 성실하지 못한 내 아내요."

내 말을 듣고는 엄숙한 사람들도 웃었다.

왕뻐 투스가 투항할 것을 미리 알았다면 타나는 그를 찾아가 옛정을 다시 이을지도 몰랐다. 지금은 그녀를 막을 장애물이 하나도 없었다. 롱꽁 투스를 소멸시킨 부대와 마이치 투스를 멸망시킨 부대가 내 시장에서 합류했다. 그들에게 대항하는 투스는 이제 남아 있지 않았다. 롱꽁 투스의 저항은 아주 완강했던 모양이었다. 대부분의 사람이 죽었고 몇몇 포로들만 손이 뒤로 묶인 채 이곳으로 끌려왔다. 그 가운데에서 나는 황 사부와 타나를 발견했다. 나는 타나를 가리키면서 공산당원 군관에게 말했다.

"저 여자가 바로 내 아내요."

그들은 타나를 풀어주었다. 그러나 이런 꼴을 하고 있는 여자가 그 유명한 타나라는 것을 믿지 않았다. 나는 쌍지 촐마를 시켜 타나 얼굴의 먼지, 핏자국, 눈물 흔적을 다 씻게 하고 산뜻한 옷을 입히라고 부탁했다. 그녀의 광채는 바로 군관들의 눈을 번쩍 뜨게 만들었다.

지금 우리 부부는 다시 만났다. 우리는 목소리가 낭랑한 몇 몇 군관들과 나란히 서서 롱꽁 투스를 소멸시킨 부대가 지나가는 것을 지켜보았다. 마이치 투스를 멸망시킨 부대는 군가를 부르면서 그들을 기다리고 있었다. 그 해 봄의 시장 풍경은 아주 쓸쓸했다. 거리에는 푸른 풀이 가득 자라 있었다. 눈앞의 행렬은 시장 앞에서 발을 멈추고 제자리걸음을 하면서 군가를 불렀다. 누런 옷을 입은 사람들이 시장통의 푸른색을 몽땅 덮어 봄날의 거리를 가을 색으로 바꿔버렸다.

나는 황 사부를 구하고 싶다고 군관에게 말했다.

"왜요?"

"그 사람은 내 사부예요."

"안 됩니다."

군관은 단호하게 말했다.

"그 사람이야말로 인민들의 진정한 적이야."

결국 황 사부는 모래톱에서 총살당했다. 그의 머리 윗부분은 총탄에 날아가 없어지고 모래를 가득 머금은 입만 남아 있었다. 그 옆에는 몇몇 국민당원의 시체도 누워 있었다.

밤에 타나는 나와 함께 침대에 누웠다. 그녀는 언제 투항했느냐고 내게 물었다. 타나는 내가 투항한 것이 아니란 걸 알고 있었고 내가 주절주절 내뱉는 말을 듣더니 웃음을 터뜨렸다. 한 번 터진 웃음을 멈추지 못하고 계속 웃더니 눈물을 내 얼굴에 떨어뜨렸다. "바보, 난 당신에게 항상 상처만 주었는데… 그런데 당신은 참 귀여워요."

타나의 진지한 말투가 감동적이었지만 나는 똑바로 누운 채 꼼짝도 하지 않았다. 타나는 정말로 죽음이 두렵지 않느냐고 물었다. 내가 대답하려고 하자 손가락을 내 입에 갖다댔다. "잘 생각해보고 대답해요."

내가 생각하고 또 생각한 결론은 죽음이 결코 두렵지 않다는 것이었다.

"세상에, 난 다시 당신을 사랑하게 됐어요."

그녀의 몸이 뜨거워졌다. 그날 밤 타나에게로 향하는 욕구가 치밀었다. 나는 미친 듯이 덤벼들었다. 그 짓이 끝난 다음 나는 혹시 매독에 걸리지 않았느냐고 물었다. 타나는 깔깔 웃으면서 말했다. "바보, 그래서 아까 내가 물었잖아요?"

"죽음이 두려우냐고만 묻지 않았어?"

아름다운 내 아내가 말했다. "죽음도 두렵지 않는데 매독을 두려워하나요?"

우리는 함께 웃었다. 나는 타나에게 언제 죽을 건지 아느냐고 물었다. 모른다고 고개를 저은 타나는 같은 문제를 내게 물었다. "내일"

우리는 잠시 침묵하다가 다시 웃고 말았다.

달빛이 창살 사이로 들어와 침대를 비췄다. "그렇다면 다음 해가 뜬 후의 일이겠군요. 잠이나 더 자요."

우리는 등을 맞대고 이불을 푹 덮어쓴 채 잠이 들었다. 꿈도 꾸지 않았다. 다시 깼을 때는 이미 한낮이었다.

내가 난간에 엎드려 갈수록 짙어지는 봄의 빛깔을 보고 있을 때 마이치 가문의 원수, 그 술집주인이 술항아리를 안고 시장 통에서 이쪽으로 걸어오는 게 보였다. 내일의 태양을 기다리지 못할 것 같았다. 내가 아내를 돌아봤다. "타나, 위층에 올라가서 시장에 있는 사람들이 뭘 하고 있는지 좀 봐."

"바보, 당신은 항상 터무니없는 것만 요구해요. 하지만 이렇게 부드럽게 말한 적이 없었으니까, 좋아요, 올라가서 알아볼게요."

타나가 올라가는 것을 확인하고 나는 방으로 들어갔다. 얼마 안 되어 문을 두드리는 소리가 났다.

내 운명이 두드리는 소리였다. 두드리는 소리는 서두르는 기색이 없었다. 술집주인은 동생이 티베트 공산당원으로 변신했다고 해서 특별히 들뜬 기색도 없었다. 그는 공산당원들이 오기 전의 규칙을 잘 지키고 있었다. 문이 열려 있는데도 서두르지 않고 두드리기만 했다. 내가 들어오라고 한 뒤에야 그는 한 손으로 술항아리를 안고 들어왔다. 나머지 한 손은 두루마기의 옷섶 밑에 들어가 있었다. "도련님, 술을 가져왔습니다."

"거기 둬. 술을 주려고 온 게 아니라 나를 죽이러 온 거겠지."

그는 손을 덜덜 떨다가 항아리를 놓쳤다.

항아리는 바닥에 떨어져 산산이 부서졌다. 방은 금방 술 향기로 가득 찼다. 참 좋은 술이었다. "당신의 동생은 공산당원이 됐지? 공산당원이 되면 아무나 함부로 죽일 수 없으니까 당신이 복수를 담당하게 됐군."

술집 주인은 가라앉은 목소리로 말했다. "이건 제가 빚은 것 가운데 제일 좋은 술입니다. 드시라고 가져왔던 거예요."

"서둘러. 내 아내가 곧 내려올 테니까 바로 시작하지."

그는 두루마기 앞섶에서 다른 한 손을 꺼냈다. 그 손에는 번쩍이는 칼이 들려 있었다. 하얗게 질린 표정으로 이마에 땀을 흘리면서 그는 내게 다가왔다.

"기다려." 그리고 나는 침대로 올라가 누웠다. "이제 됐어."

그가 칼을 치켜들었을 때 내가 다시 잠깐, 잠깐만 기다리라고 했다.

그는 왜 그러느냐고 물었다. 술 냄새가 참 좋다는 말을 하려고 생각했는데 입에서는 엉뚱한 말이 튀어나왔다.

"당신, 이름이 뭐지? 가족의 성은 뭐야?"

그렇다, 나는 그가 우리 마이치 집의 원수라는 것은 아는데 그들 가족의 성과 이름은 잊고 있었다. 내 말은 그에게 깊은 상처를 주었다. 사실 그가 내게는 큰 원한을 품지는 않았었다. 그런데 이 말을 듣자 술집주인의 눈에서 원한의 불길이 타올랐다. 방에 가득 찬 술 향기는 내 머리를 몽롱하게 만들었다. 칼, 날카로운 칼이 얼음처럼 내 배를 뚫고 들어왔다. 아프지는 않은데 조금 차가웠다. 그리고 얼마 안 있어 뜨거워졌다. 나는 피가 바닥에 뚝뚝 떨어지는 소리를 들었고 "잘 가시오." 하며 작별인사를 하는 술집주인의 쉰 목소리를 들었다.

지금, 하느님, 나를 이 세상에 태어나게 해주신 신령님, 내 몸은 두 부분으로 나뉘어집니다. 피에 젖지 않은 부분은 위로 올라가고 피에 젖은 부분은 아래로 떨어지고 있습니다. 이때 아내의 발소리를 듣고 그 이름을 부르려고 했지만 아무 소리도 내지 못했다.

하느님, 나를 이 세상에 태어나게 해주신 신령님. 영혼이 정말 윤회할 수 있다면 다시 이곳에 오게 해주십시오! 나는 아름다운 이 땅을 사랑합니다. 신령님, 내 영혼이 드디어 피에 젖은 육체를 떠나 날아가기 시작합니다. 이제 햇빛이 비치면 영혼도 흩어지고 흰 빛이 되어 모두 사라질 것입니다.

피는 계속 바닥으로 떨어져 내렸다. 꽤 많이 고였다. 내 몸이 침대에서 차가워짐에 따라 피도 점차 검게 변해갔다.

〈끝〉

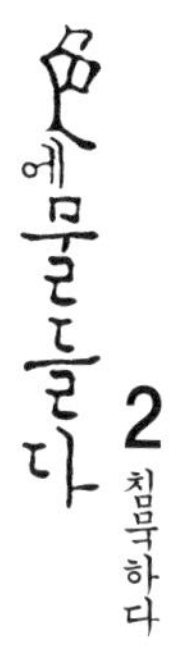

초판 1쇄 인쇄 2008년 5월 22일
초판 1쇄 발행 2008년 5월 30일

지은이 아라이
옮긴이 임계재
펴낸이 김연홍

기획 · 책임편집 천명애
편 집 박애경 김수진
디자인 박선희
영 업 이상만
관 리 오재민

펴낸곳 디오네
출판등록 2004년 3월 18일 제 313-2004-00071호
주소 121-865 서울시 마포구 연남동 224-57
전화 02-334-7147 **팩스** 02-334-2068
주문처 아라크네 02-334-3887

값 9,800원
ISBN 978-89-92449-31-1 04820(set)
978-89-92449-33-5